翠屹云天

CUI
YI
YUN
TIAN

普定文库

普/定/散/文/集

普定县文学艺术界联合会 / 编

成都时代出版社
CHENGDU TIMES PRESS

主 编

张 海

编 辑

帅 昕

李发雯

袁春灵

张一涛

杜 萍

彭志兴

序
泥土上的美丽与哀愁

杜应国

    普定县文联新编了一本散文集，邀我写几句话，聊充弁言。书名取得很大气也很响亮，叫《翠屹云天》，出自东华山上一处著名的石刻。但我粗读一过，感觉更多的不是"云天"而是泥土，或者说，是植根于大地之上、大山深处的泥土味、草根味……这感觉让我颇费踌躇，不知该如何着笔才能与编者的意图相洽。犹疑之中又想，一本书的题旨，当然应由这本书的内容来决定，书名的选择，虽在一定程度上反映了编者的某种意图或取向，但这意图或取向，也可能表达的只是一种期冀或追求。如此一想，顿感释然，于是，索性由着思绪，姑且放笔一试。

    普定素有"文化大县"之称，前些年的文学创作搞得风生水起，活动一个接一个。但随着几位主事者调离普定，"文化大县"竟渐渐地沉寂下来，不复再见有什么大动静、大活动了。不过，我也知道，由于写作队伍比较庞大，年轻的文友们并没有因此搁笔，不时惠寄的《普定报》上，几乎每期都有的《文昌阁》副刊印证了这一点。因此，我又想，在外表的沉寂之下，或许正在酝酿着某种爆发？内敛着某种无声的丰厚与沉实？如今大幕揭开，它首先让我感到的却是意外和惊奇：这些作者怎么了？为什么大都不约而同地将自己的笔触指向过去，指向昨天，指向那些好不容易才走出和挣脱的老屋、村寨？无论是回忆父亲母亲、爷爷奶奶，还是描述山野田间、旧房老屋，抑或追忆飘香的山花、野果，清澈流淌的小河，等等，不同的乡村图景和人物构成的背后，总是晃荡着作者童年或少年的身影、记忆乃至经历。普定的作者队伍我基本有数，除了几位"50后""60后"为领军人物外，其主体部分或多数构成，是"70后""80后"。这些屈指算来也不过三四十岁的作者，按说还不到梦回故土、梦回家园的年龄啊，怎么一个个早早就开始了回忆和怀旧？是现代社会的快节奏将他们催老了，加速了他们心理年龄的早衰或老化，于是老年人才有的心理症候就都提前了呢，还是另有原因？或更深层、更普遍的原因？思之良久，豁然发现，这么统一的交响合奏、内心共鸣，会不会跟我们所处的时代有关？

我们今天所处的是一个什么样的时代？一个现代化步伐迅猛加速的时代！历经四十年改革开放积蓄起来的势能，在一向边远落后的西部、在我们生于斯长于斯的贵州山区，而今却突然爆发出强劲的能量，伴随着猛然提速的工业化、现代化接踵而来的，是势不可当的城市化浪潮及其引发的强烈冲击。于是，继村落的空壳化之后，是一部分传统村落的萎缩乃至消失！急速扩张的城市化首先吞噬了城市周边的乡村，接着，则是强力推进的工业化将更远距离的乡村土地纳入蚕食的范围。于是，在"城中村"现象之后，又出现了"安置新村""移民新村"。农民们住进了高楼，乘上了电梯，却丢失了土地。"失地"，数千年来首次成为传统农业面临的最大威迫，最大担忧……

而更深刻的变化则来自乡村内部。首先，是外出打工现象在造成青壮年流失、村落空寂的同时，也带来了一个副产品，那就是近年来方兴未艾的建房热。鳞次栉比的新住宅，一家比一家漂亮的小洋楼，五颜六色的涂料，闪闪发亮的瓷砖，以及抽水马桶、燃气灶、电磁炉等，用坚固的钢筋混凝土和现代化的家用器具建构起来的新农村，不仅重塑了乡村的面貌和气质，而且改变了人们的生活，消费结构与生活方式的城乡一体化已成明显趋势。其次是耕作方式的变化。随着微型耕作机的普及，传统的农耕图景已经逐渐淡出视野。农忙时节，田野里更多的是机器的轰鸣，而很少再听到耕田时扶犁扬鞭的吆喝了。牛与犁——这两样千百年来中国农村最重要的生产力和生产工具，正在迅速消失！过去与土地同在的牛群，隐身了，不见了。这意味着什么呢？意味着过去作为每家每户住房建设所必需的牛圈没有了，满村飘散的牛粪味也消失了，村落的环境因此而变得更整洁了。同时，随着养殖业的兴起和规模化发展的趋势，家养的畜禽也在急剧衰减，房前屋后的鸡鸣狗吠，谷垛旁的鸭欢鹅叫，以及带着一群猪崽四处乱窜乱拱的黑毛母猪等等，都已消失。短短几年，我们所熟悉的那个乡村就发生了天翻地覆的变化，一代又一代人早已见惯不惊。习以为常的那幅乡村图景：暮归的牛群，喔喔欢叫的鸡鸭，牛背上的牧童，背着箩筐、满田埂乱窜的掏猪草女孩，甚至田野中的谷垛，袅袅升起的炊烟，蛙鸣鼓噪的黄昏，以及衰败的老屋、石墙和幽深的村巷等等，都已经渐渐消逝，即将成为一代人眼中最后的风景和迅速飘散的记忆……

事实上，我们今天所面临的，是一场千年未有的大变局，一场酝酿着蜕变与新生的文明形态的巨大裂变——从传统的农业文明转进到工业文明、信息文明与生态文明相交织的特殊历史过程。因此，我们正在目睹的许多社会变迁，实质上是亲眼见证一个时代的终结和另一个时代的开启。一个时代，一个延续了上千年传统的农耕文明时代，正拖着它的巨大背影，在我们的目送下渐渐远去，最后沉落于历史的地平线下……

时代的演变，总是最先也最容易在较为敏感的青年知识分子那里引发感触。

对于许多几经努力和奋斗才走出乡村，走出乡土的年轻作者来说，身份的改变和职业生存方式的转换，虽然使他们表面上脱离了乡土，游离了村庄，但却无法割断他们与乡村、泥土的千丝万缕的联系。毋宁说，他们是背负着整个家庭乃至家族而融入城市的，无论是在心理上还是在地理上，老家都没有远去，而是近在咫尺。所以，那里的一切——无论是风雨飘摇的《老屋》（帅昕），还是在"那破烂不堪的"屋檐下闪闪发亮的灯光（骆世明《孤灯》），抑或楼板下就是别人家臭气熏天的牛厩的《老阁楼》（胡德江），更不要说因劳累过度落下一身病痛的母亲（卢仁强《母亲在疼》、周树平《背黄泥巴的母亲》），守着日益荒芜的土地也不愿进城享清福的老父（卢仁强《父亲和他的土地》、黄平《茅草菌》），以及拉扯过自己的爷爷奶奶、外公外婆（高海燕《奶奶的围腰布》、袁春灵《祖母绿》），都是他们放不下的牵挂。在他们的身后，是乡村社会沿袭了几千年的传统，是难忘的《大地往事》（罗铃），是"痛并快乐着"的童年记忆和刻骨铭心，是挥之不去的乡情、乡愁（胡德江《跳舞的粮食》、李发雯《那时候我们过年》），以及剪不断、理还乱的《乡曲》（李发雯）和《光阴的碎片》（许迪梅），一句话，是那深植于泥土和岩石中的家园情怀、精神根系。所以，在他们的笔下，乡村虽然贫穷，却美丽诱人：

走过向晚的河岸，蛙声此起彼伏。恍然间，平静的河面上，一只绿色的鸟儿"唧"地叫唤一声，箭一般斜斜地掠过水面，停驻在河沿那一株小树间。再看时，不见鸟影，只闻鸟声。这声音，似鸟儿飞远时的歌唱，又像是心中那不知来自何方、历久弥新的某种呼唤……是的，任你多次走进，那青山，那绿水，那碧波，依旧不老；山水间，田地边，那山歌，那情歌，依旧缠绵悠远，撩人情怀……美，往往就在不期然间，和你撞个满怀。（周树平《那个叫后寨的地方》）

四月的野菜鲜呀！椿芽、蕨菜、折耳根、苦蒜、野芹菜……

想想已经很馋人了吧！油菜花谢了，别伤感！你看那粒粒饱满的油菜籽呀，结结实实、密密麻麻、沉甸甸地匍匐在田野中，蓝绿色的一片在早晨湿润的空气里，像极了一个梦，一个香甜柔软的梦。田间地头，野芹菜紫红的嫩叶舒展了，芽儿长了，藤也长了，挖野芹菜的小姑娘嘻嘻哈哈叫着跑着，小竹筐装满了新鲜的野芹菜，露水打湿了裤腿。看着这美丽的画面，我的眼模糊了，仿佛那个小姑娘就是我。那年，那月，那一日，我背着小竹筐，也是踏着露水，也是唱着歌谣，也是在这一片故乡的田野里，埋头挖野芹菜，当然，如果正好遇见折耳根，必定是要挖走的。她的童年里有我的影子，我的童年里，却有别样的滋味。（张敏《小四月》）

或许正是这"别样的滋味"，深入肌肤，化为血液，形成了家乡泥土所特有的气息或味道：

有一种味道，是乡亲乡邻的味道，有人把它叫做"我的父老乡亲"。这种味道弥漫在村庄的小巷、房舍的屋檐下、热腾腾的锅灶旁、大爷大妈的亲切呼唤和灿烂的笑容里。这种味道，任谁都不忍抛弃，无论你官多大，无论你走多远。（李发雯《乡曲》）

据我所知，收入本书的作品中有为数不多的几篇至少写在十年之前。那时的乡村，或许还遗留着较多的童年景象，但在岁月惯用的蒙太奇手法面前，今日的乡村，却已大多都发生了"变脸"，改换了容颜，不复再见当年的情境了。于是，就有了这样的惆怅和感叹：

一切都是那样熟悉，同时又是那样的陌生。在这里，我度过了自己的童年和少年时期，与小伙伴们一起玩耍，寨子里的每一条小巷，每一个旮旯角落，无不熟悉；四周的山山水水，我们放牛、割草、掏猪菜、挖折耳根、砍柴，无处不留下足迹。印象里的东西，十分清晰，但与现实却对不上号。（叶正鼎《到老家兜风去》）

在这里，除了年迈的老父母以外，我已经不再拥有着什么了。这里的一花、一草、一木，甚至一块石头、一抔泥土，也因为我的远行而渐渐变得陌生起来。这个村里唯一留给我的，是永远的乡音。（彭志兴《被遗忘的村庄》）

换言之，这是一个昨日的记忆与今天的现实已经"对不上号"的故土家园。于是，悖论出现了：这个"一切都是那样熟悉，同时又是那样陌生"的乡土，看去似曾相识，渴望走进却又无路可去，

翠屹云天·普定散文集

难以皈依。有如一个被摒弃的游子，注定只能在外徘徊，"那里"已不再属于你。这是一条不归路，任你千回百转，任你泪眼溜溜，那曾经装载着无数美好童年、快乐时光的过去，那伴随着欢笑与眼泪，困顿和忧伤的岁月、村庄，都已经一去不复返。于是，只有付诸笔端，将自己的记忆和断想、牵挂和思念留在纸上，留在心里。

不管是有意还是无意，自觉或不自觉，当这么多作者不约而同地拿起笔，写下自己对昔日乡村的追怀、伤悼和思忆时，他们实质上是在以集体的方式，同一个熟悉的时代诀别！这是一代人向那个渐行渐远、缠绵难舍的时代投去最后的注目礼！

别了，故乡！

别了，那已经远去的童年和少年！

别了，那曾经的泥土上的美丽和哀愁！

那是昔日的出走者"梦开始的地方"，也是今日的寻梦人梦破心碎之地。他们的追忆和怀念，哀惋与悲悯，既是一曲追悼的挽歌，也是一页历史的记录。在那些混合着惆怅与迷惘，愉悦和忧伤的文字背面，隐隐传来的，仿佛是一阕时断时续、缠绵缱绻的《思乡曲》，以此构成这种集体合唱的背景音调，弥漫在字里行间，播撒在每一个人的心田，缭绕于广袤的土地、苍穹……哦，那不就是所谓的乡愁吗？是的，这是一代人的乡愁，它悠远、低回，萦绕不去，久久回荡在蓝天与白云之下，大地与泥土之间，余音袅袅，不绝如缕……

俄罗斯白银时代的作家巴乌斯托夫斯基有言："每一个时代都需要自己的编年史家，不仅需要历史事件方面的编年史家，而且还需要生活习俗和生活方式方面的编年史家，生活习俗的编年史以其特殊的清晰度和能见度使我们接近过去的事情。"（《文学肖像》）从这个意义上说，本书所搜罗的这些追缅、回忆、描述和叙事，事实上正是有关一个时代"生活习俗和生活方式""编年史"的重要构成部分！生活在这个巨大裂变时代的作者们，有幸将自己亲历亲闻的风景风物、乡土乡情生动鲜活地记述下来，以俾后世的读者能

以"其特殊的清晰度和能见度"了解消逝的历史以及在历史的宏大
叙事中往往隐而不彰乃至缺席不见的那些细节，这不正是时代所赋
予的"编年史家"们的责任么？

因此，历史已经注定，来自大地的书写，包括那些夹缠在泥土
上的美丽与哀愁，都将成为飘浮在历史天空上的、不可或缺的云朵
和星光。所谓"脚踏大地，仰望星空"，大地与云天，泥土与太阳，
自有其相感通、相连接的灵媒或曰精神通道。亦如伟大的康德所言：
"有两个事物，将带着永恒的惊奇与敬畏充满着我们的内心。我们
思维着的灵魂将越来越强烈、越来越迫切地感到它们的存在，那就
是：我们头顶的星空与我们心中的定律。"

于是，在大地之上，云天之下，绵绵无尽，回响不绝的，是一
代又一代人对其安身立命之地、灵魂栖居的家园的永恒追求。行将
远去的时代，早已安顿不下我们的身心了，那么，归程在何处？哪
里才是可供我们"诗意地栖居"的灵地？

或许，这才是在交出了我们的记录和缅怀之后，每一个人都应
该追问的、应该寻找的吧？

答案在哪里？答案或许就在这寻找上。岂不闻："众里寻他
千百度，蓦然回首，那人却在，灯火阑珊处。"

只要你永不停息，永在路上，那么，一切都会衍变，一切皆有
可能。

仅以此，与诸君共勉。

是为序。

2018 年 1 月 21 日

大寒后一日草于蜗庐

目录

陈登祥

贵州省作家协会会员。文学作品散见于《花溪》《新创作》《贵州作家》等期刊，现已发表作品 600 余篇，有作品在各类征文中获奖。其文学观为：文学是一种精神。在一篇作品里窥视一种心态，感受一种生活。

平桥纪事

　　二十二年前，我十八岁，伴着收获时节的金曲，恋恋不舍地迈出母校的门槛。随后，带着青春的梦幻，奔向北部山区——马岭冈。我任教的平桥小学便坐落于马岭冈梁子上的一小片平地上。1991年，在遭遇一场百年不遇的特大山洪洗劫后，学校因祸得福，建起了这地方有史以来第一幢一楼一底楼房。一条小溪从它旁侧淙淙流过，小溪边上挺立着几株如雨伞状的柏树，树上稀稀落落悬着几个鸦巢。树叶掩去了校园的一角，显得幽静而肃穆。

　　六年后，我从那里调离。但那冈上耀眼的红杜鹃、淡白色的蕨菜、诱人的八月笋，和那三月枇杷四月李，五月杨梅六月桃，还有那弯曲的小径、翠绿的松柏、矗立的教学楼，无不深深地印在我的脑海里。一想起那儿的山山水水，特别是朝夕相处的人们，我的心醉了，也碎了。为了那不能忘却的青春岁月，我拿起笨拙的笔，记述往事的生活片段，奉献给在山里默默耕耘的同事们。

老共

　　平桥小学校长章元明，五十多岁。缘于他有三十多年的党龄，人们大多称他老共。老共中等个儿，微微发胖，一身淡蓝色的中山装常扣齐风领扣。他是平桥人，二十世纪五十年代初毕业于安顺师范学校。在平桥，祖孙三代均受教于他的不计其数。别看他已过天命之年，但他那大步流星的身影，让他看上去至少年轻十岁。

无论老人、青年还是小孩都喜欢他。不管他走到哪里，屁股后总跟着一大堆人，听他谈天说地：什么林则徐的大沽炮台，张飞杀岳飞啦，猪八戒评职称，女婿冒犯丈母娘啦……真是个无奇不谈，口舌生香的侃师。闲暇时，大家都想听他吹牛，可当你正津津有味地听着，他的笑话冷不防变古为今，亏吃到你头上，让你哭笑不得。由此，他又得了个别号——"章老鬼"。即便如此，"章老鬼"的听众依然众多。

开学的前一天，我打起背包兴致勃勃地上了开往山区的客车。下车后，一路借助道旁的指路牌，步行四个多小时来到了平桥。没想到第一个迎接我的就是他。一见面，他自我介绍道："我姓章，他们都叫我老共，嘿嘿。"他伸出了双手。

"哦，是章校长……"我紧紧握住了他那双有力的手。

老共和我说话的当儿，老师和学生们迎了出来。

"知道你要来，"章校长说，"我们等了两天。昨天，大伙儿买了条狗，打狗迎接你，谁知你没来。"他用手指指大家，"早搞光喽！"接着又惋惜地说，"唉！只怪你没有口福。"

"我……我……"我不知怎样回答才好。

"小陈，你别多心。我这人本来就是这样，直杠杠的。你来这里工作，大家直盼着，学生也乐坏了。但是……"他话锋一转，"可要矮子过河——安心哪。"

我连忙说："校长，我一定安心。"

"这就好！"他见大家站在原地，连忙又大声说，"你们站着干什么？还不快给陈老师布置房间去。"

转眼间，一年一度的中秋节快来临了。这时，我想起了远方的妈妈，想起了小时候团聚的融融气氛。可是，又不能回家去，怎么过节呢？这里甭说月饼，就连普通饼干都很稀罕，不过葵花、花生倒是应有尽有。于是，我与几位老师找老共商量搞个晚会。

我们找到老共，话刚开头，他便哈哈笑起来："我与你们想到一块了。"他说："不仅平桥中心校搞，而且还要通知全片区公民办教师前来参加。"

十五的夜幕，终于在等待中降临了。圆月如新娘一般露出了她娇羞的面庞。那幽幽的月光，使整个大地如同白昼。操场上，课桌围成了整齐的一圈，课桌上面堆放着花生和葵花。靠西的桌子上放着一台单卡放音机，凳子上搁了一把用蛇皮蒙着的二胡，那是老共的。课桌四周站满了从山里赶来看热闹的男女老少。

八点，老共宣布："九〇年平桥小学中秋联欢晚会正式开始！"话音刚落，掌声四起。待掌声响毕，老共继续说道："第一个节目，请我们的诗人李应明主任朗诵一首诗，大家欢迎！"

李应明被人拖着从我的邻桌站了起来。"好吧，"他说，"面对此情此景，我谈谈自身的感受。"随即他用手扶了扶架在鼻梁上的眼镜，低沉地吟了起来：

中秋时节景幽幽，几时欢乐几时愁。

嫦娥不解人间事，吴刚岂能作逍游？

顿了顿，他忽然又吟道：

人间幻景勿强求，失落之泪抛九州。

纵然他乡月黯逝，星光闪处自风流。

"什么？"莫非我听错了，李应明主任朗诵的诗为什么这般凄楚？不待细想，老共已叫了起来："你这小子，朗诵的诗太低沉了。"

李应明木然地站着，不发一言。

老共见他站着不动，欲言又止，转身招呼大家："今宵是八月十五联欢会，气氛要热烈些，现在请新分到我校的陈老师来支歌！"

"来一支！"乡亲们大声附和着。我不假思索地拨动吉他自弹自唱起来："……归来吧，归来哟，浪迹天涯的游子；归来吧，归来哟，别再四处漂泊……"

歌声，无力地消隐了。我抬起泪眼仰望星空，那月儿动也不动，正被一层薄云遮盖住，似乎不忍看见因听了我的歌声而饱含泪花的那三位女同胞一般。

良久，老共才发话："唉，你们这些孩子！我没想到晚会刚开始便搞成这样。我这个校长不能给大家带来节日的快乐，我深感内疚。怎么办呢？怎么办呢？"他走过去将二胡提到手里，继续说道："看来，我这把二胡也该摔了。"

这时，观众中有人大声喊："唱山歌吧，老共，你不是当年的山歌王吗？"

"对！唱山歌。可……唱什么呢？能唱哥呀妹的吗？"

"唱什么呢？"大伙儿你瞅我，我瞅你，一时也没有了主意。

"唱你自己行不行？老共。"平日最爱开玩笑的尚大飞老师大声说。

"唱我？"老共用右手摸着头，踱着碎步。旋即他把手从头上迅速滑下，一点头："行！只要大伙儿高兴。"

"好！你拉二胡，由我来起头。"尚老师对老共说。

随着"水打石城大桥梆，预——备——起"的一声，上百人一齐唱了起来：

水打石城大桥梆，

浪去浪来到你乡。

浪去浪来到你处，

老共老来想婆娘。

水打石城大桥头，

浪去浪来到你洲。

浪去浪来到你处，

老共老来还风流。

"哈哈，哈哈……"大家笑得前仰后合。我也和大家一样笑弯了腰。老共好像没那回事一样，也跟着哈哈大笑。

那一夜，悠扬的歌声此起彼伏。天然的舞池里尘土飞扬，人们尽情狂欢。在这淳朴的民风中，在这大山悠长的召唤里，我第一次得到一种前所未有的净化与陶冶。

可是，不曾想到，没过多久，我再次迎来了一个毕生难忘的日子。

中秋节过后的第二个星期四，学校开展教学观摩活动，并指定听我的课。我心里暗暗狂喜：早该知道我陈某并非平庸之辈了。在上师范时我就发表论文，上堂公开课算什么？且不说魏书生的授课录像我目睹多次，就连绔美纽斯的教育理论我也懂得几许。就这样，我若无其事，依然抱着吉他优哉游哉。

然而，一堂《难忘的一课》讲下来，竟全盘砸了！当我提问后排大个儿李远飞，台湾的地理位置在什么地方时，他竟咧着嘴这样回答："小台湾嘛，不就是在苦竹坳翻过去，下面河边上的闹鱼塘吗？"真使我哭笑不得。特别是当我满怀激情，用抑扬顿挫的普通话朗诵时，下面竟有几名学生昏翻着眼——睡着了。

评讲会上，老师们你一言，我一语，直刺我的心扉。

"唉！他那普通话连我都不全听得懂。"

"既是说到光复，便应把此事的来龙去脉讲清楚。"

"怎样上课都搞不清楚，学生有无反应也不知道，简直无头绪，乱七八糟。"

"教学内容都无步骤吗？想到哪，说到哪，这算什么上课？"

……

我涨红着脸，耷拉着脑袋，悄悄用手绢抹了抹潮湿的眼眶。

"别说了！"老共站起来为我解围道："依我说，陈老师这堂课基本上是成功的。第一，他能用普通话教学，这正是我们所缺少的；第二，教态自然，知识丰富，他所说到的许多东西，对我们来说是全新的领域。何况，陈老师这么年轻，跟学生差不了多少，大家不要求全责备。"

　　老共的一席话后，大家你看我，我看你，没再发言，而我却伏在桌上默默流泪。看到这，老共朝我走来，拍了拍我的肩膀说："小陈，别难过了。你抬起头来，看看我。知道我妈是谁吗？是失败呀！失败是成功之母嘛！"

　　"哈哈……哈哈……"引来一堂哄笑。

　　"嘻！"我禁不住破涕为笑，眼角边还挂着悔恨的泪水，但已不再哽咽。

　　老共接着又宣布："这次听课记录不装入档案，散会。"

　　会后，他来到我的宿舍，严肃地说："教书不光要有书本知识，还要因人施教，因材施教，因环境而施教，切不可照葫芦画瓢——生搬硬套。你就是不注重调查了解才出此差错的。这个班因教师更换太多，有个别学生是赶鸭子上架，五年级都才读了几天呐，唉！"说着，他竟捶起自己的脑门来。

　　许久，他抓起我的手，充满感情地说："小陈，这里的骨干不多，就这几个人，你年轻，前途无量，但要争气、谦虚、脚踏实地。"

　　老共的话我记住了。我把它变成火把，照亮了我的教学之路。我不光铭记着他的话，就在如今，我在指导他人的时候，每每便口不由己地谈出这些事来。

梅姐

　　平桥小学炊事员姓苏，名小梅。年长的同仁都戏称她为"苏小妹"。我初见她时，便觉得此人若穿上古装，一定跟三难秦少游的苏小妹一般楚楚动人，特别是那双好看的眼睛，简直如一泓秋水。

　　梅姐是山外繁华的城关镇人。1976年，正读高中的梅姐跟从平桥到县城酒厂打工的詹多好上了，她只好退学。请完喜酒后，梅姐顶替她爸爸在城关一中干炊事工作。不到一年，丈夫所在的厂子无米下锅，她只得随同丈夫回老家，调到了平桥小学。

到平桥后，别人问她为什么好好的城关不待，偏钻"夹皮沟"，她脱口而出："都怪我的命不好，是自找的，我认了。嫁鸡随鸡，嫁狗随狗喽。"

梅姐能干，只要她到学校后山转一圈回来，什么蕨菜、折耳根、木耳、香菇、竹笋，总能捎回一大包。那一餐，准能尝到可口的山味。

梅姐不仅能干，还有一副热心肠。平桥这地方，"山高谷险路遥遥，只炼男儿不聚娇"。长期以来，不知是上级安排困难，还是教育界男女失调，来这里淘金的几乎全是光棍儿。打从梅姐来后，大伙儿的扣子掉了或衣裤破了，无不甩到她的手上。即使教师走马灯般来来往往，亦不间断。

梅姐心肠好，可嘴巴却不饶人。

她到平桥不足六年时光便生了两个娃崽。尚大飞老师跟她开玩笑："你真是六畜兴旺啊！"她接口便骂："放屁！老娘生崽是身心舒畅，懂吗？不像有些女人，生个小鬼费力得很。"

"哗……"

"哈哈……哈哈……"大伙儿笑出了眼泪。

尚老师敢与梅姐开这样的玩笑，是因为他们之间有一层亲戚关系。这其中，还有一段趣闻哩。

一天晚饭后，尚老师提上两瓶"香槟"酒、一只大公鸡来到梅姐的房间，厚着脸皮请梅姐帮他摘掉光棍的帽子。

"梅姐，你就算帮帮我妈吧，省得她一天到晚念叨。我也25岁了，在这地方将就找，于心不忍。自己去碰，我又是这副天生的德行。"

梅姐指着大飞的头："要帮忙可以，但以后说话做事要谦虚。还有，你那张嘴，得让溪水洗净。"

"是，我记住了。"

"还有，我只帮着介绍，至于你们感情能否发展，我可不包。"

"那当然，不过还要……"

"还要什么？谁不知道你肚子里的蛔虫——要知识型的。可记住了，我不包。"

尚大飞高兴得几乎跳起来："你放心吧，梅姐，要是有个像你这样的小姐进得山来，我管叫她肉包子打狗——有来无回。来一个，要一个，来两个，要一双。"

"看你，疯劲又来了。"梅姐扬起了巴掌。大飞伸着舌头，做了个怪样夺门而逃，被梅姐一把扯住："把你的鸡拿回去，谁稀罕你的臭鸡。"

不久，梅姐果然领来两位山外姑娘——她的表妹和跟表妹一起待业的女友。在梅姐的撮合下，一年之后，大飞成了梅姐的表妹夫。平桥小学，也同时多了两位民办女教师。

秋季开学的一段时间，平日妙语连珠的梅姐突然变得忧郁寡言起来。那双娇媚的眼睛失去了往日的色泽，整天魂不守舍的。我们问她，是不是家中发生了什么事？可她不言不语，只是摇头叹息。

与此同时，我还注意到，梅姐不时蹲到教室外听课，一听就是好半天，连饭菜煮糊了也不知晓。有时，学生们在操场上做韵律操，她看得如痴如醉，偶尔还在叹息中掉下几滴眼泪。特别是夜晚，我们不时听到她对詹多无端地发火，有时还听到摔碗声、哭泣声。

这一连串的反常现象，把大家搞懵了。在一天晚饭后，老共代表我们再次追问，可她依然是一个劲儿地摇头，不吭一声。

我忍不住了，一把抓住尚大飞："是不是你小子得罪梅姐了？快说！"

"没有呀！别冤枉我。你想干什么？"大飞叫起来。

"干什么？这几天的饭你吃得香吗？我知道全校除了你，再不会有第二人会惹梅姐生气的。快说，你究竟干了些什么？"

"我没干什么！快放开我，要不然……"

"啪！"没等他说完，我一拳击在他的鼻子上，连那刚要出口的"然"字也被打回他肚里去。

大家惊呼起来。大飞翻身起来，擦了擦血，攥起拳头上前就要和我拼命。

"不许打架!"梅姐不知何时插到我和大飞中间,将我俩隔开。

随后,她扑到老共面前:"我说。"话刚开头便抽泣起来。

"我想……我……想……我想上课,不……不想煮饭了。可是,又不……不敢说,怕人笑话。老共,我能去……去学校上课吗?我想当真正的老师。"梅姐声泪俱下。

原来是这么回事,早知如此,我何苦去得罪大飞。

大飞接口指着梅姐骂开了:"你这该死的家伙,让我吃了顿活血。想上课?也不撒泡尿照照,你有文凭吗?国家会允许吗?哼!真是开国际玩笑。"他一边骂一边拍打着身上的泥土走出了房间。

也许是大飞的骂声刺伤了梅姐的缘故,她一屁股坐到竹椅上,捂着脸放声哭起来。老共赶紧劝慰她:"可以呀,小苏,等生源多了,你也可以帮着上课啊。况且,你不上课,学生不也叫你老师吗?如果你上课去,那大伙的肚皮哪个来填。"

"有他!"梅姐立马站起来,一边指着她那摆地摊卖小杂货的丈夫詹多,一边抹泪边说:"反正我不多拿一分工资,只要安排一间教室就行。"

"先休息,等研究了再说。"老共说完,自个儿上楼去了,大家跟着也散了。

没想到第二天,梅姐竟然豁出去了。她一大早起来先叫詹多为我们煮饭,然后用粉笔在一张红纸上写下了一则招生广告:

为了让孩子们以后多学知识,长大成才,本人从即日起开设学前班。招收五至六周岁学前儿童,报名费五元。

招生人:苏小梅

写好后,她马上贴到校门口,然后背上小儿子,走村串寨搞宣传去了。

第二天，校园忽然热闹起来。家长们满脸笑容，拉着孩子涌向梅姐的宿舍。仅一个星期，来报名的就有三十七个。

我们大伙也跟着来劲儿了，连忙找老共出谋划策，腾出一间空余教室，帮着修好桌凳。老共忙着打报告，造表册到县城……三天后，得到了上级的批准。

学前班开学那一天，梅姐好高兴啊，她先是笑了，然后伏在桌上大哭一场。

那一个晚上，我们大伙儿涌到梅姐的房间吃饭，齐声祝贺她成为学前班的首任教师。

后来，梅姐被上级派到地区幼儿师范学习三年，现在的她早已回山村继续任教了。

丁 杰

男，普定县马官镇河包村人，贵州省作家协会会员、中国音乐文学学会理事。有小说、散文、歌词发表于《文艺报》《山花》《词刊》《贵州作家》《散文诗》《岁月》《辽河》等报刊，作品入选人民文学出版社等年度作品选集。

那块菜地像只鞋

　　小点的是碗，大点的是钵，再大的就是盆，它们挤挤挨挨地倒扣着。这些碗，这些钵，这些盆是高原上一座连着一座的山。山与山之间，总会有些空隙，一层一层往上爬的是旱地，一块一块相依偎的是水田。背对青山，面朝绿水，石板房错落有致地掩映在树丛里。河包山，就是一幅淡淡的水墨画。

　　这幅画里的水田旱地，除了百亩大田是长方形，大多数被这些山挤得歪歪扭扭，千姿百态。有的瘦长瘦长，像个枕头；有的弯弯曲曲，像把镰刀；有的圆圆鼓鼓，像块水瓢。于是，春天油菜花开的时候，夏天打水田的时候，秋天稻谷成熟的时候，一个个绿油油的枕头，一把把白生生的镰刀，一只只黄灿灿的水瓢，在阳光下晃人的眼睛。

　　土地承包后，我家分到了八块田十块地。大的跟操场一样宽，小的牛站上去后，屁股都转不过来。

　　我的那块菜地，弯弯的、长长的、扁扁的，像只鞋，有一根扁担的长度那么宽，四根扁担那么长。我12岁考上初中以后，那块菜地就属于我了。分粑粑，母亲总是把大块的给我，分地，母亲却把小块的给了我。地是属于我的，所以种什么自己做主，种出来的东西也是自己做主。

　　锄头、种子、大粪、肥料由家里提供。

我的那块地，经常种香葱。先是找别家要三窝五窝，匀了栽下。掏猪草的时候，再偷一窝两窝，也匀了栽下。开始只栽了四五排六七十窝，长好，发箷后，舍不得吃，又匀来栽下。几反几复，不到一年，那块鞋一样的地里就栽满了绿绿的香葱，像作业本上长出的感叹号，一排排长长短短、胖胖瘦瘦。松土，扯草，浇清粪水。清粪水不是很臭，也是不很肥，却很催香葱。

一个星期浇一次清粪水，香葱可以长好高。偶尔从家里偷半碗用来催水稻的尿素，把白生生、亮晶晶的小东西，洒在黑油油的地里，落在青幽幽的香葱间，我就会激动得在地埂上走来走去。好像自己不是给香葱施肥，而是给了可爱的孩子一把糖，我像看到孩子笑起来一样，看着香葱在我的眼里一点一点地生长。蹲下来，盯着一窝看，直到感觉它长高了半厘米，才心满意足地挑着空粪桶回家。

香葱长得青丝亮晃。逢赶场天，我就挖小半提篮去马堡场卖。一场卖两三斤，得块把钱。连续卖了几场香葱，我就跟比我低一个年级的罗老五合伙买了副乒乓球拍，还给自己订了份《中学生学习报》。

当乡邮递员站在教室外敲响玻璃窗，我向老师请假后走出教室，拿回报纸的时候，心里就感到说不出的舒服。上千师生的学校，只有我一个学生订报纸啊。而且，订报纸的钱，是我自己挣的。我不仅是一个能考一百分的中学生，还是一个会种庄稼的小农民。

卖香葱回来，到马官中学玩几盘乒乓球，就赶紧回家，到那块鞋一样的地里，在空出来的地方把香葱补栽上。从那块小小的地上，我懂得了只有希望不断，耕作不断，收获才会不断。现在，写文章的我，每周都要投稿，跟当初母亲让我自己种地是有关系的。

那块像鞋一样的地里，除了种香葱，有时也还种点其他东西。比如沿地埂栽十几棵西红柿。等天冷起来，开始吃火锅的时候，就种一小片豌豆尖。家里吃不完的，也拿到马堡场去卖。只不过数量少，就跟二哥或母亲的放在一起卖。西红柿一角五左右一斤，豌豆尖一角钱三到五把（一把约十二三棵，用稻草捆扎起来）。有了自己的地，通过自己的劳动，收获了自己的菜，感觉自己不再是孩子，而是一个顶天立地的男子汉，那一份自尊和自豪，那一种享受自己果实的踏实和欣慰，现在我仍无法言说。大部分的西红柿和豌豆尖不卖，自己留着吃。家里请人做工，或是有亲戚来串门，母亲叫我们去地里摘豌豆尖或扯香葱，我们就唱着歌，飞哒哒地朝自己的地里跑，去完成母亲交给的这光荣而神圣的任务。一路跑，一路香，一路欢乐。

吃饭的时候，我们故意吃得吧嗒响，等待比饭菜还香的表扬。

我们比扁担高不了多少，每次挑粪，都把桶绳挽起两道。但我们挑着粪水走在马路上，穿行在地埂上的动作是熟练的，笑容是灿烂的。

二十世纪八十年代中期的河包山，像我这样有一小块地的孩子很多。有一块地种自己喜欢的东西，是孩子们的幸福，也是父母们的骄傲。

那块像鞋一样的菜地，注定留不住我想飞的心。

等我长得跟扁担一样高，能挑满满的粪水时，我就觉得那块地太小太小了。初中毕业，我到黄果树瀑布旁的镇宁读师范后，那块地就还给了母亲。也就是那年，二哥考取了普定电大，二哥的地也还给了母亲。母亲很自豪，有两个儿子在外面读书，就好比一下子多得了两块地。

读完书，我先是当小学教师，后做乡政府秘书。因爱写文章，又到县里编报纸和杂志。不能经常回家，就请邮递员把我编的报纸、杂志带回河包山，给退休的父亲，给只读过小学的母亲。父亲看到书上有儿子的名字就笑。母亲不看，却把我带回家的书报收好。虽然母亲读不懂儿子写的那些字，但母亲知道儿子在种什么，收获什么。

那块像鞋的菜地因在路边，采光好，我考取师范后，被村里一户人家看中，调了去。从读书、上班、改行、结婚、生儿育女，再到买房、工作调动。好些年没走进那块地了——那块地已换了主人，在上面种了三间房子，生了两个娃娃，长着一家人的日子。

舞动的二节棍

　　秋天的河包山，阳光下、石板上、院坝头，随着呼呼生风的二节棍的舞动，黄豆、懒豆、四季豆、蘹子、高粱、荞等颗粒状的庄稼果实就欢笑着，从它们母亲的怀里跳出来，生动地呈现在我们母亲的眼里，激动在每一个农家院落。

　　这种舞动的二节棍，就是河包山的农具之———连枷。

　　把两根笔直、绵扎、有韧性的鸡蛋般粗细的木棒，用棕绳或胶带牢牢地系在一起，连枷就做成了。长的那根，高过脑壳，短的那根，抵齐腰杆。

　　孩子们有时想为大人做事情，有时图个好玩，不时也会提起连枷甩几下。打连枷最讲究技巧，得边打边灵活地转动握在手里的长把，不要让绳子扭在一起。绳子扭住了，短的那根木棒就会没了方向，不注意就会自己往自己脑壳打一个大青包。

　　连着出几个好太阳，母亲就把晒在草堆上、吞口上、院墙上、树上的黄豆、懒豆、四季豆收到院坝里，根朝下，叶和豆夹朝上，斜斜地顺着一个方向铺好。随着连枷的舞动，随着"啪啪啪"的声音一轻一重地响起，那些成熟的、饱满的、滚圆的豆粒，就在连枷边跳来跳去，好像是被连枷从暖洋洋的梦里惊醒，长了手脚一样，伸伸腰，踢踢腿，跟着欢快的连枷翩翩起舞。

　　我和二哥也会在母亲歇息的时候，拿过连枷去打一盘。或是不小心打痛了自己，或是累了，再也使不上劲，自觉自愿地放下连枷，在母亲的笑声里，把鸡撵开，去捡滚落到石缝里的豆粒。

连枷打得最热闹的时候，是打谷草。打谷子时，因赶太阳趁天气，或劳力弱时间紧，只能忙乱地把从田里收来的谷子在石板上打下来，堆进家里。等闲了，天气好了，再慢慢晒干，用风簸簸好，装进仓里。上了公粮，就要计算着打草了。打草就是将一把一把捆在一起的谷草铺在晒坝里，镰刀砍乱，再用连枷噼里啪啦地打。打草要人多，每年家里打草都请人，或伯父叔子，或上邻下坎。七八个人手持连枷面对面站，或边打边走，或绕着一个方向边打边转，一轻一重，一重一轻。连枷起落特别讲究节奏，一是省力，二是不至打着对面的人，三是默默地用上上下下、起起落落的连枷，当作劳动的号子在阳光下欢唱，这样，打连枷就不仅仅是一种劳动，而是一种舞蹈了，一种充满力量的集体舞蹈。打一气，把长的那根棒翻转过来，就成了掀草的工具，不用弯腰，就能把没打着的草翻过来。把打软的草捆起来，堆在院坝里的树下，堆成高大的蘑菇型的谷垛。天冷的时候喂牛，一晚上给一捆草，牛吃不完的，将就给牛垫着睡。等打完草，一年的农活也就结束了。收起连枷，就得准备过年的东西了。

七八个劳力，一天能把堆得跟石板房一样高的草垛打完。但打不出多少谷子，这些少得可怜的谷子瘪瘪的，还让雨水泡得发黄，有一股霉味。这样的谷子，人是不吃的，一般用来喂牛。我没有经历过饿饭的日子。听母亲说，粮食关那阵，草根树皮都成了美味，打草的谷子，不知救了河包山多少人的命。包产到户后，每家的粮食不仅够吃，还有余粮。我清楚地记得 1980 年，我家收到一万斤谷子，一家人一日三餐都吃大米饭，还能余出一半来卖。尽管丰衣足食了，但每年秋天，阳光灿烂的时候，河包山每家每户还是要舞动着连枷打谷草。

饱的时候，多想着饿的时候；有的时候，多想着无的时候。母亲经常给我们讲的这句话。也许，这就是河包山每年都要打谷草的答案吧！

那么，为什么用连枷打架呢？莫非也跟"居安思危"这个词语有关？

我们这里下坝、号营、玉屯、玉堡等寨子爱打群架。我不能确切地说，这是不是跟屯堡人闲时为农、战时为兵的历史有关。马官是有很多屯堡人的，那是六百年前明太祖朱元璋"调北征南"的时候，打完仗的军人就在这里留了下来。战时打仗，闲时种田。战争是一时的，和平的时光长起来的时候，为了不忘了武功，强身健体，屯堡人每年都要演武。演武分为文演和武演，文演就是敲锣打鼓身披战旗舞刀弄枪地跳地戏，武演就随便找个理由，一个村庄跟一个村庄打群架。连枷这种农具，和这有关吗？我不知道。

我8岁的时候学会使用连枷，那时，我还没其中那根短木棒高。听寨子里的老人说，有一年河包山的人跟马堡场的人打架，河包山的人就是甩着几十副呼呼生风的连枷，把马堡场的人打得屁滚尿流。

我没有看到过连枷打人的场面，但连枷在阳光下舞动的姿势，在庄稼上响起的声音，我不会轻易忘记——就像不会轻易忘记母亲，不会轻易忘记曾经的苦难。

清明菜·清明粑

太阳蒙着脑壳睡了一冬，觉得不太好意思，爬起来伸了个懒腰，喝了口烧酒，红着脸这儿瞅瞅，那儿瞧瞧。于是，水淌了起来，鱼游了出来，树动了起来，草冒了出来，花骨朵胀了起来。花花绿绿的春天，也半捂着羞涩的脸，款款走来。走到哪里，美到哪里，走到哪里，香到哪里。

一朵一朵的清明菜，在稻桩田里伸出头，挤眉弄眼地长出一身嫩绿。几个太阳后，神不知鬼不觉地开出了黄色的小花。清明菜一开花，孩子们就缠着母亲说，去摘粑粑花来，做清明粑吃。母亲不说话，只是笑。

孩子看到母亲笑了，就提了竹篮，朝田野里跑去。孩子们知道，母亲笑过后，就会上楼去抬过年留下的糯米面到太阳底下晒，就会去找出上了一层灰的烙锅来洗。

穿着过年时舍不得脱下的花花绿绿的新衣裳，孩子们一群群地跑进田野。清明菜到处都有，地埂边、田埂上、麦沟里、菜花脚，没犁过的板田里最多。孩子们像蜜蜂一样，一窝一窝地在田里窜，一会儿左，一会儿右，一会儿唱，一会儿闹，远远看去，简直就是一朵朵、一簇簇会走路的花。

做清明粑，需要很多清明菜。那东西蓬松、柔软，看着一大堆，挑挑拣拣，用水一煮，也就看不上眼了。所以，除了专门约上伙伴去摘清明菜,在上学路上、放牛途中,掏猪菜的时候,割牛草的时候,只要见到嫩嫩的清明菜,孩子们都会一并摘了,顺手带回家,跟往天摘的放在一起。估摸差不多了,就央求母亲赶紧做清明粑来吃。

二十世纪八十年代的中国农民,在温饱问题得到解决后,开始按照自己的愿望调理生活的味道。母亲到马堡场坝买来豆腐干,爬到楼上捡出血豆腐,从炕笋里割下一刀腊肉,我就扛着长长的竹竿去椿树上挑落七八棵嫩红的椿芽,就可以烙清明粑吃了。母亲洗干净手,把清明菜捡好煮了,跟糯米面和在一起,使劲揉。清明菜叶的绿、花的黄,在母亲的手里全都揉进洁白的糯米面了,白里泛绿,绿中见黄,看到眼里都香。把做熟的椿芽炒腊肉血豆腐包进粑粑里,搓弄成柿饼大,倒扣着放在铁锅里的砂锅上,慢慢烙,一锅可以烙十多个。热气慢慢冒出来,屋子里就开始飘香了。

母亲用沾着白面的手翻两翻,清明粑就熟了。母亲围着煤灶,孩子们围着母亲。每年清明,家里都要烙一两百个清明粑。第一、二锅,都会让孩子们趁热吃。

有一些美味,是用文字和语言无法表述的。黔中安顺的清明粑就是这样。我只能讲一讲有一年春天关于清明粑粑的事。这种故事,也许哪一年都会发生,就像春天一来,清明菜就会生长出来一样。

有一年春天,得知母亲要做清明粑,一下午我都没有好好听课,坐在教室里发呆。实在是嘴馋了,我还是逃学回家,少上了一节课。走进堂屋,粑粑的香和母亲的笑就迎面而来。来不及把书包挂好,我就抓起一个,一口咬下去,烫得我直跳。粑粑还没吃完,嘴角、手里全是从粑粑里流出来的油。母亲等我油口油嘴地吃下四个,就让我送清明粑到百亩大田,给犁田的大哥当晌午。大哥那时二十来岁,正是吃得做得的时候。母亲用帕子包了七个,让我送去。母亲知道,我在路上会管不住嘴。即使我路上偷吃了两个,也还有五个。我提着七个"诱惑"出门了。还没走到村口,属于我的那两个粑粑就从手里跑进肚子里了。我使劲地咽着口水,想着还饿着肚子犁田的大哥。我想走快一点，这样我就会少偷吃一点——我的嘴像长到了脚上。

走到大田边，我溜进路边的油菜地里，六口就吞下了一个清明粑。我在心里说，大哥也许吃不完五个。那个时候我不懂什么是诱惑，什么是贪婪。我的手管不了我的嘴，我每走过一块麦田或菜地，就会找到再吃清明粑的理由。走到离百亩大田只有四条田埂的时候，最后五个清明粑在诱惑和自责的扭打中进了我的肚子。看着辛苦犁田的大哥，我都想打自己几个嘴巴，伸出的手却不自觉地轻轻摸着胀得圆圆的肚子。

我不知道是怎么回到家里的。母亲闻到了我一个接一个的饱嗝里的椿芽血豆腐味，见我满嘴满手的油，一把扯过我的耳朵，骂了两句"悖时砍脑壳"，又重新捡了几个粑粑塞进我手里说，再偷吃，胀破你的狗肚子。

那是 1984 年，我 12 岁。那一天，我一共吃了 11 个清明粑。那 11 个清明粑，让一个 12 岁的孩子彻头彻尾地满足了一回食欲，让我一辈子记住了一种民间食物的味道，一种包含了春天的椿芽，夏天的豆腐，秋天的糯米，冬天的腊肉的味道。

高海燕

女，仡佬族，大学本科学历，普定县第二中学语文教师。爱好文学，曾以"燕子"为笔名在《普定报》上发过表作品《珍视孤独》，诗作《归思》曾获市级二等奖并被收集出版。多次辅导学生参加征文比赛并获国家级辅导教师特等奖。

奶奶的围腰布

　　我的奶奶已经有十一个年头没和我说过一句话了，埋她的那堆黄土上，荒草绿了又黄，黄了又绿。我不知道奶奶在她那个世界里有没有想起我，而我，却常常躺在记忆的棉花堆上，慵慵懒懒地不肯起来。思绪就像一支吸管，深深地插进了那段与奶奶共同度过的厚实的岁月中，贪婪地吮吸着那些藏在奶奶围腰布兜里的酸甜苦辣。

　　记忆中的奶奶穿着或青或蓝的大襟牌疙瘩纽扣衣服，系着青不青、蓝不蓝的围腰布，戴着藏青色的金丝绒小帽，帽子边缘露出几根花白的头发，佝偻着背，拄着拐杖，或站在大门口用手掌遮在眉头上看日头，或倚着拐杖坐在门前那棵歪脖子桃树下的大磨盘上。对！大多是坐在大磨盘上的。

　　太阳把整个院子照得透亮，墙角的破瓦缸里积着半缸水，静静地倒映着天空的云卷云舒，门口的歪脖子桃树像一把弄弯了柄的破伞，阳光从稀疏的枝叶间漏下来，斑斑驳驳地洒在奶奶沟壑纵横的脸上，洒在她那或青或蓝的衣服上，围腰布上。幺叔家的老狗趴在奶奶脚边，瞎着一只眼，吐着长长的红舌头；篱笆墙上的瓜秧，紧紧地缠着篱笆桩子狠命地向上攀爬。墙院外，邻居家的男孩正对着牛圈门大声吆喝，要让这牛在出门之前把粪便拉在自家牛圈里，可惜这老黄牛天生有股牛劲，冲破圈门就蹿了出来，偏不听男孩的话，尾巴一翘，便"吧嗒吧嗒"把一大堆牛屎拉在院子里，男孩一边骂着牛一边找来粪箕和屎刮子，麻利地将牛粪刮起，倒进自家那没有顶盖的茅坑。空气里弥漫着暖烘烘的牛粪味，男孩自顾吆喝着牛进了山道，远处的山如智者般静默着。这时候，我总爱端来家里那张三只脚的小板凳，坐在奶奶面前，把头深深扎进奶奶的围腰布兜里。无论有没有虱子，奶奶习惯性地用干枯的手指拨弄我稀疏的头发，感觉痒痒的、柔柔的，似乎有股暖流在耳际缓缓流过。

"奶奶，请个福来听嘛！"我说。"请福"是农村老人唱的一种歌谣。于是，半空中便飘来奶奶苍老而沉重的声音。

"太阳出来照半坡，照着半坡穷人多。栽升黄豆羊角咧，栽升麦子扑灯蛾……"

这声音有奇特的催眠作用，不一会儿，我便进入了暖烘烘的满是豆麦味的梦乡。待我睁开眼时，太阳只剩下半边羞红的脸挂在西边的山头上。

"嘻嘻，奶奶也眯着眼睛睡瞌睡。"我恶作剧般凑在奶奶的耳门上大叫，奶奶被吓了一跳，瞌睡也被吓醒了，缓缓地站起身来，拍拍围腰布。这时我才发现，奶奶的围腰布被我流出的口水打湿了一大片！这围腰布兜果然是我睡觉的好地方。难怪母亲总说，我是奶奶用围腰布兜着长大的。

奶奶腿脚灵便的时候，总爱上山劳动。奶奶刚扛着锄头出门，我就盘坐在大磨盘上盼着她归来。当太阳偏西，再也照不到自家院坝的时候，奶奶才从山上缓缓下来。我总是等不及奶奶走到院坝里，便跑到村口去拦截她，照例把手伸到她卷在面前的鼓鼓的围腰布兜里，有时掏出一小把折耳根，有时是几个隔生洋芋，有时是几个红彤彤的西红柿，甚至还会掏出熟透了的野果。总之，奶奶的围腰布兜里藏着无尽的"宝藏"。这些"宝藏"总是让我馋得口水直流。后来，我再也不愿意坐在大磨盘上"守株待兔"了，就缠着奶奶让她带我上山，我要亲自去摘取那些"宝藏"。奶奶拗不过我，终于答应带我上山了。

天空一片碧蓝，太阳泛着白光，山风吹得路旁的巴茅叶子丝溜溜地响。奶奶弯着腰、背着箩筐走在前面，我手提镰刀跟在她的后面。奶奶在她开的荒地里种了一大片蘹子，她说如果再不割的话就被太阳晒炸了。

来到地里，奶奶的脊背弯得像一张弓，手里的镰刀朝着蘹子秆一口口咬下去，瞬间便放倒了一大片。而我，东奔西跑地寻找"宝藏"，却一无所获。神秘的大山并非我想象的那般富有。奶奶说："你啥都不做，只想来捡便宜，咋个可能？东奔西跑的，还不如来学割蘹子。"

"割就割！"我说着，便夺过奶奶手中的镰刀，胡乱地朝蘹子秆挥去。不一会儿，也零乱地放倒了一小片。我得意地斜着眼睛瞧奶奶，一不小心，镰刀口滑过蘹子秆，狠狠地咬在我的手上，五根手指四根受伤，顷刻间血流如注，我吓得哇哇大哭。奶奶踉踉跄跄地跑过来，脸色惨白，豆大的汗珠从脸颊上滚落下来。情急之下，"刷"的一声，奶奶撕下了围腰上的一块布，快速缠到我的手上，我的手被裹得像个臃肿的大粽子，血终于止住了，奶奶却瘫坐在地上。

晚饭时候，一家人围坐在堂屋里的大方桌旁，桌上的油灯发出昏黄的光，照着父亲古铜色的脸。只要父亲在，吃饭的时候没人敢说话，堂屋里气氛凝重，只听见筷子撞着碗发出的清脆的声响。

"你那只手断了，连个碗都端不动？"突然，父亲一声暴喝，全家人都停止了动作。弟弟嘴里含着一口饭，半张着嘴呆呆地望着我，全家人的目光都向我投来。我本能地把受伤的手举出来端碗，父亲严厉的目光盯在我受伤的手上，看到我手上缠着奶奶围腰布上撕下的布条，又把目光移到奶奶的脸上。奶奶怯懦地说："都怪我，是我叫她割蘹子……"话没说完，父亲又转向我大声呵斥："你怎么那样没出息，叫你割蘹子，你割你的手搞哪样？"我无助地望着奶奶，奶奶的眼睛里闪过一丝复杂的光，是对孙子的愧疚，还是对儿子的畏惧？也许都有吧。唉！奶奶是什么时候开始畏惧自己的儿子了呢？

晚饭过后，奶奶领着我回到老屋里，一路上，还时不时扯起残缺的围腰布角揩眼睛。也许她的风眼病又犯了吧。

奶奶的风眼病，是在生下我父亲之后落下的。那时候家里更穷，奶奶生下我父亲后还没满月就上山劳动，被山风吹了眼睛。后来，只要迎着风，奶奶就止不住流泪。但我知道，有时候奶奶扯着围腰布揩眼睛，不全是因为犯了风眼病。

记得那年，爷爷说我父亲和幺叔都成了家，该分家了，于是把他的一切家产都分给了父亲和幺叔，他也和奶奶另外开火单过。两位老人又开始日出而作日落而息。那天，奶奶和爷爷一同出山归来，两位老人都显得很疲惫。爷爷一屁股坐在院子里的大磨盘上，一边悠闲地抽着旱烟，一边摸着自己的脚丫巴。奶奶匆忙地在屋檐下的破瓦缸里洗了手，顺手扯起身上的围腰布揩了一下，便进灶房张罗饭菜了。可恨的是，今天的灶火很不争气，尽管奶奶往灶膛里添了很多柴草，火还是不够旺，也许是屋檐下的柴草太润了，小砂锅里的洋芋片老是煮不熟。爷爷的一袋烟已经抽完，又把解放鞋里的泥土仔细抖干净，还没听见奶奶叫他吃饭。性急的爷爷连鞋都没穿，打着光脚丫冲进了灶房："我来看哈，你是煮肉还是煮骨头？大半天了，连几个洋芋果果都没煮熟，要拿人饿死不是？"随即"咚"的一声，小砂锅被爷爷砸在地上，洋芋片滚得满地都是。奶奶被这突如其来的举动吓呆了，等她反应过来，爷爷已经拿着个空碗扬长而去，到幺叔家舀饭吃去了。可怜的奶奶连个争辩的机会都没有，扯起围腰布揩了揩眼睛，佝偻着背到堂屋里找扫把和撮箕去了。

无论是幸福还是不幸，我从来没有听到过奶奶和谁谈起她的婚姻。也许，在奶奶心中，自己的男人就是天，他做什么都是有理由的。只是奶奶的风眼病越来越严重了，她的围腰布也常常被揩湿了一角。

时光的轮子，并不因为个人的喜怒哀乐而停止转动。岁月的尖刀，无情地在奶奶的脸上刻下了深深的痕迹。奶奶那块青不青、蓝不蓝的围腰布，也洗得微微泛白。而我，也不再屋前屋后地缠着奶奶了。我与奶奶有着不同的生活轨迹。夕阳下，群山环抱中，弥漫着牛粪味的农家小院，是奶奶的归宿地，却只是我的出发点。

终于有一天，我背上单薄的行囊，义无反顾地走出了大山垭口。我知道，在我身后，奶奶的身影镶在门框里，一手抚着门框，一手遮在眉头上，眯着眼睛往垭口上眺望。手酸了就放下来，扯起围腰布角揩她的"凤眼"。尽管我心中阵阵酸楚，但还是头也不回地走向那个茫茫的未知世界。

多年来，我独自一人在这茫茫人海中辗转起伏，却始终没有找到自己心中的归宿地，也曾想过要回家看看老人，又总觉得自己功不成名不就，无颜面对江东父老，最终还是没有回去。可奶奶镶在门框里，扯起围腰布角揩眼睛的情景，却如一张老照片，时时挂在我的心里。

最后一次见到奶奶的围腰布，是在一片火光之中。

那个周末，我一如既往地忙碌着，还在加班，突然接到奶奶去世的消息，似乎整个世界瞬间轰然坍塌。我马不停蹄地往家赶，在苍茫的暮色中，终于赶到自家门口。亲人们忙进忙出，家里一片凄清杂乱的景象，院坝里燃起了火堆，父亲正陆续地把奶奶生前用过的物品往火堆里放，有奶奶的大襟牌疙瘩纽扣衣服，青色的金丝绒小帽，她自己纳的千层底布鞋，接着是奶奶的被子褥子，连那凌乱不堪的床铺草也投进了火堆。最后，父亲在奶奶的床头发现了她那青不青、蓝不蓝的围腰布，也缓缓地将其投入了火堆。在火光的照耀下，我似乎又看到了那围腰布上的斑斑泪痕。它们就像一行行参差不齐的文字，记录着奶奶一生的辛酸。看到这一切，我的泪再也止不住，吧嗒吧嗒地落了下来……

奶奶的丧事办完了，她冰冷的躯体被埋在村头那一抔黄土之下，如今已十一个年头了。她坟头上的荒草绿了又黄，黄了又绿。任凭时光怎样穿梭，我对奶奶的思念有增无减。特别是今年清明节前后，我总是梦到奶奶，梦到她系着青不青、蓝不蓝的围腰布，站在大门口抬手看日头。母亲说，奶奶用她的围腰布把我兜着长大，却没有享过我一天的福，要我封几封纸钱烧给奶奶。我想也是，就照着母亲的话去做。纸钱封好了，我在封皮上写下了烧纸钱的日期，却不知道奶奶的名字怎么写，便打电话问父亲。父亲说，奶奶姓沙，没有名字，嫁给爷爷后，村里老一辈的人都叫她高沙氏，写"高沙氏冥中收用"就行。听了父亲的话，我的心里很不是滋味，以为父亲连自己母亲的名字都忘了，但仔细想想，奶奶生前和那些妇女们谈话，也称她们陈刘氏、陈钱氏之类。于是，我也就照着父亲说的去写。

我把一大堆纸钱搬到村口点燃，熊熊的火光中，我似乎又见到奶奶扯着围腰布揩眼睛的情景，也不知道这熊熊的烈火，是否能燃尽那个女人们没有名字的时代。

胡德江

男，生于 1972 年 6 月，贵州省普定县补郎苗族乡补郎村人，中国散文家协会会员、贵州省作家协会会员。1992 年开始发表文学作品，有作品散见《山花》《文艺报》《贵州作家》《散文选刊》《中国散文家》《散文世界》等报刊。有作品在中国作家杂志社、散文选刊杂志社、中国散文学会、中国散文年会等举办的征文赛事中获奖。现供职于普定县人大常委会。

梁子往事

马鞍山与重阴山纵横交接的梁杠，方圆牵扯百十里，杉松涛涛似海，古堤旧渠绵远，这里是普定地域高寒边远的地方，人们习惯叫梁子。

梁子险峻陡峭，过去是通往织金的唯一山道，马帮和牛贩子赶熊家场、小牛场，往往血流于此。铤而走险的马帮、牛贩子，上得梁子，冤家路窄，不是你放倒我，就是我放倒你，侥幸出道的，生意场上畅通无阻，回来腰缠万贯，砌房盖楼，让人眼红，而一提到上梁子，就让人毛骨悚然，认为那是不要命了才做的事情。

梁子岩包丛生，石板房重叠横斜，生长于岩包丛中的人们，矮墩蛮实，四肢发达，臀大腰粗，这是在岩包丛中滚打的造化。梁子上不出鲜皮果肉，不出白生生的大米饭，就出两种东西，一是洋芋，二是煤炭。因此外头姑娘怕嫁上梁子，上梁子要吃一辈子洋芋，要嫁一辈子煤二哥，要当一辈子高山人。所以外头姑娘总是嫁往田坝地方。洋芋是梁子人家抵抗饥饿的粮食，寒冬腊月，青黄不接，梁子人家便会垒一堆煤炭烧洋芋。梁子人家以种一坡洋芋，收一楼底洋芋为荣，种洋芋收洋芋，往往是个把月的事情，没有人能够体会到梁子上的人家对洋芋的钟爱，可以说是视如生命，谁欺洋芋，就是欺他本人。

然而谁不喜欢吃松软爽口的大米饭？听梁子上的老人讲，梁子上的人是想换个活法，三十年前，成千上万的人涌上梁子，靠吃洋芋开山建水库、修大沟、造水田，干了十个年头，吃大米饭的想法终归落空，梁子上的人终归是吃洋芋的命。不信，你走一走梁子，那古堤旧渠上还能闻到血腥味。是的，吃大米饭的想法落空不等于失去了明天的梦想，立身于梁子之巅，你感受到的是一股强大的抗争精神在涌动，你感受到的是岩包丛中游走着经久不衰的灵魂。

梁子岩石给人的是苍白坚硬的无情，而梁子又是深情的，掀开岩石的表层就是深不可测的煤炭，煤炭让梁子上的人们胸膛滚热，一触即燃的生存希望永远明亮。那时候新科技还没有影响到深山里的梁子，生态环境和矿产资源开发还没有发生矛盾，梁子上的人们生活顺其自然。人们也不会想到要开发一个大煤矿谋大富贵，只图有两个盐巴钱过稳日子，媳妇娶得进来，姑娘嫁得出去，娃娃读得起书。然而这也是不容易的事情。特别是外出读书的儿女们对爹妈挖煤的辛苦感受最深。儿女们在外就读的费用要靠爹妈一凿一凿地挖，一船一船地拉，自家开的小煤窑，只容得下一个人跪着爬进爬出，爹妈不分白天夜晚拉着纤绳在煤窑里爬来跪去，常年劳作于黑暗之中，肩出血了，膝盖磨破了，也不怕痛，因为爹妈疼爱在外读书的儿女，只要他们争气，自己再苦再累都不顾惜。所以，在外读书的儿女们最懂读书的分量，最懂吃苦耐劳。

梁子上的爹妈像煤块一样炙烤着他们的儿女，感动着他们的儿女，当生存的家园和开挖煤窑发生矛盾碰撞的时候，爹妈扔下铁凿，毅然走出煤窑，上山植树造林。三十年来，爹妈们的杉松封住了整个梁子，一棵棵揽腰粗的杉松已经可以做老木棺材，令外头人心动眼馋，想放倒一棵为今后安身！

如今的梁子，松林如海，映山红开满山。如果你是浪迹在外的梁子儿女，那些游走不定的灵魂在等待你归来。

老阁楼

　　补郎街上最北面的后箐坡上，有我家住过的房子。房子是一组凹形组合屋，共七间，同时住着胡、徐、蒋、王四姓家族，正房住徐、王两家，其中有三间厢房，里头两间住着徐三爷爷家和蒋家，外头一间就是我家的住房。

　　说是厢房，其实是一间老式的吊脚阁楼，两只石脚，粗而长，撑住一堵石墙，石墙高险，遮住半边天，有点碉堡的样式。从补郎街上往后箐坡上仰头，一眼就能认出我家。正面开门的墙身是板壁墙。用楼板钉成的地面，薄而朽，且缝隙大，走上去晃晃悠悠，人稍不注意脚要踩空，卡在板隙里，苦不堪言。板隙能看见楼下的过道和蒋家的牛圈，过道涨山水，成了消水沟，水势急而猛，仿佛要把老阁楼带走，不涨山水时，才是人们过往的通道。夏天，楼下蒋家牛圈的臭气和苍蝇直往楼板缝隙冒，特别是蒋家喂的一头水牛，常在稀粪里打滚，让我们全家遭殃。我恨那头水牛，所以经常瞄准楼板缝隙撒尿淋水牛，水牛不仅不躲，反而迎着尿露齿而笑。我家留不住一个亲戚，有亲戚来，也就捂着鼻子忍着坐一会儿，屁股没坐热，抬脚就走人。对于我们来说，自从跟着爹妈屁股后面住在老阁楼上，早就见怪不怪，习以为常了。

　　听说，老阁楼是正房徐家的，正房徐家是地主。爷爷从四川老家逃难出来，正碰上老阁楼被分出来，寨子里的人嫌阁楼破烂，没人接手，大队就顺手给了爷爷。我没见过爷爷，在爹八九岁时爷爷就归西了。奶奶把爹拉扯大，送去当兵后，就改嫁到田坝地方去了。老阁楼一直空着，一直空到爹回来，娶了妈，老阁楼一下子就窝着我们七个姊妹。那时我想，徐家是地主，为什么还住着正房呢？我家和正房徐家总隐隐隔着一段距离，父母总不准我们去徐家正房玩，但我偷偷去过徐家正房一回，那正房舒坦安稳，不脏不臭不难受。后来事情被爹发觉，一顿老兵拳脚，打得我抬不起头，爹撑起我的头迸出一句："丢脸。"从此，我敌视徐家正房。

夜晚，我盯着老阁楼上的石板缝隙，缝隙里的星星在闪烁，我数着缝隙，石板有多少缝隙，就有多少星星，就像楼板有多少缝隙，我们就记着脚被卡住多少次一样。夜长了，我还在数石板缝隙里的星星，被妈发现，说："那不是星星，那是天透出的光。"其实，我不在乎是不是星星，我怕夜间打雷下雨，夜长生噩梦。

有些夜晚，老阁楼在雷雨中瑟瑟发抖。楼里灌满风雨，爹妈一晚到亮就忙着接雨水。接住这里，漏了那里，一家人的床铺被卷起来，我们挤在床角看着爹妈忙乱，直到风雨平息，老阁楼安稳了。等我们睡着，天就已经从石板缝里透出大亮。

老阁楼漏洞百出，早该翻新了，爹找过几次翻石板的工匠，工匠们一看就摇头，认为老阁楼不受人力，怕出人命。爹不输这口气，咬紧牙巴，上楼翻石板，然后对着石板匠嘣一句："老子怕翻天！"然而，老阁楼还是漏雨，爹有那胆子没那路子，有雷雨的夜晚，爹妈的影子依然忙乱，我们依然挤在床角打瞌睡。

老阁楼的承载能力不知有多少，一家九口人在楼板上一日一日晃悠，总不见人踩断楼板，掉下楼底。掏苞谷、挖洋芋，大人们背一两百斤粮食走在楼板上，也没听见楼板折断的声响，这真是件庆幸的事。直到有一回，大姐背着一箩洋芋刚进门，"咔嚓"一声，闪断一块木板，箩筐横在楼板上，而人掉进蒋家牛圈里了。大姐一身稀牛粪，天天洗身子，天天哭。妈缠住爹骂，爹咬紧牙巴，狠心猛力地修整楼板，震得老阁楼直抖。夜晚，我听见大姐在梦中尖叫，还有她背的那箩洋芋掉进牛圈被牛啃咬的声音。

爹年纪大了，支撑这个家已经力不从心。爹是进藏老兵，带着一身伤疤回家，也带来了暴躁的脾气，看什么都不顺眼，不顺眼就拿妈出气。妈长得高大，其实只要还手，拿下爹是不在话下的，但每次老两口打架，妈都不还手，总是由着爹的性子，什么苦难都往肚里吞。后来为人父，我才知道爹的狠、妈的忍，潜藏着多大的能量。在老阁楼的日子，爹妈熬着，其实都是为了我们生命中那双没有长硬的翅膀。

哥哥最怕爹的狠、妈的忍，怕我们饥饿的眼神。那是粮食断顿的年月，四个弟妹饿得慌，我经常撬开大门翻进家，带着弟妹翻箱倒柜找吃的，偷苞谷到别家炒来吃，偷洋芋到别家烧来吃，这自然免不了爹的老拳，而每次，哥哥就挡在爹面前，泪汪汪看着爹，不吭声。那时哥哥13岁，一声不吭出门，一个人走几百里路，到织金找与爹同母异父的大伯借粮食，哥哥背起50斤麦子，月亮落坡才到家，叫一声："妈——粮食……"还没进门就倒在门槛上。妈抱起哥哥哭，直到把哥哥哭醒。哥哥那袋麦子，被妈做成面条，每顿一把面条，一锅洋芋丝，我们吃着洋芋面条过年关。

老阁楼挤，哥哥就上楼打地铺，我们姊妹六个则挤在一张床，要侧身才能睡得下去，盖得上被子。一年复一年，身体在成长，我们仍然挤在一张床上，直到把大姐挤下床，把二姐挤下床，把我挤上哥哥的地铺。

长兄为父，哥哥是长子，还未成年就承担了家的责任，顶替了爹养家糊口的位置。哥哥用他那年少稚嫩的肩膀，支撑起这个家，遮挡了爹的怨恨、妈的痛楚，遮挡了我们多少惶恐、饥饿。在地上爬的时候，肚子饿的时候，也叫哥哥。我们不习惯叫大哥，叫哥哥，亲。哥哥聪慧，空手出门，一下子就能带着吃的东西回家，爹妈追问，哥哥不情愿说："有得吃就行了。"

哥哥是补郎街上第一个靠手艺吃饭的人。在老阁楼上，哥哥请不了师父，自己摸索着修锁、修电筒、修火机之类的小东西。之后又开始学修补铝锅、锑盆等家用的大东西，还学会用模子制造铝、锑、铜等锅碗瓢盆。哥哥造锅是绝活，十里八乡，名声响亮。造锅，最关键是模子，讲究严丝合缝。环境要静，人也心平气静。但是在老阁楼上，只要有人走动，整个楼板就"咯吱咯吱"闪动，别说造锅，就是我们做功课都会把字写歪。而哥哥在老阁楼上造锅，十个不行，一百个，一百个不行，一千个，耐性、韧性到家了，直到成功造出第一口锅。哥哥的锅，十里八乡都在用，一百二十年用不朽。而造锅赚来的钱，也只能保住一家人吃饭不断顿。

后来哥哥学会了赌钱。我想不通哥哥把锅造得好好的，为什么要赌钱。人穷怕了，也许是赌钱来得快，一大家子人张着嘴等着他，那破败的老阁楼不知哪天垮塌，他又急又愁，想孤注一掷、一下子改变一家人的处境。哥哥赌大钱，反倒把家输得只剩下光光的老阁楼。哥哥出门躲债，三年不归家。有人上门讨债，我看见母亲打开柜子，一柜子留着过年的白花花的大米被人一袋一袋装满背走。母亲靠在门口一把鼻涕一把泪，喊着哥哥的乳名。哥哥不敢回家，躲在深山老林造锅，发誓不换回母亲那柜子大米不归家。

哥哥早该讨媳妇了，可是不见姑娘进门，其中原因，不是嫌我家穷就是嫌哥哥赌钱。哥哥越是不着急，妈越是着急，不时请人说媒，好酒好肉请了一桌又一桌，结果人家不是怕这样就是嫌那样，急得哥哥对母亲吼："操哪份闲心，要找我会找。"其实，哥哥是有意中人的，是寨子不远的叫刘二环的姑娘，姑娘同意，可她爹妈死活不同意。我跟哥哥挤地铺时，哥哥在梦中搂着我叫过"刘二环"的名字，还叫我帮他写情书，那时我虽然小学没毕业，但已经会写情书了。我把"春蚕到死丝方尽，蜡炬成灰泪始干""曾经沧海难为水，除却巫山不是云"的句子抄上去，惹得刘二环偷偷来找过我哥哥好几回。可是，天下有情人终成不了眷属。刘二环爹妈死活不同意她姑娘嫁进老阁楼，放出话说要娶她家姑娘，除非盖座转十八个弯的转阁楼。一年两年过去了，哥哥盖不上转十八弯的转阁楼，刘二环爹妈就把她嫁到很远很远的田坝地方去了。哥哥发誓盖不了楼房一辈子不娶媳妇。

老阁楼破败，鸟儿们却不嫌弃，倒喜欢在上面做窝，特别是麻雀，占满老阁楼的墙洞，成天叽叽喳喳。老阁楼前有棵梨树，麻雀一群一浪，在老梨树和老阁楼之间飞来飞去。除了麻雀，还有大鸟光顾。冬天，老阁楼盖满白雪，我看见楼顶的飞檐上有老鹰站在上面，一动不动，丢石子吓，仍然一动不动。有天大早，我还看见一只长脚白羽的大鸟停在老阁楼顶的飞檐上，大鸟忽然张开翅膀，翅膀镀上了阳光，一声长啸，飞向长空。隔壁的徐三爷爷一眼看见，惊呆了，嘴巴喃喃有词："仙鹤，仙人指路，胡家要发了。"徐三爷爷高高的，穿长衫，每天起来，第一件事就是读书写字。徐三爷爷先读一会儿书，"学而时习之，不以说乎""三人行，必有我师焉"之类。他读书长声长气，是一种吟唱。读完书，然后写字，徐三爷爷写得一手好写，名声在十里八乡都响得很。徐三爷爷也乐意给寨子里的人写对联，红的、白的都写，写得最多的是春联。快过年的时候，徐三爷爷早早在院坝中摆一张方桌，寨子里的人挤满院坝，来抢春联。徐三爷爷写春联不收钱，只要有人递纸过来，就写。人们急忙道谢，徐三爷爷只回一句："出在手上。"徐三爷爷收徒也不收钱。我从十来岁起就是徐三爷爷的徒弟，在他手下学"徐式书法"。过年，我家春联我自己撰写。一副"耕读两不闲，胡门有大福"，光光彩彩贴在老阁楼的大门上，瑞雪映春联，一派祥和。这时，徐三爷爷总是理着胡须点头。可惜，徐三爷爷死得早，死的时候，找不到停放他的门板，爹下了老阁楼的大门，停放了徐三爷爷。我想，那只停在老阁楼飞檐上的仙鹤，是来接徐三爷爷去的吧。

老阁楼有个小木窗，正对着老梨树，我爱站在窗前看老梨树，春天、冬天，推开小木扇，一窗梨花叫我发痴。梨子一成熟，正房徐家娃娃就说是他家的，我倒不稀罕，他说是就是吧。正房徐家大人掏梨，总是避开我们院子里的娃娃，我不屑一顾。但对我最狠的是，我看自家窗前的梨花，徐家娃娃也不让看，说梨花也是他们家的。这时，我会离开小木窗，跑出门指着徐家娃娃的脑门心，说："你再说一句试试。"直把徐家娃娃吓哭，大人们这才骂走各家的娃娃。

在老阁楼里一天天长大，我一门心思想要读书考学校，出人头地。1986年，我考上普定一中读初中，离开了老阁楼，第二年春天回家，老阁楼空空如也，隔壁徐三爷爷家孙子说："你家搬到街上去了。"我才知道哥哥已经盖成了新房，我家搬家了。我看了一眼萧条的老阁楼，转身跑上街去找哥哥盖的新房……

哥哥盖的是一间水泥平房，爹住在平房里面，一边喝酒一边笑，一天一个醉，一个人喝不过瘾，还请来徐、蒋、王老邻居们喝酒、摆谱。有天，爹被徐三爷爷家孙子请去喝酒，喝到兴头上，徐三爷爷家孙子开口要老阁楼。父亲一摆手——"拿去，原来就住一栋楼嘛。"爹把老阁楼送了人。妈老是责怪，说老阁楼没了，根就没了。我和妈有同感，老阁楼没了，心空空的。

跳舞的粮食

　　我们是老辈人们从粮食关带过来的。

　　那时候的人们只顾一张嘴，想方设法找吃的，吃了上顿接不了下顿。爷爷那辈，上山挖狼蕨根（蕨根）充饥，吃得皮胖脸肿，人不人鬼不鬼的，然后是肠梗阻、便秘，人像泄气的猪尿包慢慢蔫下去，最后只剩下一把骨头。狼蕨根始终不是粮食，接不上顿的时候，吃一顿两顿可以，若是拿当粮食，那是会要人命的。岩山上长着一种带刺灌木，生长"烂贱"，一丛一丛、一蓬一蓬，待秋天果实成熟，红缨缨的，红遍一座座岩山，果实颗粒如豆，殷红如血，我们当地人称其为"红刺莓"。娃娃们放牛割草时，爱大把大把地摘来往嘴里送，味甘而涩，可充饥。那是老辈人们过粮食关的希望。没有粮食的时候，一家二家上山摘红刺莓，一簸箕一簸箕在太阳底下晒干，然后舂成粑粑当饭吃，那是可以当成粮食当顿度日的东西。一年又一年，老辈人们靠这东西度过粮食关，叫它"救济粮"。

　　爷爷那辈把父亲那辈带过来，到我们这辈，没人拿"救济粮"当顿了。吃，也只是放牛上坡的时候，随手摘来吃个玩意。然而，粮食还是不够吃，我们这地方，满眼是高山，不见一块地，屙屎不生蛆。大人们骂娃娃："吃饭？吃屎都要起早点。"意思是难得一口饭吃，要想吃饭就不要偷懒。是的，我们这地方，不要说吃大米饭，就是吃苞谷饭、洋芋蛋蛋，是真的要起早点，大人们出门就是一天，干一坡活路，起早贪黑，收一篓苞谷或一篓洋芋，争个日子不断顿，娃娃稳当过年关。我们这方人，不知道怎样讲究文明，也不奢望天天月月年年都顿顿吃上大米饭，只希望把种了一坡又一坡、收了一篓又一篓的日子过下去。

父辈们去挣工分的时候，我也去挣工分。记得父亲往我肩上翘一个小荚萝，我营养不良的身板经不起50斤重的牛粪压，东倒西歪，背起牛粪还没过秤，就"闪"了腰杆。村会计骂："狗日的还没三堆牛屎高就想挣工分混饭吃？还嫩点。"没挣到工分，就躺在床上了，倒吃起了大米饭。这是我一生中最美好、最难忘的日子，记得老妈从柜底下端出一升米来，慎重地放在灶台上，一颗米一颗米数着清除米堆里的沙子，落在地上针尖大小的米粒，被老妈重新捡起来吹干净，然后放进米堆。生病的那个月，我吃完了母亲那升米，要知道，那是一家人留着过年的大米。那时我还小，认为吃大米饭是世界上最大的福气。以后为了享有这份福气，就装病，然而最终被发觉，老妈扯蕺麻来抽，我倒不知痛痒，老妈却抽得眼泪花花转。

稍大一点，还是要去挣工分。那一季是收洋芋，那些从泥巴头翻滚出来的洋芋又大又黄，充满诱惑力。要是搞几个回家放进柴火堆里烤，又酥又脆又过瘾。那天上山，我特意穿上爹的水桶靴，背洋芋下山时，瞅人不注意"灌"满两水桶靴的洋芋，由于心大，灌满洋芋的水桶靴走起路来真有点寸步难行，但还是涨红着脸使劲迈开步子，不巧被生产队长发觉，弯下腰去捡我水桶靴里的洋芋，但没有捡完，还留着半水桶靴。生产队长拧我的脸一把，就走了。那水桶靴里的洋芋足有10斤，被我带到家，够我守着柴火堆过上一个充满温饱的冬天。

爹妈一出门，我们就挤在门口，伸长脖子等着，总是希望爹妈带着点什么可吃的东西回家。有些时候，等来的是老妈从队里分来的两个馒头，有些时候，是老爹不知从哪里弄来的一坨肉。如果老爹老妈两手空空地回来，半夜便听到他们哀声叹气，甚至是老妈的抽泣、老爹的骂娘。老妈总是长声长气地说："你们这帮伸长脖子的乌鸦，哪天才能长硬翅膀啊！"没有粮食的时候，老妈把洋芋切成丝丝，煮洋芋丝喂养我们，洋芋丝像面条，一锅一锅的，我们百吃不厌。然而，待老妈不知从哪里弄来一把面条和洋芋丝一起煮的时候，我们总是挑面条吃，认为洋芋丝不那么好吃了。每每在这个时候，老妈就会躲起来哭泣。

生产队的打谷场充满粮食的芳香，大人们在阳光底下排成两行打连枷，打苞谷、打麦子、打稻子，苞谷、麦子、稻子在连枷上跳舞，跳得远的，会跳到我们旁边，我们就以为这些自己跳过来的粮食不是生产队的。于是，我们就把藏在草垛底下的缸钵拿出来，一粒一粒拣起。大人们的连枷扬得越高，我们捡的粮食就越多，大人们总是和我们配合得很好，粮食在连枷的飞扬中，争先恐后飞到我们身边，甚至有时我们用缸钵能够直接接到飞来的粮食。生产队长睁只眼闭只眼，有时也像老鹰一样张开双臂驱赶我们，我们爬上草垛上故意跳、故意拍手，表达我们收获果实的自豪。晚上民兵背起枪守粮食，我们也敢偷，和粮食在一起，我们什么都不怕。我们藏在谷草里面，大口大口呼吸着粮食的芳香，感觉亲切而踏实。等到月亮落坡，我们伸长脖子钻出来，看见民兵端着枪在打谷场上走来走去，好像没有要去睡觉的意思，我们睁大眼睛等着民兵去睡觉，哪怕是民兵抽叶子烟的功夫、拉尿的功夫，我们也不放过。但是，越是这个时候，民兵就越是不去睡觉、不去抽烟、不去拉尿。民兵好像浑身长满眼睛盯着粮食。我们干等着，等得瞌睡来。夜深了，风呼呼吹起来，树叶哗哗响，晒谷场上阴森森，不知道谁家的狗飞快地窜过打谷场。这时，从草垛角落飞出一个黑影，慢慢靠近粮食。我们害怕起来，听老人们讲，经常有"饿死鬼"在夜深飘进打谷场。这个时候"饿死鬼"真的来了，我们死死的龟缩在草垛里，忽然"呼"的一声，接着一声大喊："跑，狗日的敢偷粮食。"第二天传来消息，是对门寨不知哪家大人过我们寨来偷粮食，被枪打跑了。

不要说人没吃粮食，就连狗也无法找到吃的。那时候，狗侵犯粮食不是新鲜事，苞谷挂红帽的时候，狗就会乱窜到苞谷林里跳起来啃嫩苞谷。那时候守苞谷地，不是防人，主要是防狗，人们经常用硫磺制成硫磺弹，包在苞谷里炸狗。我小时候跟大人们进苞谷林守苞谷，亲眼看见狗啃苞谷被硫磺弹炸得稀巴烂，大人们就地架火烤狗肉，狗的主人知道自家狗被烤吃了，也不敢吭声。那年月，狗敢与人夺粮食，找死！

我家院子里的苗婶，是个偷苞谷的高手。好几次偷生产队的苞谷，民兵来抄家，都没有抓到什么把柄。最后因为她丈夫贪酒，被人灌醉，走漏了风声。民兵爬到她家楼顶，放下一口棺材，打开一看，全是苞谷，民兵们把苗婶与苞谷装进棺材，抬到打谷场示众。散场时，打开棺材盖子，苗婶没气了，两手却紧紧抓着苞谷棒子。人们叹气说，死了也好，有粮食陪着。

岁月的河流慢慢流淌不回头，我们会老去，粮食也会老去，而老去的粮食是一种成熟，永远是一种成熟，而我们呢？我们与粮食不离不弃，或是渐行渐远？我们和粮食是不是不再有亲密接触的缘分？每到秋天，岩山上的"红刺莓"依然红通通，一蓬连着一蓬，盖过一座山又一座山，人们不会去摘它了，只依稀记得它曾经是"救济粮"，有的人闲情逸志，把它挖进家，当盆景栽着。饭桌上的粮食也不稀奇了，人们好像肠胃麻木，或是日子无聊，饭桌上出现了"姨妈菜""屹妈荄""小米菜"之类的野菜，那些都是过去人们过粮食关时不得已才吃的东西。现在再来吃这些东西，又会是什么味道呢？

对于粮食，我仅有此点滴记忆，但每当看到和我亲密接触过的粮食，比如一个个苞谷、一个个洋芋，我马上就肃然起敬。

黄　洋

1966 年 11 月 20 日出生于普定，1986 年财校毕业。2007 年获
贵州省师范大学颁发的自学汉语言文学大专文凭。2014 年开
始文学创作，在《北京文学》《西部散文家》《贵州日报》
等发表散文、小说、诗歌、戏剧小品五十多万字。

蓑衣屯语

蓑衣屯，我知道你因为身披蓑衣草而得名。你虽然藏身在一个叫猫洞乡来格都村的历史荒野，千年沧桑，遍体斑驳，满身惆怅。但正因为如此，今天的我们，在你的面前，才会深深地感到你古老的沉重，感到你辉煌的忧伤，感到你沉默的价值……

是呀，你身高 1650 米，坐南朝北的身姿，那样巍峨，那样壮观。置身你坚实而壮阔的肩上，东北优雅而气派非凡的轿子山，西北云遮雾绕的摸天岭，还有千米之外祥云四季萦绕、冠冕逼真的将军岩，那如海啸漩涡般神秘的仙秀坑，以及那横贯东西、如碧绸彩带飘展山间的木浪河，无不尽收眼底。这不得不让人感叹你视野的开阔！然而，视野开阔的你，数百年来，却始终如一位得道高僧，从不张扬地默默修炼自己，以至于你的头上、身上，鸟兽成群，蛇鼠追逐，你都置之不理。

占地百余亩的你，除了西面给人天然的惊叹外，其余三面，绵延4000 余米，我们不知道你满载长城风范，满载千年梦幻，满载万端感慨，默默地固守着什么。置身于你的怀抱，那些或相依互通，或相望互倚，层叠有致的民居、门楼、哨台、关隘，以及由此而形成的石板铺就的大大小小、四通八达的街巷，那些有迹可辨的仓库、石碾、石磨、石碓、水井，那些滚落在岁月的荆棘之中的朽不可言的头骨、身架，那些深深地嵌入坚石、厚达数寸的马桑木枢，那些在漫长的时间里依然故我的马蹄迹、人足印，仿佛都在向我们诉讼说着什么。

从你沧桑的遗迹透露出的奇特，让人难以与其他古屯相提并论。其他遍布于苍茫群山之中的古屯，几乎全被列为明代军事遗存，而你即使是资深的史家，也绝不会将你纳入其中。

我们漫步穿行在你的怀抱，想象你当年雄姿勃发的无奈。你强盛之时，雄居俯瞰、长夜不眠。可谁都和道，你的强盛，不仅需要你脚下那一片一片的希望苦苦支撑，更需要那汇集成河的艰辛，才能成就你那一片梦寐以求、五味俱全的安宁。

童年时，在你荒芜的怀抱中，我们好奇地发掘，也懵懂地惊叹那些卷刃的大刀、深扎的长矛、散乱的方孔古币，以及那些被你深藏于怀中的锅瓢碗盏……

循着历史的迹象，我们隐隐约约看到的是温饱安宁的景象毁于时间的残酷。吴王剿水西的故事，一代一代相传，至今还让你周围的苗族同胞不寒而栗。虽然如今的我们，惊叹你的构造那样的不可思议，那样的险要、坚固，但面对历史的无情，你却无能庇护那些善良而固执的生命。

傍晚时分，阴阴的天上飘起绵绵秋雨，一层薄薄的雾气轻绕在你的头上。我们看到，那些草尖儿上成串的露珠，不断地牵线滴落，仿佛那些阴魂不散的冤屈，在我们脚下弥漫开来。

夜色将我们挤下山来。一路上，我始终沉默着，我不知道历史对接巨壑，为什么总要以无数生命作焊料，用血和泪撕心裂肺地无数次的点击？为什么总是将无限的悲凉、惨淡作为遗产留存后世？为什么总要以践踏生命的方式创造新的历史？这难道就是历史的规律？也许，巍峨的固执、孤立的自信、闭塞的近视、隔阂的莽撞，特别是那雷鸣电闪、风狂雨骤、云遮雾绕的历史，一直让你沉默。我想对你说，沉默至今的你，只要放眼山河，也许会感到无比的欣慰。因为你曾经的追求，曾经的梦想，已经遍布人间。社会的旗子上，温饱安宁、小康和谐、以人为本的阳光越来越强，越来越亮。

茅草菌

晃眼之间，从高中起，离开家乡已经二十八年了。这二十八年里，让我感到惭愧的是连茅草菌都认不出来了。

也不知是怎么回事，父亲说，他经常在外割草，放牛马上山，可好多年了，还没打到过茅草菌。他说他们年少的时候，农历的六月到九月之间，只要上山，都能找到很多菌子。鸡枞菌、米汤菌、米花菌、散坝菌、茅草菌……菌是方言，其实应叫蘑菇。这些蘑菇中，味道最鲜美的，要数金黄色的长在茅草根下的细蘑菇——也就是我们说的茅草菌。而这种蘑菇，在我们小的时候，只要上山（当然得在雨季），隔三差五都能遇到，因此在摘取蘑菇方面还积累了丰富的经验。这细蘑菇，茎高不过两寸，粗不过铅笔芯大小，而顶部伞状的菇朵，大小和衬衫扣子差不多。由于生长在金丝茅草密实的地方，如果没有经验，很不好找。一岁一枯荣的金丝茅草，虽然细如马尾，却很坚韧。就算遇上一场冰雹，它们也不容易被打折。秋枯冬朽自育新的茅草，到了盛夏之季，三五寸长的草下，常会生出美味的细菇来。生长这种山珍的地方，茅草就像施了肥似的，呈现出一片墨绿。而只要见到这种墨绿，就有希望找到这种茅草菌。摘取这种细蘑菇的时候，必须小心翼翼，因为它的身材特别的娇小、脆弱。稍微多用一点力，就会使它遭到灭顶之灾。它的根虽浅，但还是扎在黑黑的腐殖土上的。摘取时要像绣花时用针一样，不能慌、不能急，更不能三心二意。慌了，会造成折断脱帽的损坏；急了，摘取时掌握不好用力的技巧，易弄碎；见到这小巧玲珑的小东西，你如果静不下心来，慢慢地、一小株一小株地轻摘，就会弄巧成拙。如果能先把这细蘑菇下的枯草小心地清理干净后再轻轻摘取，拿回家烹调时就少些拣杂草的麻烦。剔除细根之后，放入清水漂洗，即可入锅。放入适量猪油、盐巴，待水沸即将细蘑菇放入。两分钟起锅，升腾的热水汽中，你会倍觉清香扑鼻，馋涎欲滴。最简单的烹制方法，最纯正的鲜美清香，这大概就是山珍的意义吧。

前年，在农村拖着四个孩子的大妹，将妹夫在山上找到的不足半两的茅草菌带给我。我放了点肉末煮给生病的父亲吃。父亲一尝，连连夸赞鲜香，说是好多年没尝到这东西的真味了。

前年雨季中的一天中午，我打着伞去买菜。在农贸市场入口的过道上，看到一位头戴斗笠、身披塑料布的年近花甲的老农，勾着腰，一只手握住竹棍，另一只手提着小竹篮，边走边四处望。我加快脚步走了上去，看到老农的小竹篮里有半斤拣得干干净净的金黄的细蘑菇。我心里一阵兴奋，直接问他要多少钱？老农说要二十块钱一斤。我没有还价就买下了，高高兴兴地带回家，做了一锅蘑菇汤。我就急切地尝了一口，却让我眉头紧皱！

这蘑菇汤，不但一点鲜美的味道都没有了，而且嚼起来还很绵实，一点都不脆。可从外表看，除蘑菇朵稍大一点外，茎也没超过两寸，颜色也是金黄的，怎么会是这样呢？

后来我向父亲请教。父亲说，我买的是狼蕨菌，专门生长在狼蕨叶多的地方。这种菌子，初看确实像茅草菌，但只要细看，就会发现不同。茅草菌颜色黄而透明，像玉一样；狼蕨菌的颜色虽然也是金黄，可黄得死板，没有灵气，有的还有点黑。狼蕨菌杆细直干脆，像竹签子一样，水分不足。茅草菌虽然也细，但又嫩又脆，清秀得很。

原来如此！

我年少时，常在有墨绿的金丝茅草的坡上，找到过这种细蘑菇。

父亲这一点，却让我恍然大悟，不由想起远去的岁月。

父亲说，村里外出打工的人多，山上很多人家的山地都丢了荒。草坡宽了，这茅草菌却像钻地洞了似的，再也难以寻觅，不知是什么原因。我说，离我们村几公里的地方，不是有个大厂吗？那个厂，那几座高高的烟囱，哪天不在冒烟？年长日久，那样娇气的茅草菌，还会愿意生长吗？

父亲想了想，点了点头。

偏厦小屋

　　从新城区住所到老城区，我曾经住过的小屋，不过一公里的路程。小屋于我，就像一幅淡雅的田园图景，镶入坚实的大理石之中，深印我心。可这么短的距离，竟然成了咫尺天涯！这其间的烦扰心绪，真可谓一言难尽。走了二十一年，在一个秋日黄昏，我终于迈向了记忆深处的小屋。

　　一路上，二十年前走进小屋的记忆不断闪现。

　　1986年7月，我毕业分配到县审计局时，单位有一位同志正好考取省计划学院，要去进修两年。于是，我被安排在他所住的小屋。不知小屋闲置多久，当我打开门，一股腥臭夹杂着霉味和粉尘扑面而来，让我一阵恶心。里面满地鼠便，四壁蛛网、灰尘，开门的声音吓得老鼠在栅顶乱窜。小屋靠围墙而建，偏厦型，坐西朝东，大概十四五平方的样子。一墙居中，东间，墙下建有一灶，一大一小两个火塘；灶的西侧是一口方石块扣成的水缸；靠北里角有一碗橱，下为水泥台架，上为双层木柜，约一米长、半米宽；北间便是卧室，一床、一桌、一椅、一长凳，顶有挡席，四壁用报纸糊着，木格窗上还有淡绿的窗帘。经我一番扫除，小屋才有了些人气。小屋北侧有一眼清澈的井，井边筑一台，高不足尺，是一个椭圆的水池。有时，月亮沉醉如酒的井中，天还没大亮，便有人晃着铝桶来打水，高兴地将月亮连同清澈的水，一起提了上来，挑在肩上，哼着小调往家走。

周末的井边,洗衣女忙碌的欢声笑语常滋润着我的心。屋前瓜藤豆架,在夏天,给往来井边的人撑开一片阴爽。在有月的夏秋之夜,三更左右,我常独自一人,一块毛巾,一块裤巾,分别搭在肩上,再提一个凳子和一个红色塑料桶,赤身裸体地到井边,用一个苞谷棒子裹着布条,将椭圆水池的下水洞塞上。然后从井里一桶一桶地打上清澈的水,装上大半池,便躺进去尽情地泡着,那一身的汗臭便烟消云散,那简直是一个"爽"字难以形容的舒服。

人到地皮熟。与邻里相处久了,几个邻居的小孩,常来听我摆故事。不会做的作业,他们还会拿来问我。我总是根据他们的接受能力,想方设法地以容易理解的方式,为他们释疑解惑。会看书的,就到我这儿来借《故事会》等。年轻人不在家时,老人去提水,我见了就毫不迟疑地上前帮忙。小孩子打水时,不注意将桶掉到井里了,我会帮他们把桶捞上来。年长的都叫我小黄,小孩们大都叫我黄叔叔。晚上,有时我便到邻居家串门,看黑白电视,摆龙门阵。有的邻居,做了啥好吃的,还叫我去一起吃,要是忙事情走不开,他们会叫孩子端一碗给我……邻居间那种亲近,那份感情的淳朴,至今还滋养着我。想起这些,总觉得如今社会的发展,似乎蕴藏着某种悲哀。城市里,邻居之间,真的大不如前了。

在那里,我只住了短短的一年,后来单位宿舍建好,我分得一套,便从那搬走了,但小屋留给我的记忆,就像长在我心上的一根长春藤,总是牵扯着我的心。只是多年来,思绪难宁,俗事扰心,致使近在咫尺的小屋,走了二十一年,才得以返回。如今,当年的小黄,已变成了老黄、黄大哥的我,年过不惑,世事沧桑,功名淡泊,心绪渐宁,便想到小屋看看,寻找曾经的那份情怀。

想着,走着,不觉到了石板街尽头,到了熟悉的院落大门。左转而进,过三个过道、两个石院坝,便到小屋。

在一片瓦房的深宅大院之后,一片菜园旁的围墙下,便是我毕业分配时栖居的、伸手可摸屋沿的小瓦房了。这是普定县城解放路

北端的老兵役局院落。走进大院，除了当年的邻居老大娘外，一路上，
从窗户、门边看到的，都是些陌生的面孔了。"小黄，嘿，咋你会
想到来这里？快，快来家坐！"邻居老大娘的声音，让我心头涌起
一阵亲切，我仿佛又回到了当年。我笑着说："您老身体还不错嘛。
时间太好混了，二十一年啦，毕竟在这住过，总想来看看，只是现
在才有点时间。谢谢了，我先在外面看看。"大娘说她先到家中给
泡好茶，叫我一定去坐坐。

　　我看到，当年宽敞的两个大院坝，现在凌乱不堪。东家占一块，
西家占一块的，就像一张被扭曲的脸，十分难看。好在小屋前的景象，
还能勾起我二十年前那些美好的记忆。

　　小屋天窗大开着，一只灰猫在屋顶看着我怯生生的叫了两声。
前面两扇木格玻璃窗，有眼无珠地叹息着，还有些架豆藤，有气无
力地在风中战抖着。那顺着围墙，像调皮的孩子左摇右晃的蔷薇，
如今已不见了踪影。园中的那两棵木棉花，像两个少年长成了老成
而又世故的半百老头了，失去了当年在风中起舞的生机活力。菜园
边有些枯朽的竹木围栏，歪七扭八地围着那块菜园子。柴门半掩，
没见四处寻食的大公鸡、母鸡的身影了。园子里蒜苗、元荽、白菜、
菠菜、莲花菜之类，还是像从前一样分布有致。屋子右侧的那一眼
井，里面可见乱石成堆，还有各色塑料袋、菜叶、木屑以及枯朽的
棍棒，杂乱地扔在石堆上。石堆中，隐约可见当年打水的印窝。可是，
曾经晃动在井里的月亮却永远地消失了。井沿上，如椭圆形沐盆似
的池子，里面已布满了苔藓。泛白的池沿，仿佛是痛苦地熬煎中干
裂的唇。小屋左侧那棵一抱多大的老梧桐树早已不见，甚至连根的
影子都无法寻觅了，这让我想起了梧桐树的过去。虽然我在这儿仅
仅一年的时间，但梧桐树对于我却是那样难忘。这是一棵土梧桐，
花开时满树白中带紫、斑纹星星点点的大朵的花，惹得蜂飞蝶舞，
别有一番情趣；花落时，满地的悲壮，无声无息。春天，它的枝丫，
总是最先敏感地扬起生机的芽包；夏天，大片大片的叶子，像绿色

的云，遮住烈日的暴怒，撑开一片凉爽。那时有朋友光临，中午也好，傍晚也罢，我便会泡上一缸茶，抬出几个椅子，坐在梧桐树下，晃动着手中的蚊刷，与朋友一起慢慢地享受梧桐树的福荫。那树根疤痕处，常有一寸多长的毛毛虫挤成一片，紧紧地贴在那里。一只大公鸡，昂首挺胸地巡逻到树下，环着头，一啄，然后仰着脖子，一伸一缩，勇敢地吞下，动作反复地出现，直到它心满意足，才恋恋不舍地离开。发情的公鸡遇上母鸡，会耸着毛，在栅栏脚飞快地刨土，寻找献殷勤的蛐蟮。有时遇上玻璃碴子，把爪子刨出了血，好像也在所不惜。找了条大蛐蟮，便兴冲冲地叼到母鸡眼前放下。要是对方没有反应，它会重复着这一动作。一旦母鸡接受，它便兴奋起来，骑上去。母鸡便蹲下身子，任公鸡施展自己。若是带崽的母鸡，不仅会拒绝这样的殷勤，反而凶叉叉地反攻起来。秋天，梧桐叶一片一片地飘落，把路铺得地毯似的。也不知谁家的狗，常到这里来拉屎拉尿。邻居大娘一天一次地打扫，将叶子、粪便扫拢，烧成灰当肥，用在菜园子里。

那时不时飞到树上的猫头鹰，常会在夜晚，在老鼠们肆无忌惮地戏闹时，与一只大灰猫默契配合，从树上猛然扑腾下来，抓得老鼠叽叽地惨叫一阵，那叫声横过菜园上空，便消失在夜的深处。想逃的老鼠，却常被躲在一角的灰猫猛然出击，逮个正着。这之后，小屋里的我，就能睡上几天的清静觉。然而，几天之后，在夜色的掩护下，不安分的老鼠们又试探着，开始恢复它们自由的夜生活。它们几乎猜透了人的心思，用竹竿捅一下顶栅挡席，它们不过静默一下，觉得没有危险，又闹腾起来。这些成了精的家伙，用鼠药拌上油炒饭，它们也居然不上当！也许，它们曾经上当过，当它们付出生命的代价后，醒悟了，而且将曾经的教训一代一代相传下来，所以才这样精明。

只有那陈旧脱土的砖厕之墙，贴上了瓷砖，环境干净多了。原先蹲位两侧残断不堪的墙头，现在已像一个乞丐洗了个透身的澡，换上了一身整洁衣裳一样，让人找不到原先那种无法下脚的痕迹了。上厕所的路，已不再是泥巴土路了，应该是常有人打扫，显得整洁干净，从而将菜园北角那栋两层的砖混楼房衬托得有几分雅致。

　　看着我的偏厦小屋，岁月在我心里，打着旋儿似的，久久不能平静。有时，梦中，我依旧生活在小屋里。菜园、水井、水池、蔷薇、木绵、梧桐、小径……尽在眼前；小姑娘的笑声，大娘、大爷的叫唤，猫儿的喵喵声，黑白电视里的精彩声音……似在耳畔回响。

李迪相

男，汉族，1981年10月生，龙场乡人，本科学历。曾从事教师工作，现为普定县城关镇安监站工作员。热爱文学，曾发表《大山之行》《神秘的格凸河》等散文。

桃香梭筛

　　深秋的艳阳载着缕缕暖意，又送来一个温馨而美丽的日子。在周日的晨曦中，秋风撩开蝉翼似的薄雾，朝霞装点晨空，与朋友相约，我们来到夜郎湖畔的梭筛，要在这里度过一个安静而惬意的周末。

　　迎面群山叠翠，秀色迷人。夜郎湖大坝的飞瀑喷射出的雨雾像一张巨大的渔网，掩映着小峡谷的周遭，使两岸的灌木丛蒙上一层面纱，以半遮半掩的羞涩姿态迎接我们的到来。梭筛周围的景色既迤逦着夜的静谧，又洋溢着晨的清新。秋风拂面，凉意里饱和的满是馥郁的甜蜜，仿佛飘来的香味里还残留着两岸果实散发的清香，又仿佛梭筛农家炊烟里带来的野生河鱼的鲜香。耳畔似有隐约的歌声在荡漾，隐隐约约却又婉转悠扬！迷人的朝阳下暴露着我一颗快乐而知足的心，任遐思伴随歌声轻轻地飞翔，放逐在一个温馨、和谐的梦境里。

　　仿佛回到三月，桃树还舒展潇洒的枝条，株株肩并着肩，上面盛着圆润粉红的花瓣，远远看去，确是一身红装。花瓣重重叠叠，婀娜多姿，俨如火焰，待你细瞧，尖挺嫩绿的叶芽已冒出。若在桃园中沿石阶而上，清香染襟，桃红映面，令人沉醉。又仿佛回到仲夏，千树万枝，碧果累累，沉颠俯首，貌似喜迎佳宾。帧帧幻像，无不映射着这是一处"开红春灼灼，结实夏离离"的人间绝美境地。思绪独领着梭筛迷人的风骚美景，何须小桥流水相伴！怪不得古人

会冒着生命危险，去寻找那"世外桃源"，定然是舍不下心中对祥
和美景的祈愿。

　　循着路，我静静地走。是一阵河风牵起我的衣袖，让我不止一
次回眸于这里的青山碧水。感动于浓郁的乡情和满目爽朗的景色，
总会有一种难舍难分的眷恋在心中暗藏。每每驻足远眺，湖光山色
如画，民居整洁崭新。曲径凉亭，轻波细浪，树木葱绿，花草幽香，
莺飞雀唱，蝶舞蜂忙，好一幅优美的田园村庄画卷。光阴似流水带
走了许多过去的故事，也改变了梭筛原来的外貌和气质。群山没有
了过去光秃秃的景象，村落一改破壁残垣的困窘。这里变成了山水
秀美、风景妖娆、生活宜居、经济宽裕的新村居。树上的鸟儿正欢
快地亮着歌喉，整洁的道路两旁枝繁叶茂，白墙青瓦的别墅式民居
在朝阳的照耀下流光溢彩。赏览眼前醉人的景象，所有过去的雨打
雪霜印象，犹如那片片飘飞的落叶被深深地埋在记忆里。我陪梭筛
走过"轻纱曼舞飞羞涩，粉面桃花遍野开"的繁华，又走过"仙桃
含露枝头坐，只等玉手来采摘"的荣耀。每每漫步桃林，那份悠然
自得，让我全然忘记乃一凡尘俗子，恍惚间有种飘飘欲仙的幻觉！
和谐的风轻轻地拂过面庞，让我不禁多了憧憬，多了数不尽的喜悦。
梭筛人凭着双手改变了梭筛，改变了生活，使一个不起眼的小山村
也能让幸福触手可及，让这片贫瘠的土地，变成一片诞生奇迹和神
话的沃土。梭筛，鱼虾满河，花果遍山，湖边有悠闲散步的人群，
偶尔从碧波深处飘来悠扬的渔歌。令人流连的不单是山翠水绿、鸟
语花香洋溢出的勃勃生机，还有蓄势待发的村庄、追逐嬉戏的孩童
彰显出的青春活力。能与梭筛共享此情此景，除了感叹生活的美好，
我们还能做些什么？

　　沿着湖畔，每走一步，都像漫步杏花烟雨的江南，偶然遇上的
垂钓者，脸色一抹熟悉的微笑暖暖绽放。这时，不知从哪户人家传
来蒋大为的《在那桃花盛开的地方》，让我自然而然地联想到歌词，
是不是在歌颂这个不算遥远的小山村——梭筛。是呀，梭筛正着力

打造万亩桃园，也比得了歌中那个桃花盛开的地方。合作社里，果农学会了剪枝，学会了疏花疏果，学会了科学种桃，学会了科学施肥，懂得用市场指导生产，提高了经济效益，甩掉了贫困的帽子，那些因幸福绽放的笑脸难道不像朵朵盛开的桃花？每年，桃子次第成熟，又红又鲜、又脆又甜，那独特而纯正的甘甜能让人从嘴里甜到心里。

梭筛人热情豪爽，心地善良。有陌生人到村里，总会感受到热情的招呼。请你尝尝鲜桃，听听夸奖，梭筛人都会显得特满足。一篮子一篮子的鲜桃总要赠送给亲人朋友，能到这里来做客更不用说了，随便吃，吃完随便带。大家总是笑嘻嘻的，从不会像商人那样计较成本、核算利润，更不去想自己的辛勤付出。正是这样，每年桃子上市的时候，梭筛桃都会很抢手，商贩们倒是借机把梭筛桃、梭筛人都传得很神奇。有了这些传颂，今年桃花盛开的时节，许多游客慕名而来，络绎不绝。面对漫山遍野的粉红花海，纷纷扬扬的花瓣，到处流曳着的芬芳，游客们被迷醉了。梭筛，你这个令人憧憬的桃园仙境，是什么造就了你灵动欲飞的神韵呢？是赏桃花？观湖景？吃河鱼？还是在绵延的山脉和荡漾的湖水中去品读陶渊明所崇尚的理想境界？

今天，我也要学古人访草木、临溪流，用微笑生活，把这仅仅属于自己的明亮之心，刻画在如梦似幻的美妙画卷上，多浓墨重彩地勾勒几笔，不去管能不能生动传神。蜿蜒的三岔河如少女的飘带，为两岸带来特有的气候和丰富的资源，构成了梭筛盛产大桃的优越条件。政府出台一系列帮扶梭筛果农的政策，加大基础设施建设投入，大批引进优质名品桃，拓展林下养殖业，大力开发旅游业，还建立鲜桃集中批发市场，吸引外来商贩收购，使梭筛以产桃为主业的果农综合经济指数不断增长。

梭筛人爱桃，可能是因为桃子本是吉祥物，人们都把桃子称为长寿果，传说天上的神仙每年都要开一次蟠桃会以示喜庆呢。桃子养人，常吃桃可以益寿延年，自古就有"桃饱李伤人"的说法。小时候常听老人讲"桃三李四梨五年"，意思是说桃树要经过三年的精心护理，锄草、施肥、除虫、剪枝才可挂果。尽管过程很漫长，也很艰辛，可梭筛人卖桃，秤杆子翘得老高老高，但有些人还硬是要添一两个，梭筛人都会憨厚地说，拿上吧，反正是自家种的。那一刻，种桃人的形象在我的脑海中变得高大起来！

桃园让石漠化的荒山披上了绿装，变成了科技示范园。机耕道和园间石阶组合的路网，不仅为果农节省很多种桃的力气，还为游客提供了一道亮丽的风景。富裕后的梭筛农民得以从繁重的体力劳动中解脱出来，走进合作社的院落里，农家书屋、远程培训室聚集的人越来越多，一股学习风正悄然兴起。规范的停车场上，一群穿着时尚的老大姐正嘀咕着，组建广场舞队伍好还是花灯队好呢。是梭筛桃卖了好价钱，换来这一幢幢错落有致的楼房，一条条干净的道路，一排排郁郁葱葱的花草树木，一张张笑容可掬的面容。如今的梭筛，一湖清水正碧波荡漾，处处呈现着社会主义新农村的景象。

远眺天边的晚霞不期而至，在湖边游玩一天的我们，渐渐沉静下来，放下原有的惊奇和欣喜，静静地闻着路两旁扑鼻的野花香，听着袅袅笛声。是呀，这桃乡梭筛，风景真不减江南。朋友走远了，还是剩我一人漫步在湖岸上，足迹深深，留下的只有那串脚印和湖中长长的倒影……

李发雯

男,年过半百。贵州省作家协会会员,贵州省摄影家协会会员,
贵州文学院签约作家。当过农民,做过教员,热爱文学创作
和摄影,作品散见于《贵州作家》《贵州画报》《夜郎文学》
《安顺文艺》等刊物。

乡曲

　　我叫做家的那个村庄，坐落在坪上乡的一片莽莽苍苍的大山中。寨子遵循传统的龙脉风水：坐北朝南。

　　1992年以前，我叫做家的那个村庄紧傍于三岔河北岸。1992年以后，高峡出平湖——称之为河时，水面狭长，载着时间和历史就像载着货物一样，向着大江，向着海洋一路恣意流去；唤之为湖时，水面辽阔，竟蕴出了"落霞与孤鹜齐飞，秋水共长天一色"的景致。无论是河是湖，都印证了大地和大山的美丽、田野的丰饶、城市的繁盛和人类的光荣。

　　我叫做家的村庄紧傍于夜郎湖北岸，只是离水更近了，老水牛站在院坝里，伸长脖子就能喝到夜郎湖的水。

　　我叫做家的那个村庄叫新寨。村庄光洁、蜿蜒的村路及村路旁的茂林修竹间，立着一幢幢现代小洋房，每一幢都是以主人的喜好和家运昌盛而设计修建，甚至连瓷砖颜色的选择，也无不映衬出各自的特色和特点，让人可以去揣摩建房人的思想。

一

　　夕阳将要坠入西边大山的脊梁的时候，我叫做家的那个村庄，让西天燃烧着的鲜红的霞光涂抹着、浸染着，一片宁静轻轻落在茂林修竹的枝梢上，小洋房们的门脸和腰身，也静静地滋润着霞光，晚风的吹拂也便弛缓起来。一种博大的美悄然充溢人的心头。这种时候，人已模糊了时间界限，今日的黄昏延伸着，延伸着，融入无数时代前的邈远的一个黄昏。在村庄的历史上，每日喷薄而出的旭日，曾唤醒一蓬蓬竹林中的鸟啼，还有在神龛前顶礼膜拜的吟诵。白日流逝，晚霞鲜艳恬静的黄昏，召唤终年劳作的牛群，从芳草萋萋的夜郎湖畔归返牛圈。村庄淳朴的日子，肃穆静寂的时光，在今日静谧的暮天里清晰地映现。

沐浴着霞光，我忽然想起，我们的祖先，从远古到现在，一天也不曾忽视重重叠叠的大山里日出和日落的壮丽景象，也从未冷漠地送别晨曦，包括赶路的商贾和旅者这样的过客，都在心中羡艳村庄迷人的景色。他们虔诚的目光凝望着美中涌溢的欢乐，将朝霞和暮色融入无限的遐想。祖先以及现代人真的伟大，他们在崇山峻岭中营造了一座既能欣赏自然美景又能产生自然美景的村庄。

暮色中萦绕着我内心的期盼和祈祷：愿我以纯洁的目光瞻仰村庄这美的伟大形象，不以享乐的思想去黯淡、去贬低大自然的美，要学会以虔诚使之愈加真切和神圣。换句话说，要弃绝占有它的妄想，心中油然萌发为它献身的决心。

这就是我叫做家的那个令人魂牵梦绕的村庄。

二

我叫做家的那个村庄的小巷，路面在早些时候是石板铺设的，今天已变成水泥浇筑的了，光滑整洁得无不显现出一种崭新的气象。这种崭新的气象透着恍如隔世之感。每一条小巷忽左忽右，蜿游着像在寻觅什么。然而，小巷的左边是房屋，右边是房屋，前面还是房屋，不管朝哪个方向游荡，都避不开一幢幢的小洋房。

小巷蜿蜒着，游荡到村口，便看到了在草地上优哉游哉的牛群：两头刚露出犄角包包的牛犊，在远离牛群的草地上抵角学打架，玩得像模像样。这时，牛群里有一头老牛"哞——"的一声叫唤，小牛便退出犄角，"哞，哞，哞……"地回应着老牛的呼唤，撒着欢向老牛奔去，然后，将头一下子拱入老牛的胯下，香甜地吮吸起奶来。几只八哥站在牛背上，一会儿跳上，一会儿跳下，啄牛虱子吃。八哥把牛们啄痒了，啄痛了，牛就扇扇大耳朵、甩甩大尾巴驱赶。八哥只是那么轻轻一跃，又落在了牛背上。

早春时分，小巷里鼓满南风。南风溢进小洋房的院坝，在院坝里打着旋，旋着旋着就旋进了果园，在樱桃树、梨树、杏树、桃树、李树的枝桠上轻轻地拂着。拂着拂着，樱桃树开花了，梨树、杏树开花了，再接着，桃花和李花也次第绽放。在小巷徜徉，钻入眼帘的是这家"出墙"的红杏，探头探脑地凝望着那家满园开放的樱桃花、梨花。村庄一下子就繁花似锦了，也一下子就花枝招展起来。一幢幢小洋房伫立在花的妩媚里，村庄就更加妖娆了。

阳光像忙碌的农人，由小洋房的肩头滑落到了小巷的路旁。女人们挎着菜篮从菜园回来了，小巷两旁的门里窗间相继传出了伺弄饭菜的热闹和温馨。不经意间，我踱进伯母家院坝，见一方桌上放置两坨猪肉，在阳光照射下，慢慢软化。伯母说，冰箱不好，放块肉进去，拿出来就变成了硬坨坨。我在心里回味伯母的话：冰箱不好……哦，伯母有冰箱了！回味间，肉的香味就飘荡在伯母家小洋房四周。

伯母家对面一个放学归来的孩童，在院坝里制作一只竹笛。竹笛将要制作成功，孩童在高一声低一声、长一声短一声地试吹。立于伯母家院坝冥想：难道孩童知道笛音是永恒的音乐？笛音一旦修炼成功，它就会像群山中飞落的三岔河，在大地广袤的胸脯上奔腾不息，又如神殿宫阙的仙童临世，用竹林中的一件凡品来做天堂的游戏。

竹笛似是制作完了，孩童断断续续地吹奏出一首歌曲。屏息聆听，像是一首古老的歌谣，更像一首渺远的乡曲。

歌曲虽然吹奏得不熟稔，却把村庄渲染的美不胜收。那悠悠的绵长，揪心挠肺呐喊，跨时空的穿越，在书里没有答案。

三

观看我叫做家的那个村庄，要用摄影家的眼光去品读、去感悟。或者说，我叫做家的那个村庄是一张画质极高的春天的照片。

在取景框里，田畴里处处是金色的油菜花，弯弯曲曲、或长或短的田塍犹如国画大师的泼墨，将黄色花海分割成层次分明的块、畦、垄、坝。那黄色似会流淌，由低的一块漫向高的一块，从这一畦涌向那一垄，最后形成铺天盖地之势，把一个田坝涂抹成"黄金甲"了。这金黄又朝坡上铺开去，铺成漫天的金黄，让人疑是朝阳忘记收走的朝霞。一串蝴蝶般飞舞的孩童，背着书包，欢叫着飘出画外——这些构成了绝美的近景。

中景呢？一眼看去，绿树掩映中的小洋房，参差错落；一束朝阳的高光，从东边山垭口斜射下来，照到幢幢小洋房的头上、肩上，使得小洋房熠熠生光。画面若放大些，可看到在小巷里溜达的牛，急行的马，还有荷锄肩担的人……

而远景则是村庄背靠崔嵬的大山，漫山遍野的绿，由浓到浅，依次变化：先是墨黑的绿，其次是浓浓的绿，再次是浅浅的绿，到达天边便是淡淡的绿了。

四

要读懂我叫做家的那个村庄，或者说，要记住那座美丽乡村，得认真地品味，真的，这座村庄有味道。

春种时分，一担担、一箩箩的牛粪从村庄里源源不断运出来，施放在田里、地里。田里和地里的土壤就如饥似渴吞咽着牛粪和牛粪的味道。这个季节里，牛粪就是这个季节的味道，就是村庄的味道。这样说一点都不牵强，我从小闻到大，一闻就是五十多年。想象不出，在这个季节里，如果村庄的小巷里、田里、地里，没飘散着牛粪的味道，那么，小巷、田坝、地坝将会是什么样子。

清明时节回乡踏青，族人一天的饭食安排在堂哥家蒸煮，心里隐隐担忧灶具不足，做不熟饭菜，便溜进厨房窥视。这一看，让我看到了一个农村灶具改革的博物馆。靠西墙依次排列着：传统泥糊煤灶和安放着一口大铁锅的柴火灶、防氟炉灶，安着烟管的铁炉子、电磁炉、液化气炉。不用谁来诠释，明眼人一看就明白，乡人们已从烟熏火燎一跃迈到了今天的节能减排。反身问堂哥："都有电磁炉和液化气灶了，还留着那老煤灶做哪样？"堂哥说："老的留着做个念想，碰到大事还能有用，像今天这么多人吃饭就派上用场了。新的嘛，平常人少时用。"哦，我在心里应着，却在想：富起来了，但还要留个念想。这是一种怀旧情结呢，还是一种乡味，抑或二者兼而有之？

有一种味道，是乡亲乡邻的味道，有人把它叫做"我的父老乡亲"。这种味道弥漫在村庄的小巷里，房舍的屋檐下，热腾腾的锅灶旁，大爷大妈的亲切呼唤和灿烂的笑容里。这种味道，任谁都不忍抛弃，"无论你官多大""无论你走多远"……

还有一种味道，是母亲的味道。这种味道至高无上，博大深邃，只能用生命来品味，而且穷尽一生都品味不够……

种种味道，营造出我叫做家的那个村庄——新寨的美，这是一种大美，任何物事都无可比拟。

五

写了这些，仿佛觉得我叫做家的那个村庄——新寨，已不只是一座美丽的乡村了……

那时候我们过年

写在前面

那时候，指的是二十世纪六七十年代初。

那时候，在我们那片乡间，凡到过年，总把年味侍弄得浓浓稠稠的，浓稠得让人晕晕乎乎，温温热热，软软绵绵，仿佛日子也浓稠着，时光也软绵得连行进的速度都放缓了。这样的过年的味道，使得寨子里所有的娃娃都在盼望着过年，除了放牛割草，闲下来就是扳起手指头算：过年还有几天？仿佛一年里，所有娃娃都只有一个唯一的盼头——快点过年。过年不仅有新衣服穿，还有小鞭炮放，可以吃到平时难以吃到的荷叶粑粑、糯米粑粑、糕粑、甜酒粑粑；大片大片的腊肉和香肠，让人馋涎欲滴，还有清蒸鸡块、辣子鸡、油炸豆腐，一想起来口水直淌。

那时候我们过年，真正的乐趣是从正月初一开始。大年三十夜前，大人小娃都忙着备办年货，大人们都舒展开眉眼诙谐地说，为了过年，把人都忙得四脚不沾地，连放屁的时间都不得。

三十夜吃完年夜饭后，要把疙篼火烧得旺旺的，大人娃娃围着火塘，摆龙门阵、守夜，一直要到半夜 12 点，到水井里把银水挑回来倒进水缸才能上床睡觉。据老辈人的老辈人说，年三十夜交大年初一的那一时候刻挑的水是银水，预示一年到头财富细水长流。

过完三十夜，到了正月初一，乡间的年味一夜之间浓稠起来，仿佛一杯浓浓的热气腾腾的酽茶。

狩猎

正月初一早上是睡懒觉的好时光，一是大年三十夜守夜睡得晚，二是大人们不管也不喊，不像以往那样揭开被窝抽屁股几巴掌，不起也得起。正月初一不能喊起床，睡到自然醒，谁要是催人起床，这年的庄稼就长不好，要遭虫害。大人们相信这个，所以忌讳。

我因为惦记着狩猎这件事，所以在梦中听到父亲侍弄火塘的响声，就立即醒了。因为，每年的正月初一、初二、初三这三天，父亲他们都要去狩猎。

那个时候，我家住在三岔河北岸，大山一座靠着一座，连绵几十上百里，逶迤重叠，莽莽苍苍。因为大山的庇护，山里就常有岩羊、黄麂、獐子、野猪、野兔出没。据老辈人讲，早些时候还有铜钱花豹子和豺狗，豺狗还进寨子叼过小孩呢。

我们那一带，箐林繁茂，一片连着一片，绵延不断。自古以来，芸芸众野兽一代接一代繁衍不绝。所以，那一带的山民自古以来就喜爱狩猎。狩猎，我们那一带的方言称为"擂（luī）山"，这个"擂"有催促、追赶和驱逐的意思。但狩猎活动写入文章时，就只能文绉绉地写成"狩猎"或"撵山"，实际上方言讲起来更畅快、舒心，也更能表达狩猎的热闹场面。

我和父亲刚吃完荷叶粑粑，邻村的几位猎匠带着两条猎狗已来到我家院坝，呜叽呐喊地吵嚷着，催促父亲快些动身。我家的那条黑花狗也是条猎狗，它与邻村的那两条猎狗相互嗅嗅鼻子，摇甩着尾巴，表现得很亲热，没有发生冲突的迹象。

父亲来到几位猎匠中间，商量着要去哪一座箐林，因为我们那里有新寨大箐、赵坡箐林、癫子箐、毛栗大箐。一位姓吕的猎匠说，他观察了很久，赵坡箐林有一对獐子，百分之百还在，肯定还没有动窝。听口气，今天的狩猎势在必得。姓吕的猎匠的话，惹得我和几个伙伴心痒痒的。于是，我去央求父亲，父亲不同意，还是姓吕的猎匠说，我们人手也不够，他们去帮忙把守几条路口也好。猎匠们答应我们参加狩猎，我们高兴得在院坝头又跳又唱。结果又招来父亲一顿吼，跳哪样跳，赵坡箐林离寨子近，惊动了獐子，我斩断你几爷崽的脚杆！

一时间，院坝头鸦雀无声，然而，一个围猎计划却悄无声息地在院坝头诞生，并井然有序地分派下去。姓吕的猎匠压低声音小心嘱咐，出门后各走各的，不要聚拢在一堆，那样目标太大，容易惊动獐子。

在路上，我问与我把守一条路口的小伙伴，你见过獐子不得？小伙伴急急地回答，遇到过，有两回。獐子个头不大，灰黑色，有一个长得有一对獠牙。我说，长得有獠牙的是公獐子。公獐子的麝香（睾丸）最值钱，还能治好多种病。到达我们俩把守的路口，我们隐藏在一蓬灌木丛背后，屏住呼吸，静候那一对獐子的出现。我们把守的路口的东面是一块垭口地，只要防守住垭口地，不要让猎物越过垭口地向西逃窜就行。过一阵，小伙伴悄声说，黄麂专吃麦子，我家箐脚的那块小麦都被吃光喽。我也小声说，黄麂肉鲜嫩，又香又好吃；那一张皮用来垫床，可以抵御风湿病。恰在这时，赵坡箐林的半山腰传来一声猎狗吠叫，听得出是我家黑花狗，我立即紧张起来，因为黑花狗只要一出声，必定有东西出现。黑花狗叫过不到半分钟，三条狗一齐狂吠起来，那动静似要把赵坡箐林翻个底朝天。就在这时，一只黄麂窜出箐林跃进垭口地。我急慌慌地说，吼！小伙伴却说，不吼，这是黄麂，不是獐子，而且只是一个。争论犹豫间，黄麂愣了一瞬，似乎觉得西边没人把守，一掉头便朝我们奔来，眨眼间，已经在我们面前疾驰而过，越过一片洼地，遁进了西边的箐林。而这时赵坡箐林的南边和东边则是"喔吼"翻天，吼声撼动着一道道山岗，撼动着一片片山林。我傻乎乎地张着嘴巴，不知是要打"喔吼"还是要讲话；狩猎时，大张着嘴巴吼叫，吓唬猎物，声音就是"喔吼、喔吼"，一声接一声，我们叫"打喔吼"。距我们约一百多米远的一位大人蹦跳着大喊，快吼嘛！快吼嘛！黄麂越过那一大片洼地了，他发出一声失望的长叹，哎——然后大声埋怨，你两个小短命儿的闯祸喽！

待三条猎狗旋风一般从我们面前卷过去后，我才如梦方醒，拉着小伙伴追着猎狗去。才跑了几步，眼前出现的一幕，又把我们两惊呆了：一边狂吠一边死命奔跑的三条猎狗在冲过一块麦地边缘时，惊吓出草蓬里睡觉的一只野兔。看到野兔，黑花狗偏离追黄麂的队伍，箭一般射向野兔，只两个纵步，便听到野兔刺耳的惨叫声传来。我和小伙伴加快脚步，向着黑花狗奔去。我喊住黑花狗，从它嘴里夺下野兔。黑花狗心有不甘地望着我，我蹲下身子，摩挲着它的头，以示安慰和鼓励。黑花狗稍微平静了一些，我向着另外两条猎狗追黄麂的方向一指，它又吠着冲出去。

我和小伙伴提着野兔正不知往哪里走，突然听到北边的半山腰有人喊："不要朝前追喽，回来喽！"当我们俩走到那块垭口地的时候，狩猎的人差不多聚集齐了，他们看到我们俩提着一只野兔，惊奇地问我们俩是怎么回事，我们把黑花狗如何逮兔子的情形向他们复述了一遍。姓吕的猎匠笑得前仰后合地说："你两个憨包，兔子会捡，羊子（指黄麂）到面前不会吼。"我的小伙伴梗着脖颈与姓吕的猎匠讲道理："你说的是獐子，是一对。我们看到跑出来的是黄麂，而且只有一个，我们就才不有吼。"我补充道："我们正犹豫要不要吼的时候，黄麂就一下子跑过去了。"姓吕的猎匠继续笑着说："你们两个还不如那黑花狗，它追的是黄麂，可跑出一只兔子来，它还不是照样逮住了？在山上擂东西，遇见哪样擂哪样，不分大小，不论公母。"

父亲走过来，从小伙伴手中接过兔子，偏起脑壳看看，说："也好，大年初一出门就有收获，运气好，表示我们大家今年的日子都顺利。"

回家了，蜿蜒的山间小路，把行走的人们牵扯成一条弯弯拐拐的曲线，慢慢蠕动。大家都大声争抢着说话，说的都是刚刚过去的狩猎的事。我沉默着，在心里暗暗佩服父亲和其他几位猎匠。今天围猎赵坡箐林的阵势，简直就是铁桶似的将赵坡箐林的东、南、西面围得水泄不通，然后特意留北面一条出口通道，在通道尽头安放三张捕羊网，专等羊子沿着猎匠们精心设置的通道，一头撞进捕羊网。今天的这头黄麂相当于是硬生生从我和小伙伴那儿撕开一道口子，冲出包围圈逃生了。虽然是我和小伙伴的失误而致使狩猎失败，但我仍在心里赞叹，实在是妙。

狩猎的结果有点丢了西瓜，捡到芝麻的讽刺意味，但我总觉得有些蹊跷。姓吕的猎匠明明说的是一对獐子，可猎狗撵出来的却是一头黄麂，最终得到的只是一只小野兔，真有些莫名其妙。不管怎样，这次狩猎给我们留下了深刻的印象，日子过去了好久，我们还一直念叨着当时的精彩情形，尤其是没有参加狩猎的小伙伴，对我们描述出来的"黄麂奔跑的速度之快""黑花狗逮野兔之精彩""人们在'打喔吼'时，不仅抓脚舞手，而且又蹦又跳"等等精彩画面，羡慕得直淌口水。

后来，在初中的课本里接触到了一些文化的东西，譬如：原始人、原始部落、猿人、旧石器、新石器、狩猎、围猎、钻木取火……方如醍醐灌顶，幡然醒悟。那一次狩猎，活脱脱是在演绎着一幅原始部落狩猎图，区别在于我们穿着衣服。要不，"打喔吼"的吼声，抓脚舞手的身姿，怎么会跟我们的祖先一样。

第二天早上起床，父亲他们已不见踪影，不知去了哪个狩猎场。立在院坝头，我只听到寨子周围团转的山岗上、箐林里，狗吠声声，喔吼翻天，热闹异常。

打秋千

荡秋千，我们那一带叫"打秋千"或"打秋"，"打秋"叫得顺嘴。打秋是正月间的主要玩耍游戏之一，并且年年乐此不疲。在乡间打秋，不管哪一个寨子，从正月初一到正月十五最热闹。这半个月，谁都不会去考虑田地里的农事，大人小娃放放心心地玩耍。

秋千，在我们那一带山里有两种，一种是滚龙秋，另一种是高架秋。

滚龙秋，也叫磨磨秋。在一块平平整整的板田里深埋一棵粗壮的柱子，柱子要用青杠树，又硬又耐磨。在柱子上端用斧凿出一根手臂粗细的轴心，在轴心上套上一块青杠树的方板，方板长七八尺或丈余，宽尺盈，正中间斫一圆洞便于套轴心。然后在方板的两头拴上绳索（这绳索我们就叫秋索），一头坐一人，借助外人的力量使方板转圆圈，秋索上的两个人就在空中飞转起来了。滚龙秋飞着转圆圈，身体差的人承受不了，直转得人眼花缭乱，翻肠倒肚，天昏地暗。所以，玩滚龙秋的人少。

高架秋，用四根长两丈余且壮硕的楸树或椿树，以索或藤绑成"×"形的两组支架，选一块平地把支架相对支立起来，架上横梁，挂上秋索，便可以荡了。说是这样说，立一架秋千有许多事情要做，而且必须由大人来完成。

譬如，扭秋索要用糯谷草，一条两三丈长的秋索要用去不少谷草，而这些糯谷草都是每家每户备着编草鞋用的，没家主的允许不能随便浪费。所以，得有一个说话作数且具备一定感召力的大人来统领这件事，要不所有事情都将是一盘散沙。揽这个烦琐事的人还得众人出面拥戴，请他来提携这个事。这个人出面，三下五除二把就事情铺派完了。他只须叉手站着动动嘴：一家三把糯谷草，快去拿来；你们几个到寨子外头去捶草。捶草的人不太愿意到寨子外面，他就正色道，老辈人说的正月初一在寨子头捶草要遭大风——这是老辈人的规矩，不能违抗，赶紧去！

他又指着几个男人吩咐：你们几个绑扎秋架，我去砍竹子，加些蔑条在草里，扎实牢靠，不会出事。

有他的指派，只需绑扎一个支架，另一个支架则利用一块平地旁的一棵老槐树的枝杈代替。绑秋索的横梁一头放在人工绑扎的支架上，一头放在老槐树的枝杈上，绑上藤索。那老槐树年辰久远，根深蒂固，比人工绑扎的支架稳当，不管如何摇荡它都岿然不动，荡起秋千来心里踏实。一架秋千立好了，当统领的那个人或者其他大人，要上去反复荡好几遍，检测秋架是否稳当，秋索是否扎实。如此测试几遍，大家都放心了，才将秋索交给一旁急不可耐、跃跃欲试的大姑娘小媳妇们。随着秋千的摆荡，一阵阵欢声笑语传遍寨子的旮旮角角。

每年打秋，都有好多笑话和故事发生。

有一年，一个刚过门的新媳妇，打秋还算可以，站在秋板上，花容也不失色。起秋时，屁股一弓，双脚一蹬，力道就起来了，回秋时，胸脯一挺，身子往后一蹉，"刷"的一声，秋打得四平八稳。已经摆到秋架的一半高了，下面的人正在为她喝彩加油，突然听到她一声惊叫，"拐啰！"秋架下面的人不明就里，紧张地望向她，只见她慢慢地蹲下身子，踹在秋板上，一张粉红的脸蛋汗津津的埋在怀里，像是发生了什么见不得人的事。秋千的速度慢了下来，人们去扶住秋索，让她下来。她说："不得事，你们让开。"然后脸更红了，女人们正要询问，她猛然站起身来，捂着腰杆就跑。跑到十多米远的时候，她回过头来喊道："我的裤带断喽——"不待人们反应过来，她已经提着裤子跑远了。于是，大家哄笑。女人们笑着奚落："这小骚货，咋不等裤子垮下来嘛……"男人们更无不遗憾地说："要是垮下来就好玩啰。"

有一年的正月间，太阳暖烘烘的，出门玩耍的人多。周围团团转几个寨子的年轻人来了好几帮，都是来打秋的。大人们呵斥住本寨的娃娃，让外寨子的客人都上秋千去甩几甩。正热闹间，寨子路上出现了骚乱，只见本寨的几个年轻人提着棍棒一窝蜂涌出寨子。在场的几个大人怕惹出麻烦，便跟着跑出寨子看。不多时，几个大人回来说，外边寨子的一个小伙来逗我们寨子的一个姑娘，那姑娘已名花有主。小伙和姑娘近距离接触的那一幕恰巧被那个"主"瞧见，便发生了刚才那一幕骚动事件。那小伙被惩罚了几闷棍后，悻悻地逃了。听说后来，那一朵"名花"还是嫁给了那个小伙。老人们于是说："这就是缘分。"

大人们则恨铁不成钢地说："本寨的那个'主'不得球出息！"

说起来，寨子里头的一架秋千还成就了一桩姻缘。大概是在1969年的正月间，快到正月十五了，虽已半夜，月亮还是明晃晃的，仿佛仍是白昼。这时，秋千上仍有人在奋力摇荡，因为夜深了，也没有什么人看热闹，只听到秋架"吱嘎、吱嘎"地叫唤，很响亮地在夜空里传播。第二天，就传出故事来了。说是，有一对男女站在秋板上紧紧地搂着，长久不分开，还有的说是两个年轻男女，身子紧紧贴在一起，嘴巴对着嘴巴，咂得噼里啪啦的响，看得旁人直咽口水。有人反驳：旁边哪有人？有！有两个小娃娃，他们躲在暗处看到的，看得真真切切。寨子本就不大，好事者一小会儿就把那两个娃娃找来了。有人抓出一把水果糖，两个娃娃就把昨晚亲眼看到的故事原原本本地讲了出来。听完故事，几个好事者兴奋得在秋架下乱蹦乱跳，一个说："有烧酒喝喽……"另一个说："不慌，我们几个先商量一下，不要让他赖账。"过一阵，故事中小伙子被骗来了。他蒙头蒙脑地问，在哪家喝酒？一个好事者说："喝酒？还有比喝酒更安逸的好事哩。"于是，几个好事者轮番轰炸，把昨晚的故事重新演绎一遍，逗弄得那个小伙脸红脖子粗的，最后缴械投降，乖乖回家料理酒菜去了。

几个好事者倒也没有白喝那一顿烧酒，在喝烧酒时把事情的大概给小伙子的参妈讲了，最终成就了一桩姻缘。后来，小伙子与那姑娘结了婚，生下一个女孩，取名叫"秋云"。只是后来的后来，小两口子未白头偕老，分道扬镳了。

一位德高望重的老人感叹，这是有缘无分啊！

躲猫猫

捉迷藏，我们那里叫"躲猫猫"，也叫"耗子躲猫猫"。躲藏的人是"耗子"，去逮或搜索的人是"猫猫"，这种叫法有意境，形象生动地道出捉迷藏时的神秘、机巧，富有生活情趣。

躲猫猫都是在正月间月亮明朗的夜晚进行。一群娃娃吃饱喝足后，相邀着聚到一处院坝里玩躲猫猫，消磨山乡寂寥的时光。玩躲猫猫，人少时，由一人当"猫猫"，其余的人是"耗子"。游戏开始，"猫猫"自觉地蒙上双眼，喊一声"开始啦"！"耗子"就四散寻找房屋团转的旮旮角角躲藏起来。躲藏完毕，其中一个"耗子"喊声"好了"，"猫猫"则松开蒙眼的手，四处去找，抓着谁谁就来当"猫猫"。

有一年的正月十五晚上，吃完腊肉血豆腐，我们邀了一群小伙伴在付家大院坝头躲猫猫。这天晚上参加游戏的人多，还有好几个"母耗子"哩。游戏开始了，因为人多，我们设了两只"猫"，一只男猫叫小黑狗，一只女猫叫穆二妹，一开始就撵得"耗子"们四处逃窜，竹林脚、房檐下、厕所旁、墙旮旯、草堆里，四处传出惊叫声、戏闹声，叫骂声。不多时，两只"猫"各押着一只"耗子"回到了院坝头，两只"耗子"都是公的。

游戏继续进行，"耗子"们躲得更隐蔽，更有心计、更难搜寻。不大一会儿，一只"猫"拉着一只母"耗子"回来了，唯独不见另一只"猫"和穆二妹，大家正诧异，忽然从竹林下的厕所那边传来穆二妹与另外一只"猫"的吵闹声。大伙跑过去看，原来是穆二妹眼看就要被抓住了，情急之下钻进了厕所，手忙脚乱地退下裤子就蹲下解手；另一只"猫"只得用手捂住眼睛、背对着厕所与穆二妹争吵，最后只好悻悻然地走回院坝。大伙围着他问：你都看见哪样了……一边问一边哈哈大笑。不久，穆二妹从厕所里出来，钻进人堆，一把揪住另一只"猫"的衣服："你说算不算？你又不有亲手逮到我！"另一只"猫"反驳道："你要是不钻进茅厕，我保证逮到你了！"围成一圈的大伙接过话，问另一只"猫"："你为什么把她追得往厕所里钻？你安的是哪样心？是躲猫猫，还是追婆娘……哈哈哈。"这一串问话没有使另一只"猫"为难，反而把穆二妹惹火了。她红着脸，揪住另一只"猫"的衣服，脚下用力一绊把他仰天摔倒在地上，穆二妹顺势骑上去，恶声恶气地问："你说算不算？要不老子抽你两巴掌？"站在旁边的一个坏小子拍着手幸灾乐祸地喊："喔，挨婆娘骑喽，哎哟，挨婆娘骑喽……"听到坏小子的起哄，穆二妹立马爬起来奔向坏小子，坏小子腿脚快，一眨眼就消失在夜的黑暗里，留下一串笑声在夜空里回荡。

穆二妹是一个野姑娘，天不怕地不怕的那种。她已经十一二岁了，却整天与一群男娃娃嘻哈打笑，她敢与男娃娃摔跤、下河洗澡，甚至打架。我们玩一种游戏叫"打瞎摸"，一个人站在场子中间，用手巾把眼睛蒙住，其余的人围成一圈，从不同方向去打或摸那人的身体，在打或摸时，谁被逮住了，谁就去替代那个蒙眼睛的人。这种游戏穆二妹也敢和我们玩。有一天晚上，玩打瞎摸时，穆二妹被逮着了，她二话不说就蒙上眼睛跳到场地中间，伸开两手就抓人。她一边找人，一边大声喊道："不准摸老子的裤裆！"旁边的人应道："还有哪些地方不能摸？"她说："还有胸口。"又有人问："屁股呢？""可以摸。""脸蛋呢？""可以。"这样，立即就有一个男孩面对面地朝穆二妹走去"投怀送抱"，穆二妹伸手摸到了男孩，一下子就死死抱住男孩，生怕男孩跑掉了，男孩却趁势在穆二妹的脸上亲了一口。不等穆二妹解下手巾，场子上早就爆发出声震屋宇的笑声。穆二妹却跟没事人一样，不慌不忙地解下手巾，把男孩的眼睛蒙上……

在正月间，我们每天晚上都要玩好多好多的游戏，一直玩到月亮落坡，才不舍地离去。

请锅筲神

每逢农历正月间，天庭的各路神仙纷纷莅临凡间，享受人间供奉的烟火，巡游人间的美景，查看人间的兴衰。所以，正月间就有了请锅筲神的习俗，只要凡间臣民恭请，神仙就乐意大驾光临。乡间请神分等级，名气大的神、高贵的神、人人敬仰的神，如财神、雷神、雨神、风神、救苦救难的观世音菩萨等诸神，要由大人请，我们这些半大娃娃请不到，也不能请，因为娃娃的嘴毫无遮拦，稍不留意就会说出对神不恭不敬的话。听老人们说，亵渎了神灵，一年四季都不会有顺当日子过，六畜也不会兴旺。我们这些倒大不细的娃娃只能请一些名不见经传的小神，如锅箪神。

请锅箪神不知源于何朝何代。锅箪神在天庭所任何职，也无从知晓。但据老人们讲，锅箪神很灵，可以许愿。大龄男女婚姻不动的可以向其祈求，家境不顺的可以祷告福祉，小病小灾缠身的可求保平安。

请锅箪神从正月初一晚上开始，事先得准备两样物件，一样是一把洗锅、洗甑子、刷箪箕的新锅箪，没有使用过，而且必是当年的高粱秆梢绑扎的；另一样是一张新饭瓢，也要没有使用过的。两样物件备齐后，将饭瓢用新麻线绑在锅箪的把上，在饭瓢鼓出的一面，用火炭头描上眼睛、鼻子、嘴巴。这样，请神的准备工作就算就绪了。

到了正月初一晚上，一群娃娃聚集在堂屋里，在神龛前摆放一张八仙桌，遴选出一对十一二岁的童男童女来请锅箪神。这对童男童女要先举行一个仪式，叫打泄坛，也是就常说的"净手"。在洗脸盆里倒入冷水，然后拈一坨烧红的煤炭放进盆里，"滋"的一声，盆里冒出一股水汽，童男童女赶紧将双手置于水汽上熏一熏就行了，这叫净手，意思是将身上的污秽去掉，以免亵渎神灵。仪式过后，童男童女对坐于神龛前的八仙桌两旁，将锅箪的梢平分成两股，形似锅箪神的两脚，握住了，在桌面上摁紧，不准随意摇晃。于是，请神开始。

请锅箪神像诵经一样，要念唱一段歌诀，恭请锅箪神降临。歌诀是这样念唱的：

锅箪神，锅箪神，请你下来显威力。

显得真，是真神，显不真，是假神。

笑死师娘一堂神。

如此反复念唱多遍，直到锅箪神大驾光临。

　　我们一二十个娃娃挤在堂屋里，敞开喉咙，依唔哇啦地念唱，
虔诚得忘却了冬天的寒冷，甚至忘却了今夕是何年。念啊念，一遍
又一遍，一个念唱得比一个起劲，一个的声音比另一个的声音响亮。
念得起劲间，人群里出现骚动，两个男孩在指着鼻子对骂。

　　"× 你妈！踩倒老子的脚嘞！"大家一看，是小二蛮。

　　"踩你狗 × 的，你要做哪样！"这是小白狗。

　　"× 你妈！那天你咂老子的三口烟，还不有还我嘞！"

　　"还个述！你再闹，老子就把你爬老母牛的事讲出来！"

　　几个大一点的娃娃用蛮横的方式制止了小二蛮和小白狗的吵
骂，请神又渐入高潮。

　　锅篙神……锅篙神……

　　声浪一浪高过一浪，几欲把屋顶掀翻。

　　看得出，掌锅篙神的那一对童男童女有些累了，但又无可奈何。
他们不能说话，不能乱动，只能心无杂念地稳住锅篙神。过一阵，
锅篙神在轻微地抖动。有人突然喊："快念！快念！来了，来了！"
陡然间，念唱的声音又訇然响亮，大伙请神的激情又被点燃。

　　这时，大伙都看到锅篙神前后摇晃，样子就像在给我们点头。
接着点头越来越激烈，点头的幅度越来越大，画着眼睛、鼻子、嘴
巴的瓢背磕得桌面砰砰作响。"喔——"瞬间，堂屋一片惊呼，画
着眼睛、鼻子、嘴巴的饭瓢被磕破成两半。这可不得了，一年的第
一天请神就出现这种不祥的征兆，吓得大伙目瞪口呆，连大气都不
敢出。正在大眼瞪小眼之际，掌锅篙神的一对童男童女突然间哈哈
大笑起来，"没有神，神没有来。是我们两个实在坚持不住了，才
这样做的。"童女甩着手，"哎呦，我的手好酸。"随着一声声长叹，
我们一个个像泄了气的皮球，瘫软在板凳上，嘴巴不饶人地责怪着
童男童女。童男童女指着小二蛮和小白狗说："今天晚上请不来锅
篙神，怪小二蛮和小白狗！他们在神龛面前骂脏话。"

　　哦，对了！怪他们两个！于是，大伙又把责骂的话一齐又泼向

小二蛮和小白狗。

是啰。请神的时候骂架，哪路神仙还敢踏进这间堂屋？

一个大男孩跳起来吼道："揪两个狗×的过来捶一顿！看两个狗×的还骂不骂人！"

聚在堂屋角落里的几个姑娘悄声说："妈咦，嘴一张开吐出来的就是脏话，人都听不下去，不要说是神仙。"那个大男孩在满堂屋寻找小二蛮和小白狗，可找不到人。有人说早跑出了，还找哪样找？

请神的娃娃们陆陆续续散去，余下五六个人，还在意犹未尽地谈论着今晚请神的事。不一会儿，主人家端出一锅甜酒粑粑请大家吃夜宵。在乡间，大凡正月间，不论在谁家，不论是请神的、摆龙门阵的、听说唱书的……都有夜宵吃，不是甜酒粑粑，就是用甜酒煮糕粑。如果男人多了，还有烧酒喝。

我们五六个娃娃吃完主人家的甜酒粑粑，用衣袖抹净嘴，嘻嘻哈哈地融进了年味浓浓的夜里。

玩棕包

那时候我们过年，有趣的玩耍游戏多，我们这些半大娃娃最衷情的一项游戏是玩棕包。

先用棕裹成一个圆球，再用细棕绳像织渔网那样，在圆球表面织一层绳网，将棕裹得更紧更圆，近似于一只小皮球。小皮球我们叫小皮包，所以，用棕挽成的包，我们叫它棕包。

玩棕包所需的场地不苛刻，只要有一块平整的土院坝就行。

玩棕包有两种方式：一种是直立站着，用手拍棕包，拍的次数越多越好，次数多者为赢家；另一种叫"打转包"，起始时，手执棕包打在地上，然后人在原地转一圈，棕包刚好弹跳至胸口处，再用手掌垂直往下拍打一下，又转圈。如此反复，打一下转一圈算一个，时间越长越好，个数最多者就是赢家。要是人多了，就把人分成两帮，每帮人数均等，然后逐一开打，一帮所有人打完，另一帮接着来。两帮都打完后算总账，哪一帮的个数多，哪一帮就赢。接下来是惩罚输家。我们惩罚输家的过程叫"吃包"，由输家将棕包准确地掷到赢家吃包者面前，吃包者像打包时一样，使劲往地上拍打，原地转一圈，转回来，棕包刚好弹跳至胸前，然后抬腿奋力一脚，将棕包向空中踢出去。输家则跑去接住棕包，如果稳稳接住，则终止惩罚，要是接不住，惩罚继续进行。踢出去的棕包必须高过人的头顶，否则终止惩罚。

玩棕包趣味无穷，在我们乡间，真是乐也陶陶，融也陶陶。

其实，玩棕包大人娃娃都喜爱，也常有女人参与其中。

寨子里有一位大伯级别的中年男人，尤爱打转包，最多时能打二十几个，这是我们寨子里打棕包的最高纪录。这位大伯身材高大，过年过节喜欢穿一件半新不旧的蓝布长衫。玩棕包时，将蓝布长衫捋起缠在裤腰上，转得跟风车似的，打到十几个的时候，缠在裤腰上的长衫垮了下来，他不管不顾，继续旋转如同风车，长衫则裙裾般旋转起来，吹得尘土飞扬。这位大伯玩棕包的姿势很特别，他拍一下棕包，随着惯性，手掌就要拍一下屁股，甚至拍得啪啪有声。往往这时，场边围观的人就会跟着他拍屁股的节奏击掌，或者他打一个跟着数一回数。原先站在场边观战的女人，对大伯参与打棕包有些不屑，认为大伯一大把年纪了还整天跟着一帮娃娃嘻嘻哈哈玩耍。但当打到精彩处，她们也会跟着击掌，跟着数数，甚至起哄嬉闹，而且笑得肆无忌惮，前仰后合。

歇下来，我们围着大伯恭维他棕包打得真好！这时候，大伯一边裹叶子烟，一边掏烟杆，一边喷溅着唾沫说："幺们，你们不晓得，我在年轻的时候……"这句话是大伯的口头禅，也是他炫耀自己的开场白。我们就爱听这一句，其他的内容并不在意，因为大伯说这句话时，总是咬紧牙巴骨，山羊胡子翘翘的，说得十分认真，担心我们不相信他。大伯是外地人，解放前由外县搬来我们寨子，并扎下根来。大伯憨厚诚实，为了稳住阵脚，不被本地人撵出去，他对寨子里老老小小都谦恭奉承，谁家起房坐屋，办红白喜事，他都要丢下手头的活路，去帮忙，或者凑上一份礼钱。大伯会木匠活，无论哪一家需要，他总是随喊随到，从不拿架子摆谱，因此，寨子里的人也尊敬他，都喊他"大伯"。

在小伙伴当中，我玩棕包算得上半个高手，能打到五至七个。在我的打包生涯中，七个是顶峰，而且只有一次。记得当时打完第七个棕包时，只觉得身边的人、房屋、天空都在围着我飞速旋转，人跟喝醉了酒似的分不清东南西北，脚下一点定力都没有，院坝像一块悬着的大木板也在旋转，人也跟着旋转。转着转着，突然像半截树桩一样朝着人群堆里砸下去。一阵嘻嘻哈哈的尖叫在院坝里轰然炸开。我倒在地上，但觉得身下软绵绵的，很舒服。周围的笑闹声简直是沸腾了，甚至还有人在我的身上使劲往下压。笑闹中，我慢慢清醒过来，原来我身下压着一个女人，她在费劲地想将我从她身上掀翻下来，可她也是在一边笑一边推，却因为笑得太厉害，手脚都使不上劲来。我的脸一阵潮热，肯定是红了，突然间，我像被人用锥子猛扎了一下弹跳起来，可还未站稳，又摇摇晃晃地倒了下去……

到了后来，玩棕包的人多起来，一个院坝里扯起三四个场子。十多岁的男娃娃和成年男人聚成一堆，小娃娃拢在一群，大姑娘小媳妇围成一圈，各玩各的，把年味玩得淋漓尽致。

每每在玩棕包的时候，姑娘媳妇的那一堆最热闹，总是喔吼呐喊，笑声连连，甚至笑出了眼泪，坐到地上站不起来。

初学的嬢嬢媳妇，往往将棕包拍到地上，身子转一圈回来，棕包不知弹跳至何处，只得傻乎乎地立在地上四处张望，眨眼功夫，脸就大红了。于是跑出圈子抱着一个姐妹，又是一阵大笑。

有一个大辫子媳妇，"啪"的一声把棕包拍在地上，立即转身，粗大的辫子随着身子的旋转飞了起来，活像武功片里的神鞭一样，"啪"的一声，把棕包抽飞了，场子周边又是喔吼呐喊的欢叫。

有一个正在喂奶的年轻媳妇，不顾嫩娃娃的哭闹，把嫩娃娃随便塞给一个旁人，蹦蹦跳跳地上场。她还有些本事，打了三个转包。可就在打得过程中，她胸前的一对大奶子，犹如一对兔子般蹦跳着，欲奔突而出，惹得一些同辈的男人又跳又笑，有的甚至跑到场子中间去"吃豆腐"。她不管不顾，打完三个包后，接过哭兮兮的嫩娃娃，坐到一块石头上，撸开衣服，把一只滚圆的大奶塞进嫩娃娃的小嘴里，嫩娃娃的哭声马上止住了。

在我们那里玩棕包，是一项过年时玩的游戏，而且只在过年的时候玩。一只小小的棕包，承载着我们童年时代的欢乐，缠裹着一个小村庄浓稠的年味。

走老母猪窝

每年的正月间，是我们这些倒大不细的娃娃最盼望的节庆，也是我们最厌烦的一段日子。无论白天晚上你咋个玩，天上人间任你冲撞，唯独有一件事得做好，那就是要把圈里的牛马安顿妥帖。也就是说，至少在中午时分，得把牛马放上山去，寻找一处能使牛马们安心吃草的地方，把它们看管好，不要惹出什么麻烦来，就万事大吉。这样，每天照看牛马就成了我们的烦心事。

其实，我们只是在心里牵挂着打秋、狩猎、赌钱这些玩意，要不，在山上放牧牛马照样有很多乐子。

一到山上，就是我们的天下，扯开嗓子随意唱山歌，唱一些平时不好意思唱的山歌，我还记得一首是这样的：

对门对户对条河，哥放牛马妹下河；

哥放牛马好难在，拉妹过来把裤脱。

山上空旷无人，我们唱得肆无忌惮，唱了一遍又一遍，声音一个比一个大，一个比一个起劲。虽小小年纪，唱出这样流里流气的山歌，一个个脸不会红，甚至还在草地上抓脚舞手地跳，志得意满的样子。

因为是正月间，出门时，都各自带上平时少见的吃食，有糯米粑

粑，有洋芋，有粑粑角，还有苞谷。到了山上，唱累了，就聚拢来划
拳，输家就去捡干牛屎，烧起一堆熊熊的牛屎火。烧牛屎火有讲究，
要等牛屎燃透，没有了牛屎味，才能烧粑粑、焐洋芋、炸苞谷花。烤
糯米粑粑和粑粑角，得用到一块巴掌宽的薄石板，食物放在石板上，
这样不沾灰。过一阵，石板被烤得烫烫的，糯米粑粑先是黄爽爽的，
接着就慢慢地膨胀起来，再接着就"噗"的一声炸了，嫩嫩的、白白
的糍粑冲开黄爽爽的硬壳淌了出来。焐洋芋最方便，把洋芋丢在燃烧
过的滚烫的牛屎灰里，用灰把洋芋全部盖好，然后去玩小半天，再回
来把洋芋刨出来，洋芋不焦不糊，吹去牛屎灰就可以放放心心地饕餮
一顿。炸苞谷花最有趣，我们把炸苞谷花喊成刨苞谷花，意指在灰堆
里刨食。把苞谷籽一颗一颗地放进烫烫的牛屎灰里，不用去管，只须
过一阵，噼噼啪啪的炸响声就会接二连三地在灰堆里爆出。一颗苞谷
放进灰里，焐热膨胀，"啪"的一声，一朵苞谷花就由灰里蹦出来，
还带起一小股青烟，好不惬意。放牧牛马时，最能消磨时光的一项游
戏就是走老母猪窝。这个游戏不知是由哪个时候流传下来的，我们那
里的大人娃娃都会玩，只是大人玩得少，娃娃玩得多。

　　走老母猪窝，是在地上挖出十二个土窝窝，这十二个土窝窝要围
成一个圆圈，十二个当中最大的那个就是老母猪窝。在老母猪窝里，
参加游戏的人每人凑三个"小猪儿"，即三颗小石子放在窝里，自己
只能拥有三个"小猪儿"。其余的十一个小猪窝按人数分配，人多时
一人一个，人少时一人两三个不等，分完为止。若不能平均分配，余
剩的划拳定输赢，谁赢了就归谁。游戏时，先划拳决定赢家先走，先
走的人从自己的猪窝里抓出三个"小猪儿"，按顺时针或反时针方向，
从自己的猪窝开始走，一个猪窝里放一个"小猪儿"，放完为止。其
余的依此往下走，在走的当中，"小猪儿"放完而前面刚好出现一个
空窝，叫倒洞，谁碰上倒洞，就要由谁的猪窝里捡一个"小猪儿"放
进老母猪窝里作为"集体"所有。走完三圈后，谁的猪窝里没有"小
猪儿"或者"小猪儿"数量最少，就是输家。对输家的惩罚叫"打梭

梭板"，即输家伸出一只手，手掌摊开，不准移动，赢家也伸出一只手，置于输家手掌下方，瞅准时机，以迅雷不及掩耳之势，抽出手掌打在输家手背上，要狠狠地打，打得越狠越好玩，越有乐趣。曾记得年纪小一些的被打得眼泪花花转，只差没有哭出声来。赢家的手掌在输家的手掌下可左右虚晃，以麻痹对方，这样比较容易打中。被打中的输家摩挲着火辣辣的手背，呲牙咧嘴抽冷气，赢家则高兴得满草地打滚。

走老母猪窝累了，一声吆喝，便都跑到一堵峭壁顶上，齐刷刷地站成一排，掏出"小家伙"屙高尿，比试谁屙得最高，屙得最远。

无聊了，抬头看太阳，太阳仿佛被谁钉在了天空中，一点也不会移动，牛马们吃饱了，在打瞌睡。有人提议丢钱窝，但大多数娃娃都没有钱，哪怕只是一分两分的毫子，囊中羞涩得很，这项游戏只得放弃。又有人提出"抓五子"，大一点的娃娃们一致说，那是姑娘娃娃玩的游戏，男娃娃不宜玩，于是又放弃。

其实，正月间我们经常丢钱窝。在一处有屁股宽大的地上挖一个小坑，能容两分毫子掉进去就行。参加的人一人拿出一枚毫子放在一起，定出先后顺序，划定距离，由第一家开始。第一家将所有毫子在手心叠成一摞，站在划定的线外，朝钱窝里丢。一摞毫子在空中划出一条条抛物线，向着钱窝落去，掉进钱窝里的就是赢的，钱窝外边的，下一家捡起又继续丢，如此反复。丢钱窝最讲究的是"打钱"，用一枚摩挲得铮亮的铜钱，击打对方指定的毫子，击打的时候不能碰到其他的毫子，如果不小心碰到了，需按照面值"照价赔偿"——而每个人指定的那枚毫子，肯定都是被其他毫子包围着的。

抓五子，首先得将小石板或瓦片细细地捶打成一分毫子的模样，棱角要经过认真磨砺，光滑不硌手。玩耍时，五颗石子握在手中，将其中一颗抛向空中，其余四颗快速放在地上后又必须得快速接住空中下落的石子。然后再次将手中石子抛向空中，再快速捡起一颗石子，并且还要接住落下的石子，这是第一轮，叫"一等的小"。

第二轮叫"二等的大"，一次捡两颗；第三轮叫"三等的背"，得将五颗石子放在手背上全部抛向空中，先是手背朝上抓两颗，再翻过手心来接住另外三颗；第四轮叫"四等的瓢"，一颗置于地上，四颗抛出，捡起地上的，再接住空中的；第五轮叫"五等的抓"，一颗在空中，四颗在地上，抓接方式相同。游戏共五轮，抓的轮次越多越好，多者为王。

山上是我们的世界，我们只沮丧了那么一小会儿，办法就想出来了，有人快脚快手地去砍来一截有大脚拇指大小的栽秧檬树，做"毛老虎"。栽秧檬学名覆盆子，木本植物，长刺，开花，结果实，粗细如拇指头，在栽秧时节成熟，味甜，果腹解渴。栽秧檬是乡间端午节"游百病"玩耍时首选摘食的上佳野果。栽秧檬树是空心的，截成一寸半至两寸长短，居中钻一小孔，将构皮穿进小孔反向扎紧，"毛老虎"就做好了。玩的时候，两手各执索子一端，把"毛老虎"在面前甩圈圈，待小索子扭紧，两手反向用力一扯，"毛老虎"就快速旋转起来，还会发出"呜——呜——"的声音，像老虎低吼，煞是有趣。有时候我们还会把两只"毛老虎"放在一起碰撞打架，谁的"毛老虎"坏了，谁就是输家。

那时候，山上每一处可以放牧牛马的地方，都留下了我们挖的老母猪窝，岩厦脚藏匿着我们的五子和"毛老虎"，山岭间萦绕着我们唱的山歌……

苞谷饭和粘渣淖

　　夜郎湖北面的崇山峻岭中，稀稀拉拉镶嵌着几百个村寨。这一带的庄稼人做得两样好吃食，让城里人馋得淌口水，一样是苞谷饭，是山里人的主食，另一样是粘渣淖，是下饭菜。我虽然是由那山中走出来的，在城里呆的日子长了，吃苞谷饭和粘渣淖也成为了一种奢望。

　　前些时候，选一恰当的日子，一行十几人，从普定县城出发，往最边远的枫林村去了。小车在遭过水灾的公路上颠颠簸簸地走得很慢，而且又全都是上山和下山，有时速度跟走路一般了。车子驶过一条小溪，公路断了头，只得停在一庄户人家门口。大家争先下车，抬头四望，才发现置身大峡谷中，看不见大山的山巅插向云端的何处。从车上下来，一走在山路上，看着这奇伟的大山、葱郁的树林、黄灿灿的刺梨，心境豁然开朗。这刺梨在城里是不容易吃到，如今见了，馋得直咽口水。摘一大把掰开来，黄黄的、肉肉的，用牙一咬，汁水便从口里溅出，不禁心清神爽。

　　在村里的学校小憩一阵，由村长带着，在山路上继续攀登，要赶往他家里吃午饭。藏在树木枝叶间的知了不停地叫，树叶全没有动，但却感到有轻轻的风。脸颊也柔和，脚下飘飘的，似有几分醉后的酥软。朝山上望去，树木枝叶清新，到处洋溢着草木的芬芳。人是在苞谷地间行进，有时冷不丁从苞谷林里走出两三个女人，荷锄肩担、扭动粗壮的腰身，说说笑笑从我们身旁悠然走过。撵着牛或羊的孩子立在路边地埂上，呆呆地凝目望着我们，让人感觉到这山里生活节奏的缓慢，全然不同于山外，于是便油然而生些许向往。

到村长家的院坝里坐定，都在喝着自带的矿泉水。一中年汉子挑着两只桶从院坝那边颤悠悠走来，嘴里说着："不得哪样好吃的，煮了一锅粘渣淖给大家尝尝，要是口干了，先喝一碗粘渣淖水。"放稳桶，抱来一摞碗装上，便见满碗白气，冉冉升腾，一丝两丝绿绿的菜浮在水面，走拢去，不等喝下，清香就沁人心脾，有说不尽的满足。喝了一碗这粘渣淖水，都在齐声埋怨随身带着的矿泉水的低劣，盯着桶里的粘渣淖，立即喉骨活动，舌下沁出口水……终于等到了上桌子，便顾不上谦让，抓起筷子夹住一坨粘渣淖急急地往口里送……这粘渣淖其实没有渣，只是在煮熟的嫩豆腐中加上菜罢了。不过，这当中十分讲究，拿不准火候，豆腐就粘不上菜，要是菜放早了，熟过了头，便不成渣，也不是淖了，菜不可以放得太多，也不能少。譬如城里人做的粘渣淖，要么只有星星点点的菜，要么豆腐给抽了一层豆腐皮，任你咀嚼，就是品不出味道。这儿的粘渣淖一清二白，滋润化渣，蘸上不放酱油味精、只放木江花和盐巴的辣子水，几坨下肚，立即面红耳赤，额头冒汗，却又不肯停筷。主人催促，才端起半碗苞谷酒，一仰脖子倒下肚，顿时醉了几成，便有些飘飘然。想那神仙也莫过如此，果然涌来万般感慨，只恨又无纸笔，便作罢了。再吃下几坨粘渣淖，想想刚才的情怀，却又荡然忘却，半句也不能想出了，心中立刻有隐约的遗憾。

主人家又邀了村里有名望的几位汉子来敬酒，有人提议要几位苗家少女唱歌才喝。一阵扭扭捏捏地推让后，堂屋里就缭绕起甜甜的歌。苗家话是听不懂，音调却十分悦耳，撞进耳鼓，心里乐陶陶的好受，也就摇头晃脑地跟着哼哼。一声欢呼，歌已唱完，半碗苞谷酒只好又倒下肚里，幸好酒醇而柔。

嫩噜噜的粘渣淖，甜丝丝的苗家歌，又醇又柔的苞谷酒，其情，其景，真是妙不可言。

苞谷饭端上来了，又是一屋子的赞美声。看那冒尖尖的一碗苞谷饭，面细而不成粉，用筷子往上一压，立即陷下去一小坑，拿开筷子，饭又缓缓凸上来，松酥酥的，亮润润的，使人胃口大开，顾不得肚皮的大小，一碗又一碗。这样松软、甘甜、清香的苞谷饭，好几年都难吃上一回，谁端在手中，都会恨自家不能成为饕餮。吃饱了，男同志打着嗝剔牙，几位女同志找来塑料袋，把剩下的苞谷饭一股脑儿"兜着走"了。

我捉摸：什么是这绵延的大山的特点？什么是这些山里人的特点？在大山中游来走去的时间多了，听熟了鸟的鸣啭，山歌的悠扬。尤其是那山歌，甚是喜爱，虽无丝竹相伴，这边山歌响起，那边山便回音四起。走进了青青的苞谷林，便觉心酥骨软。苞谷是那么多，一坡坡，一坝坝，由山脚漫向山顶，由这山扯到那山……天是绿绿的，地是绿绿的，阳光似乎也染上绿。信步深入，遇石便坐，逢荫就歇，喝一捧甘甜的山水，通体透凉。

大山、苞谷、山民，相依着，有节有气，性情倔犟，年复一年，永不衰败……山路上走来一群农家少女，腰身婀娜，秀发在青青的苞谷地间飘动，带着一串串笑声走进一座座小院。袅袅的炊烟升腾着，苞谷饭和粘渣淖的清香散在了空气中，这时，几乎不知身在何处了……

卢仁强

男，贵州普定人，生于 1978 年 2 月，贵州省作家协会会员。2005 年开始创作，作品散见于《读者》《微型小说选刊》《贵州作家》《视野》《岁月》《安顺文艺》等，小小说《打工》入选《2008 年中国微型小说精选》（长江文艺出版社），散文《母亲在疼》选入《散文中国》（天津人民出版社）。

母亲在疼

一

母亲说自己一年不如一年了，身体也一年比一年疼得厉害。疼厉害了，她就吃一角钱五片的去痛片。母亲说村里的老人疼了，专吃这种去痛片，便宜。当然，母亲不知道这种药还会伤胃。

我劝母亲上医院看看，母亲总是说那是老病，治不好。我不信，科学如此先进，母亲这是心疼钱。

母亲的手一疼，她就说是打连枷（一种农具，由两根木棍组成，一根长约三米，另一根约两米，用一米长的绳索拴在一起，农人用手甩起连枷打麦子、油菜籽、稻草等）造成的。母亲为了抢工分、挣口粮，母亲还在"月子"里就出工了，村里的好心人劝她说这样会落下遗症的，母亲沉默不语。后来，母亲常说自己的骨头里像有针在刺。她的手疼起来，既端不了碗，也拿不起筷。

外祖母常说，我的母亲苦得很，不知要苦到什么时候。母亲的右脚有残疾，是小儿麻痹症，两岁时就带上了，走路一瘸一拐的。

母亲多站或多走，脚就会疼。母亲是农民，从地里回来，脚就肿了。母亲用热水烫脚，热水烫，母亲是以疼治疼。母亲的脚让热水敷红了，她就小心翼翼地穿上鞋，然后做饭菜，洗衣服……

外祖母会编织斗笠，这项技艺，在外祖母四个儿女之中，只有我的母亲继承了。在那些年月，母亲拉扯着六个儿女过日子。白天，母亲下地做活路，晚上，母亲熬更守夜，在昏暗的煤油灯下编斗笠。有时，母亲困了，竹签有意无意地刺破母亲的双手。母亲手上的肉裂开了，血流了出来，母亲像是不知道，她继续着编织。

星期天，母亲就挑着斗笠进城。有时，斗笠很快就卖完了，而且能卖上好价钱，但有时，守了一天都卖不掉。母亲赶集卖斗笠，无论多饿，她不会花一分钱，坐车，更是从未有过。

四姐才四个月大时，母亲背起我的四姐，挑着斗笠到二十里外的集市去卖。母亲守了一天，卖得了5元钱，她早上没吃饭，还喂四姐奶水。母亲实在饿得不行了，买了一朵莲花菜，就来到晌午摊前吃点东西，摸钱时发现衣袋已被刀子划破，钱让小偷偷走了。母亲在摊前哭了。

流尽了眼泪的母亲像是不饿了，她背起四姐，挑起卖剩的斗笠回家了。走在回家的路上，母亲一边走，一边把手伸进口袋里掐一点莲花菜来吃。回到了家，母亲打开口袋一看，那朵莲花菜已被一点一点地吃尽，袋子里只剩下光秃秃的菜根了。

二

我6岁时，母亲还在地里艰难地做活路。姐姐们长大了，她们不让母亲到地里去。于是，母亲除了做家务，就日夜不停地编斗笠。不知是母亲编的斗笠多了，还是什么原因，斗笠生意不好做了。母亲很焦虑，她停止了编斗笠，在村里开了一个小店，卖些烟酒糖等，我就有了许多好吃的。

在我的记忆中，我忘不了米花糖。那时，母亲经常拿米花糖到我上学的地方去卖。每天，母亲就背着背篓，系着围腰布，拿着簸箕，牵着我去上学。上课的时候，我舒适地坐在教室里，母亲就静静地坐在石板上，像校园里的一棵树，在岁月的变迁中顶着烈日，迎着寒风。母亲偶尔站起来瞥一眼教室，她在人群中找到了那最熟悉的小脑壳。母亲看到我的嘴在动，她像是清楚地听到了我的朗朗读书声。母亲笑了，灿烂的笑容就挂在母亲的脸庞。

课间，学校里有钱的同学围着我母亲的米花糖摊子。我跑到母亲的后面站着，我要帮母亲卖米花糖。我听到同学们嚼米花糖"咔嚓……咔嚓……"的乐曲，我忍不住往肚子里吞淡淡的口水。我没真心帮母亲，我总想着簸箕上和胶袋里落下了多少被揉碎的米花糖，那是属于我的米花糖。

又上课了，我就在簸箕上抓一把揉碎了的米花糖放进嘴里，慢慢地嚼着。我在走向教室的路上不停地回头，母亲弯着腰在收拢簸箕上揉碎了的米花糖。我看见母亲把那揉碎了让风吹到地上的米花糖，一粒一粒捡起来，全放进胶袋里，用麻绳扎紧。

放学了，我回到家中，就迫不及待地撕开胶袋，双手抓出揉碎了的米花糖狼吞虎咽。当袋子里一粒不剩时，我意犹未尽，用鼻子闻闻胶袋的香，用舌头舔舔残留在袋沿的甜。我真想连袋子都吞进身体里。有时，我会因揉碎了的米花糖太少而发脾气。母亲很心疼，母亲说："儿啊！你姐姐们都得不到吃啊！"母亲这样说，我扭头看姐姐们，她们都不看我，我知道，我比姐姐们幸福多了。

我吃揉碎的米花糖，母亲的心很疼。

三

二姐最聪明了，她辍学回家后，中学的老师来过我家几次。老师说二姐成绩好，将来一定能端上国家的饭碗，但是，二姐还是没有回到学校。我家店里的货物都是二姐到城里买的，三姐和四姐都结婚了，二姐才离开了家。二姐成家后，母亲就自己到城里进货。

从桥头到城里，有10公里的砂子路。母亲每次进城，尽走路。

路上有了车子跑后，母亲进货，进城走路，回家坐车。母亲说每一次能省2元钱。在母亲看来，2块钱不多，但难挣啊！慢慢地，母亲的老办法越来越止不了脚的疼。母亲开始吃去痛片，吃了去痛片，她说觉得舒服多了。

从此后，身体哪儿疼了，她就吃去痛片。

我的父母亲都不识字。村里有俗语："不赊不欠，不成小店。"村里人赊欠了一包烟、一斤酒、一斤糖等等，母亲不会记账，都是凭记性记着。姐姐们都出客了，我也到外上学，等我回家，母亲就说给我听，让我写在笔记本上。可每次记账，我都不认真，母亲像是都看出来了。母亲说枉自有六个孩子，一个都靠不着。

母亲把小店里的东西分成若干类，她找了一把学生用的尺子，村里人赊某种货物，母亲就划横线。那横线或长或短，或深或浅，或明或暗，母亲用自己的方式记录，没有人看得明白，只有母亲自己知道。村里人来还款时，母亲就拿出来指给那些人看。有时，某些人想赖账，母亲让那人好好回忆，那人只好假装忘记了。母亲说自己不会记错，别人忘了，她忘不了。

我让母亲别开小店了，母亲说自己闲着闷得慌，我说如果这样，就不准走路，母亲笑笑。我的小弟从小就读不进去书，成绩不好，初中没毕业就回家了。

母亲砌了三间平房，她想以此留住自己的小儿子，但是，小弟还是打工去了。他已经有四年没有回家，听说正与当地的一个姑娘谈恋爱呢！姐弟们都不在身边，我住在县城，母亲说只有我离她近些。可是，她不知我是真忙还是假忙，总听到我忙得很。只有逢年过节或是母亲病了，我才回家。所以，母亲总盼着过节或是自己又开始疼了。我想把母亲接到身边，然而，母亲说就算自己死了，她也不会进城，她要守住农村的那个家。

城里比农村好，我不知道母亲为何如此眷恋那个家，那个家对母亲真是那么重要吗？

四

母亲疼了，我固执地把她送到了医院。然而，医生治疗我母亲疼痛的最好办法就是开些止痛药。母亲回家了，她吃完了药后，让我给她再买些。找遍城里的大小医院，止痛药或伤胃或伤肝或伤肾，我管不了啦，就买这种药。我请人带给了母亲，或是，我亲手放在母亲的手里。

母亲说我受骗了，她说服了我买的药就恶心呕吐，几天都吃不了饭。我是用医保卡到正规医院买的，我买到了假药？母亲或许在撒谎。我去了桥头，母亲说药是真的，她吃后，手脚都不疼了，就是感到胸口不舒服。我忍不住哭了。母亲仔细打量着我，她伸出粗糙的双手摸摸我的脸，又摸摸我的身体，母亲问我过得好不好，她说我又瘦了———一直以来，母亲就记挂着我。

母亲常说她吃好东西时就想起了自己的六个孩子，她还说等哪一天我们回来了，就把家里最好的做给我们吃。母亲病了，我回到了母亲身边，母亲就像是好了。她四处张罗着，去做好吃的。母亲没吃饭，她就坐在我的身旁，给我夹菜。她望着我吃，我吃饱了，她还在往我的碗里送菜。我吃的比母亲的好，母亲却说我没有一口好的吃。我过得好，难道母亲不知道吗？

回到桥头，我常喝醉。村里人说我喝酒之后太乱了，喝醉了爱哭。我不知道自己为什么会这样，我一哭就要喊妈。我的儿子常学我喊："我的妈呀，您何时不疼？"

父亲和他的土地

我说父亲时，他不停地寻找理由，诚如一个孩子，仿佛被我发现了他的秘密，理直气壮而又恐慌。后来父亲笑笑，笑得那样难堪，一脸的皱纹把笑容拉紧。我没有流泪，就是心里酸酸的。我不说了，打死我都不说了。我仰起脸，那些火、尘埃、水气凝成的阳尘，把屋顶装扮如风中裸露的岩石一样，灰黑、坚毅。

父亲来到这个世界时，他和许许多多的中国农民一样，没有土地。后来有了自己的土地，父亲是如何欢喜，他从没有提过。我只知道，父亲和他的土地，养育了我们。小时候，看到父亲犁地，我就想，等我长大了，就让父亲休息，我去犁地。长大之后，我离开土地住进了小城，父亲却被丢在了村里继续犁地。

父亲的日子都在土地里。我们家的土地有十几亩，春秋两种，全都是父亲一个人犁地。从这头犁到那头，又从那头犁到这头，来来往往，无始无终。耕完这块耕那块，种了一年又一年。父亲从朝气勃勃的青年小伙，被地里的两点一线间拉扯成了垂暮老人。有时，我奇怪地想做一个实验：父亲在土地里的距离，该如何丈量？一步一尺，从地球出发，在茫茫的宇宙里，会抵达何方？

父亲熟悉土地胜过熟悉自己的身体。哪里有石头，哪里土深，哪里土浅，耕种时哪里需慢，哪里耐旱，哪里耐涝，他都了然于心。父亲和他的土地，仿佛医生和病人和关系。在我的记忆中，土地没有什么病能够难到父亲。比如石头，不管是露在地上还是藏在土里，父亲都知道。父亲扛着锄头、钢钎、手锤、粪箕来到地里，用锄头挖土，用粪箕一撮一撮地把土装起来倒在另一边，接着用钢钎撬，用铁锤打。遇到撬不动、打不碎的大石块，父亲就时而蹲着，时而跪下，一手拿铁錾，一手拿锤子，用乌龟走路的速度，锲而不舍地在把石块凿裂。父亲从地里取出的石头，用来砌地埂。而掏掉石头空出的地方，填上泥土成了土地。

在那些年月，人穷地贫。为了让土地肥起来，父亲每天起得很早。父亲起床后，他就提着粪箕到村子里、牛路上、田坝头扒粪，猪粪、牛粪、马粪……很臭，父亲却把它们当成宝似的。父亲说，土地是我们家的命根，而那些臭粪是土地的命根。父亲教导我们，看牛要带上粪箕，把牛屙的屎拿回家或倒在自家田地里；喂猪食时，要时时注意猪屁股，猪屙屎时，就急忙拿粪箕去接好。有时父亲为了能扒满粪箕，要走上几公里大路。特别是在数九寒天，父亲没有戴双手套，他一手提着粪箕，一手拿着木棒，走在凛冽的寒风里。父亲会冷吗？我不知道。那时候，我还睡在床上做好梦。当父亲那冻红的双手提着满满的一箕粪便回家时，我还没有醒。父亲把扒来的粪便堆起来或是倒进厕所、畜圈里。春耕秋种的时候，他又一挑一担地把粪送到田地里。日复一日，年复一年，在农家肥和化肥的共同作用下，土地慢慢变黑，松软如棉。

父亲老了，他没料到，自己千辛万苦才让土地肥沃起来，人们竟然一个接着一个地从土地上逃离，跑进了城市。偌大一个村子，除了年末岁首闹热，平时都是空荡荡的，只有一些孩子、妇女和老人。我要接父母亲来小城，远在南方江城打工的小弟也说接他们到那里去。父母亲不愿离弃，他们要住在桥头，守着他们的根。每次从桥头回城，脑海一次又一次地上演那样的情景：孩子们一脸茫然，妇女们望穿秋水，而我的父母亲，把皱纹锁紧。

我劝父亲，他累了一辈子，就安心享享晚年，我们儿女供他衣食住行。他当面答应了，可是，像一个顽皮的学生，左耳进，右耳出。过后，他接着种地。住在小城，我常从梦中醒来。记得我这样说："哦，这是梦。幸好，这是梦！"我很害怕我的父母没有说一声，就弃我们而去。然而，尽管我无数次地自我安慰，甚至怀疑自己有些变态，怎么脑海里会呈现那样心悸的画面。我知道，这天正在向我一步步走近。

桥头有了电话后，我好像睡得安稳多了。虽然还多次从梦中醒来，但想着枕边的电话一直都在熟睡，我就少了往坏处想，想些好的，比如，小时候的冬天，父母亲在柴火边给我们摆鬼白，吓得我们不敢独自远行；还比如，父亲又打起了响亮的长鼾，哟，哟……我笑了，窗外橙红的灯光透过有机玻璃和绣满荷叶的帘子，落在我的笑上，浪漫，温暖，忧伤。

2003年的冬天像是来得很慢，同事们都说这个冬季真好过，马上就要期末考试了，都还不冷。一个星期六，我本是想回桥头，但妻子的三姐夫说他买了两块后腿狗肉，香得很。我们来到坪上，正当要吃狗肉的时候，电话就响了。父亲去地里扯油菜，摔倒在地里，可能得了脑溢血，幸亏发现得早，村里人帮忙背回了家。我立即给急救中心打电话。回到桥头的时候，家里围着许多人，父亲睡在床上。他看见我，一边睁大眼睛，一边伸直粗如松皮的手，向我召唤。我紧紧拉住父亲，他的手很凉，一阵又一阵的冰凉刺进我的手心。我没有流泪，而父亲的眼睛如决了堤，眼泪如水从眼角涌出来，顺着岁月的鱼尾纹，落得悄然无声。给父亲擦泪的时候，我有了泪水。这就是我的父亲吗？嘴歪了，下巴尖了，皱纹深了，脸庞如一张被日子搓揉成一团的纸，一下子扯开来。大家都让我别哭，他们说急救车来过了，我父亲不肯去医院，他怕去了就回不来。村里有习俗，死在外面的人是不能进村，更不能进家。这是村里人千百年来遵循的规矩，我不知道这样的规矩是对还是错，但是，我的父亲一直在坚守。我对父亲说：去了医院，如果真到了那一步，我会让他戴着氧气袋回来，把最后一口气咽在家里。

我们来到了医院，医生诊断为脑溢血，下了病危通知书，让我签字，我得承担责任。父亲的病情在第二天突然加剧，他躺在病床上，双目紧闭，左手和右手放在被子上挣扎，一会儿扯紧被角，一会儿捏起拳头，仿佛他拉住了什么，稍松手，就可能掉进了深渊。母亲握紧我父亲输液的手，不停地喊他的名字。父亲像是没听见，没有睁开眼，也没有回应，还是执着地动来动去。我一会儿坐下，一会儿又站起来，一次又一次跑去问医生。医生说他们会尽力，还说父亲的表现是正常反应，能不能撑住，还得看他自己。三天之后，父亲停止了挣扎，他醒了。

在住院的日子里，父亲多次念叨他的土地。他一会儿说路边那块地的菜子还没扯好呢，一会儿又念起牛路边那块菜子还没撒肥料……也不知道他的土地变成了什么样子。这几年，像我们这一代，甚至于那些四五十多岁的村里人，都不愿种土地，一心想着进城。有些人说："宁做城里一条狗，也不做村里一条龙。"因为，现在的土地越来越少，地里种出的庄稼管不了多少钱。大家或是无奈，或是机灵得很，都会算账，知道种地没多大收益。村里人一个又一个地离开了农村，离开了土地。父亲一直挂念着他的土地，他种了一辈子的土地，是土地养育了我们一家人。如今，他早知道种地没了多大收益，但是，落叶得归根，作为农民，土地是他们的根。虽然暂时离开了，有一天，或许我们要回去。因此，父亲一定要守好他的，也是我们的土地。

虽然父亲的头、脸、脚都被针刺得百孔千疮，但他没有倒下。一年之后，父亲奇迹般地能下床走路了。身体慢慢恢复后，父亲又下地了。有人说父亲心好，他一生正直善良，要活一百二十岁。听到这话的时候，我心里就念起了阿弥陀佛，对那些人拱手作揖。记得，母亲总是这样说我的父亲："你这胆小鬼，你到底怕什么？"对于父亲的善良，以前我一直把他当作懦弱。母亲这样骂我的父亲，我就想，我将来不会这样的。比如，父亲听说某家的粮食够不到秋收，他便说："我拿借给你。"收获以后，父亲总是不会给人家要谷子。母亲急了，就让我的父亲去要，父亲说："唉，人家不会拿来还啊！"再比如，守水放田的时候，父亲很让得人。古人说近水楼台先得月，我家有一块田在大减潮，渠水先从那里流过。可是，当听到别人说他家的田也开大裂口，秧苗都快保不住了，父亲就让给了那人。后来，我也成了父亲那模样，我的妻子也说我是胆小鬼。

村里人说，我的父亲不仅扒粪，还经常去砌地埂。按村里的说法，像父亲这样的人，"死"而复活，已是二世人了。病愈后，父亲耳不灵，走路身子前倾，看上去像随时都有摔倒的可能。特别是他挑担子时，远远看着揪心得很。母亲也很担心，她说，有一次，我父亲到冲里头砌地埂，抱一块石头时，一屁股坐到了地上。父亲挣扎着想站起来，可是，他用尽了一切的办法，都没有立起来。我责问父亲的时候，他又笑了，说想不到会那样，他匍匐在地上，双手竟然没了力气，撑不起来——后来，父亲干脆停止了努力，坐在地上静静地等，太阳快落山的时候，终于有一个人从冲里头经过，才把父亲从地上拉起来。

我三番五次地劝说，总是那样苍白无力。十月初一回家，父亲还是偷着下地。母亲一直怕她的儿女责怪，急忙对我说："儿啊，你看吧，这真的不怪我！"我不知道什么时候学会了硬心肠，一滴泪都没有。父亲要把前些天扒的粪挑到地里，我替父亲挑，他就走在我的身后。虽然我的身上流淌着父亲的血液，但我无法窥视他的内心。

杀鸡供奉牛王菩萨的时候，我和父亲又谈起了他的土地。"死"过一次的父亲，像是更清醒了。年轻人都涌进了城，劳动力的匮乏，导致村里人简单对待土地，少用农家肥，多用化学肥料，地里的泥块越来越僵硬。缺少了管理，支撑土地的骨架——地埂正在塌陷。

我低下了头，父亲最后说，他已经想好了，将来老去了，让我把他埋在路边，或是牛路边的自留地。

守望村庄

后冲和石头

后冲是一座村庄，躺在石头的怀中。

站在从普定驶往猴场的路上，友人们拿起"长枪短炮"，把后冲推远、拉近，然后，刻录于银质的胶片之中。我拿着照相机，呆呆地站着。后冲和石头穿透五百度的镜片，抵达我的眼中。我有一种冲动，我想走进后冲的房前屋后。

后冲的石头，硬硬的，或白，或黑，或黑白相间，高高的，从黄土之中突出来，像人一样，挺立着身子，或十米，或二十米，一柱、两柱……一群、两群……在他们的身体之上，有一些草，或一些灌木，长在风雨揉皱的缝隙中。时值夏季，一抹抹的绿，犹为夺目。

远远望去，有一户人家住在石头之下，两柱高高的大石头，像秦叔宝和尉迟恭，一个在左，一个在右，守护着主人的后门。高高的石头，矮小的石屋，你依着我，我偎着你，在时间的旅途上前行。或许你会说，不怕吗？要是石头塌了，那还了得——这也是我的心事，我想这样问，可同行中没有后冲的人。

沿着一条砂子路，我一直往下走。远远地，我听到了"喀哒咯哒——"的鸡鸣，它下了蛋，正在高兴地唱着歌。公鸡也不甘落后，引颈一曲，"喔——喔——儿——"时间就这样悄悄离去。

"汪——汪——"一阵阵犬吠，从村庄中传出来，打在了我的身上，把我的冲动击碎。

我怕自己挠乱了后冲的宁静，更怕身上的俗气打湿了村庄的纯净。停了脚步，我高高地俯视，有一些老人和孩子抬起了头，仰视着我们。我们彼此的眼神，在村庄的上空相遇。我想起了诗人卞之琳的《断章》："你站在桥上看风景／看风景的人在楼上看你……"

站在高高的石头之下，我把心事，通过手传递给石头。石头不理我，它也不知道，自己在时间的旅途上，哪一天会坍塌？

老人、孩子，他们像是看累了，全都转过脸去。老人们，该回屋的回屋做家务，孩子们，又想起了刚才或是更为久远的疼痛，该哭的接着哭。鸡还在鸣，犬还在吠。

"嘟——嘟——"刺耳的车声，抵达我的耳际。我要走了，我从哪里来，还得要回哪里去。

返回的路上，我一直在想后冲。我怎么没看到一位年轻人呢？他们是在地里向玉米膜拜，还是像一条鱼，游进了城市里？猴场的友人说："现在的村庄，都兴打工。"

后冲的石头，是从地里长出来的。石头上的那些生命，是不是土地给予的？我不是什么专家，我是一个农民的儿子。我只知道，土地养育着农民的生命。后冲的石头会塌吗？要是塌了，砸了村庄，砸了土地。

每一次，从后冲走过，我看到，村庄和石头，静静地守着那一片土地。

仙马和歌唱

我们这支苗族啊，是从战火中走过来的，但因敌人太强大，所以我们只好东跑西颠，最后，我们把丢失的兵器绣在肩上，把走过的江河湖泊与秀丽风光绣在衣裙上，把仇恨埋在心里，把实事写成诗行，把历史放在每个人的头脑中。

这是苗族《古歌》中的记载，是居住在猴场乡仙马村的苗族村民唱出的悲凉歌声。当黄河流域出现了人类文明之初，就有了苗族远祖。五千多年前，他们居住在长江以北、黄河以南广阔而肥沃的土地上，但是，在血与火的历史岁月中，他们从平原到丘陵，从丘陵到深山，进入了贵州。在仙马，居住着苗族的两个支系：大花苗和水西苗。仙马苗族古歌，结构宏大，气势磅礴，包罗天地八方、宇宙万物，有神话、史歌、硕歌、情歌和故事传说。

五千多年过去了，苗族人民把他们的历程化成了一支支歌，一辈接着一辈，用歌唱传承了下来。这些歌曲，或悲怆，或激扬，或坚强如铁，或柔情似水，仿佛在血与火中征战，又像是在花前月下风流。

初次到仙马，我为他们的贫困而慨叹，我被他们的歌声而倾倒。仙马在大山之中，这里田地较少，土壤贫瘠。有许多人家，住的是土坯房。以前，他们吃苞谷饭、洋芋，或是靠政府援助，方能过完一年。现在，靠着粮食增产和年轻人涌进大城市打工，日子过得好一些。走进仙马，你可以炫耀物质生活的富足，但是，你就是坐飞机，也赶不上他们靠双腿行走的精神生活。很难想象，他们对歌声是如此痴狂，在仙马，人人会唱歌，户户有歌声。

我们想请一位苗族大娘来唱歌，她就回家换上苗族新衣裳，用梳子把头发往一边盘起来，站在一块石头上。她问我们想听什么歌，我们说她唱哪样我们听哪样。她又说用汉语还是苗语，我们又说随她。我们等了一小段时间，她没有唱，显得很为难。我们问她为什么还不唱，她说："有些歌，是不能译出来的。"我知道，她很担心我们听不懂。最后，我们请她用苗语唱，她就露出了笑脸，目视天空，蓝蓝的天上飘着几朵白云。她一边唱，一边左右摇晃着身子。她的歌声很轻、很柔，像弱风扶柳，像月光洒满大地。后来，我听仙马的朋友说，她唱的是情歌——在月光下，一对情侣约会时，女方用歌声表达自己的思念之情。

因为时间的关系，我们只听了大娘的三支歌。当我们向她说谢谢时，她有些不高兴。旁边的另一位大娘对我们说，她会唱的歌，有几背篓，三天三夜连续唱，也不会重。我知道，她很珍惜给外人唱歌的机会。她越来越忧郁——祖先们留下来的许多美好，是不是会消失呢？或许大娘没这样想，或许大娘想的是我们嫌她唱得不好听——我们这些来自城市的人，都喜欢热闹，大娘唱歌的台子是在一块大石头上，这里很冷清，我们嫌她了。

当我们向她解释，说还要听孩子们唱时，她勉强露出了笑脸。我知道，我们和苗族大娘之间产生误会了，这种误会，在时间的旅途上，会越来越深。

孩子们站好了，男的、女的，站成了四排。他们上演的是四声部合唱。听到孩子们的歌声，我流下了眼泪。请允许我摘录下这首歌词吧！

青青岩上一棵小小草

妈妈她在哪里

谁也不知道

长在石缝里

心儿比天高

寂寞山中静悄悄

不知岁月老

……

天地日月一年年

保佑小小草

罗 铃
111

罗 铃

1972年生，喜用文字记录生活瞬间，且因文字之缘，混身于文化圈，洗涤浑浊之心，足也。

大地往事

从蛮荒走向文明，恍惚只在弹指一挥间。而真正回想半个多世纪以来的历史，这块文明土地的诞生，却难以忘却几代人的阵痛。

一

二十世纪四五十年代，猴场从梁子上到西北、大地一带，连绵的群山里古木参天，豺狗老豹在山林里乱窜。山腰和山下的坝子里，田地零星分散。山与山之间崎岖不平的山路，蜿蜒如山林中的藤条，连缀着三间一伙、五间一窝的木房或者土墙房。那些茅草覆盖的木房或土墙房，被山风一吹，瑟瑟发抖，宛如山林中藤条上摇来晃去的干果子。山民们住在这样的房子里，晚上总是抵紧门杠，紧闭门窗，大抵是不敢出来的。即便半夜听土豹子在屋前用力啃那厚实的猪圈门栏，发出鬼嚎般的叫声，也不敢开门探望。

晚上也就罢了，即使在白天也不安全。偶有带到地里干活去的小孩，稍不留神，便被远远窥探的野狼活生生叼走。父母着急半天，追也追不上。等到了野狼出没的地方去寻找，是连一根像样的骨头都找不回来的。

大地是一片山间槽子地，两头是山垭口。白天带着孩子去地里干活，偶尔会顺着槽子风听到野狼的嚎叫。这带着寒意的风，本就让人有几分生畏，再加上野狼的嚎叫声，更令人毛骨悚然。听爷爷说，他一个堂弟，当时不到一岁，只会在地上爬，他堂叔家过完年三十，还没到初三，就急着栽洋芋。做活时，他堂婶就用背扇铺地，把他堂弟放在地边的路上。俩老人刚放完一沟洋芋，再回过头来时，孩子已经不见了，只剩下空空的背扇翻落在地坎下——一个鲜活的小生命，硬生生地就被野狼或者是豺狗叼走了。

我们祖父那一辈，就生活在这种恶劣的环境里。所以那时的男人们都很强悍，否则无法保证家人的安全。

二

斗篷山海拔 1961 米，是全县最高峰。从织金县实兴乡、牛场乡经西北、大地一带到猛舟去安顺，要经过斗篷山腰唯一的通道：仙水垭口、大地村山顶上的凉水井垭口和虎独大坡。这些必经路口地势险要，路面狭窄，前有悬崖，后有大山，是一夫当关万夫莫开的绝地。

那时是土匪横行的年代，所以这些绝地都人迹罕至。远方人不知道地形的，被老二（土匪）劫了不少次。当地人却很少遇上老二，原因有两个：一是当地人晓得地形，要经过那种地方都是结伴而行；二是这些老二基本都是当地人，也不去吃窝边草的。当然，还有一个潜在的原因，在这种恶劣的生存环境中，除了防豺狼野豹，还要有能力和老二们周旋，所以家族势力很重要——如果是单家独户的弱势者，早都逃荒到别处去了。

这种特殊的生存环境，成就了一个特殊的生物链。土匪老二、家族族老，以及威望极高的道士先生和教书先生，既各有势力又相互牵制或连横。凭着这种势力均衡的维系，慢慢推动着历史的进程。

即使到了七十年代，山里的匪味还在弥漫。还记得小时候父亲带我赶场回家，就从凉水井垭口过。模糊记得，当时遇到三个年轻人，向父亲挑衅："朋友，给支烟抽吧！"态度很强硬。许是父亲已经感到危险的来临，便不紧不慢从帆布包里扯出一把尖刀（杀猪专用的那种），一边高声回答："朋友们，我现在没带烟，要不和我回到家，弟兄们抽个够，吃了晌午再走吧！我家就在前面，翻过垭口就到了！"那几个年轻人晓得可能遇上本地人了，就赔着笑脸："大哥，没有就算了，不麻烦了，慢走慢走……"

三

西北到大地一带有几股较大的势力。一股是严家，既是先生世家又有一位武功很好的男子为匪，属李民山匪帮的一个中队长，但不在邻里作案；一股是李先生家和陶先生家，这两家都是温善人家，但因识文化而受地方百姓的尊重，没人惹上门来；另一股是史家，在亦正亦邪之间，有点东邪黄药师的味道，嫉恶如仇但不欺负弱者。况且这几股势力互有往来，并有潜在的君子之约：倘若哪家后生敢做坏事或有打架生事、欺男霸女的行为，便请几位老者见证，按照族规定严厉处罚。这相当于内部的法律，执行起来简单有效。

听父亲讲过一位陶先生骂后生的故事，很是有趣。老先生在给人家做法事，坐夜时和几个老人闲聊。话语过程中一不知好歹的后生几次断话，重复赞先生胡子好白好长之类马屁话。陶先生面露愠色，摆了一个龙门阵，说当年关兴、张苞领命外出打仗，兵败而归。张飞问张苞："何以兵败？"苞答："我吹老爷子乃当年大吼一声吓退曹家 80 万兵马，吓得夏侯惇落马而亡，却没吓退对方兵马。"关羽问关兴："何以兵败？"兴答："我吹老爷子五缕胡须往上飘，哪个不怕您老的偃月刀！也吓不退对方。"关羽于是大怒："两军阵前，不思退敌之法，狗日的就记住你爹这口胡子。"

此类趣事很多，一直成为陶先生流传民间的美谈。

有位严先生，先做土匪，后来做了道士，除了打枪是把好手，

棍法更是娴熟。农村跳神或者跳武坛的时候，他可以舞棍撕开年轻
少妇的裤脚而不伤及皮肉。

　　算严先生命大。在他还是土匪的时候，有次在虎独大坡，他们
十多个被解放军追打。实在饥渴交加，同伙们就在山里宰了只鸡，
准备吃饱喝足再谋逃路。鸡半熟时，严先生看了鸡的大卦（鸡翅到
鸡脚之间那截骨头），便叫喊："弟兄们赶紧跑，解放军不到十分
钟就会摸到这里了。"但是，又饥又渴的同伙们哪里听得进去哦，
都说老严你的卦再准也不会这样精确，还是填饱肚子再逃吧！严先
生看说服不了大伙，就说"不要命的就等饭吃吧，我跑球了，保命要
紧，到时候不要怪老严没讲过。"甩下这句话，他就急火火地跑了。
后来，果不出所料，他前脚刚走，后面就听到了密集的枪声，其余土
匪连反应都没得，就被解放军几梭子干掉了。

　　史先生书法特别有名。有一年春节，慕名的客人上门求对联，
他正在柴火边烤火，对来客不冷不热，也不拒绝，顺手扯来两支裁
好的红纸铺在地上，把蘸好浓墨的笔夹在右脚拇指与食指间，就着
地面"刷刷"几笔画完，对来客冷冷的说："拿去。"来客心中不爽，
却不敢发火，便悻悻地带着那两张觉得不算对联的红纸回家了。到
大年三十，那人没敢把对联贴在大门上，正好有一个懂文化的甯客
到他家，看见那副字大赞："哇，你咋求得史老先生的对联哦？"
那人这才认真展开那副对联，挂好了远远一看，笔走龙蛇，一气呵
成，越看越经看，于是才暗暗佩服起史老先生来。

四

　　历史一直在蛮荒中慢慢行走，大地那片原始森林，总是封得严
严实实。从水落洞流下去的水，经大地巍峨群山下古木掩映中的沟
壑穿流而去。一阵阵沉闷的流水消失的声音，鬼魅般把人的魂儿一
起牵了去。这心里的魂若有若无，空荡得像是人已悬浮在空中，不

知道自己的魂儿，是要落在猛舟响水岩，还是杨家寨河谷？

听老人们说，有一年发大水，老人们就用麦壳和越冬喂牛的粗糠，放进水落洞的消水洞里，然后在沿下走的低河带设好多处眼线观察。直到第三天，有人就在杨家寨渡口看到了麦壳和老糠。所以，"水落洞的水是沿猛舟往杨家寨方向流去"这个结论就是那个时候定下来的。二十世纪八十年代西北涨大水，冲走了龙姓五、六口人，后来是通过水落洞，同样在杨家寨找到死者相关遗物，进一步证实老辈人所言不虚。

所以从水落洞去大地那条路，一直不敢穿越。

这落下去的水，和大地山上的水汇集在一块，到大地村边的田坝时，就是一条不小的河。每年的雨季，水势疯涨，一夜间可以漫过河道，涌入成百上千亩的良田，吞噬了大地人一年的希望。于是，大地、下查、青山这些小组的人们背井离乡，外出谋生，留在家里的是老人和孩子，每年苦苦等着打工部队归来。这种恶性循环演绎到二十年前。二十年前的大地村庄破败、土地荒芜，歪斜的一幢幢木房散落山间，房子周围狗屎猪粪横流，变成苍蝇蚊子的天堂。房子里也少有人住，那苍蝇一片片的"嗡嗡"声成了山寨里的主旋律，基本没有人存在的迹象。

五

沉睡、焦虑、浮躁，大地村像一个多病的老人，苟延残喘着。二十年前的一个夏天，猴场乡政府大院破空传来一个声音：爱德基金会要到大地村修筑排洪沟啦！这破空传来的声音，唤醒了沉睡于半病半梦的大地人。无精打采的老人们笑开了，外出打工的大军回来了。这救命的沟，要解决多少人的吃粮问题啊。

大地村当时有 500 多户人家，村里面规定：修排洪沟除了项目上水泥、沙石、钢筋的补助，每家每天要出一个劳力；没有劳力的，或者主要劳动力不在家的，每个工掏出 20 块钱，请其他劳动力补上。反正目的就一个：保证当年秋天完工。

全村老幼投工投劳，几个月的时间，排洪沟像一条生命线，横躺在山间的田坝里，静静地见证着这个村庄从苦难到繁荣。

这沟像一块磁铁，死死吸引着大地村外出打工的人群。他们不想再过背井离乡的日子，他们想回家发展生产。但是，只解决吃粮问题，离脱贫致富的路还很远。咋办？这个问题难不倒穷怕了的大地人，有了改革开放的政策，有了扶贫开发的政策，就有了致富的后盾和保障。

回家第一件事是用打工的钱建新房，先打造舒适的人居环境，然后利用山里丰富的木材和腐质土资源发财致富。种竹荪，成了大地人的首选。当时的竹荪种植是一项快速致富的项目，好多人家都在短期内富裕起来了。他们之前在外打工，见过世面、头脑灵活，想出了许多致富点子。在这之后，其他的运输、建筑等相关产业也相应地发展起来。几年间，大地村从经济滞后村一跃走在了全乡前列。

是环境阻碍了发展，也是落后督促了发展。现在，大地村的青山绿水间，水泥平房比比皆是，水泥路也四通八达，小轿车你来我往，一派新农村景象，把贫穷的历史甩进了垃圾堆。从水落洞到大地那条崎岖的山路，已经变成了水泥路。水泥路与清澈见底的溪流并肩行走，俨然一对行走在生态自然旅游区的游客，奔跑着、欢笑着。

六

现代化的城市发展速度告诉人们：经济的繁荣，城市化的快速推进，带来的是一系列环境污染问题。农村经济的快速发展，同样摆脱不了这个残酷的现实。所以，党的十八届三中全会提出建设美丽中国的宏伟目标，而美丽中国要由千千万万的美丽乡村组成。

美丽中国也好，美丽乡村也罢，总之要物质文明与精神文明协调发展，要经济增长与环境保护齐头并进。

白色垃圾进农村，是近几年的事。我们已经真切地看到满寨子的污水和垃圾。家庭富裕后，清澈见底的村边寨边的山沟小溪，也没有逃脱被白色垃圾铺满的厄运。

猴场乡的领导告诉我们，该乡已经实现了村村通柏油路。在抓好农业产业结构调整的同时，要把环境污染治理放在精神文明建设的第一位，放在美丽乡村建设的第一位。

这里是我的家乡，这里是我工作过十八年的地方，所以我很高兴有了这样的决策。

前几天，抽空回访了生我养我的大山。我知道了她的森林覆盖率已经达到了百分之五十五，位居全县之首，是从我参加工作时每年递增一个百分点的速度。那些我小时候上学或者走亲戚翻山越岭的山路已不复存在，被密林和荆棘封得严严实实。二十年前端午节，从老家上到斗篷山游百病，只能顺着山路，经过"薄刀梁"登上顶峰，现在已经被草木覆盖，无路可走了。

更难得的是，每到一处，水泥路面干干净净，房前屋后井井有条，村寨附近的山沟、水溪清洁明亮，白色垃圾和生活污物仿佛蒸发了一般。这番景象，与多年前为考察"四在农家"时去的遵义南北镇、龙泉村那些地方没有二样。疑惑间，已经走到支书家院落，院落里一半是水泥院坝，一半是乡村马路，二者连为一体。院前是一片竹林，竹林里除了几只慢慢游走的鸡，没有任何白色垃圾，也没有一丝臭味，干净得如同公园一般。

我一直在思考：一个污水横流、满地臭粪和苍蝇的村庄，是经历了什么样的变化和阵痛，完成了丑小鸭到白天鹅的蜕变？

回老家的时候，我看到寨子边张贴了醒目的《村寨环境卫生治理村规民约》，其中有一条写道：凡操办红白喜事的农户，须在办事前上交500元卫生费。办完事后，如果主人家不在一天内清扫好环境卫生，所交500元就用来聘请保洁人员打扫卫生……寨子里还听到妇女们奔走相告的声音："注意你家的垃圾哦，怕遭扣分害羞得很呢！"

　　西北有个退休干部姓付，我们到他家时很客气，干净的农家小院里摆上一桌清澈的茶水，正解了一路的腿酸口渴。当我们正惊诧于他家院子为啥干净得一尘不染，他说：退休了没事做，为了响应乡里面关于美丽乡村建设的政策，他就主动承担了卫生保洁义务监督员的职责，每天都监督村民打扫卫生。他还说，现在大家都形成习惯了，打扫卫生已经成为每家每户的日常"功课"了。

　　在猴场乡，美丽乡村建设的基础条件确实还很差。但是，在全乡环境卫生治理的统一部署下，各村自有治理的土办法，最终都达到干净整洁的效果。而最为重要的是，他们正在摸索和实践一条走向常态化管理的道路，把这种卫生保洁意识根深蒂固长在脑中。

　　在大地还遇到一位当年陶老先生的徒弟，现在已经六十多岁了。闲着无事的时候，他就帮着村里面，用通俗易懂的语言编写朗朗上口的山歌，传唱卫生、美德，他还翻出几张写好的山歌给我们看。

　　那些手稿，许是他余生最好的精神食粮。手稿里的文字，将把美丽乡村的某些细微镜头变成了永恒，记录着猴场乡今天美丽的一页。

骆世明

男，1968 年出生。1981 年至 1987 年就读于普定县第二中学。
先后当过教师、记者、编辑。爱好音乐、写作、摄影等，文学、
摄影及歌词作品多次在省内外刊物发表和获奖。现为中国散
文家协会会员、贵州省作家协会会员、安顺市摄影家协会会员。
现供职于中共普定县委宣传部。

走过季节

春之语

当冬日飘尽最后一片雪花，当隆隆的雷声漫过沉寂的大地，当一只只候鸟站在含苞的枝头，春天便悄然来临了。

春天来了，淅淅的春雨呢喃着抚摸大地的芳香；呼呼的春风轻哼着柔柔地亲吻情窦初开的枝头；一对对深情的小鸟在温暖的窝巢正畅游着甜甜的梦境。

春天来了，一根根春笋钻出了温暖的土壤，直指蓝天，去吮吸着初春温馨的气息；一片片绿叶，伸展着紧握的手指，想永远抓住这美丽的时光；一朵朵花儿，在和煦的阳光里轻轻地绽放出五颜六色的笑脸，去装扮着这多情的大地。

春天确实来了，只因春姑娘那声声情深意切的呼唤。她呼唤冰雪，冰雪就融化了；她呼唤大地，大地就苏醒了；她呼唤小河，小河就活跃起来了；她呼唤小草，小草就探出头来了。

春天真的来了。你看，蝴蝶在和花朵说着动人的情话；你听，蜜蜂在为花粉的爱情说着动听的媒言；你尝，那汩汩流淌的溪水是如此的甘甜和滋润，一直甜到你美妙的梦境里。

春天是美丽的。山花烂漫，野草吐绿，泥土散发着撩人的芳香。情人在花丛中轻语漫舞，鸟儿在树枝间忘情歌唱，一头头牛羊在青青的斜坡上，尽情地吸纳着暖暖的朝阳。

夏之情

如果说春天是一位娇羞、温柔、可人的姑娘，那么夏天就是一个充满阳刚之气、爽直热情、魅力四射的小伙子了。感受到那火辣辣的骄阳，就会知道他炽烈的热情；你听到那飞扬跋扈的炸雷，你就会知道他满怀的豪言壮语；你看到那金蛇狂舞般的闪电，你就会体验到他浓浓的心愿；你站在那倾盆的暴雨里，你就会受到他来自天国的洗礼。

夏天的风是热的，他让整个世界充满热情；夏天的世界是绿的，他使我们的家园充满勃勃的生机；夏天的月亮是皎洁的，他象征着人们纯洁的心灵与美好的向往；夏天的夜晚是多情的，星月同辉，大地敞开宽大的怀抱，去迎接那闪亮的流星；夏天的黎明是宁静的，万物都在静静地期盼着那喷薄欲出的朝阳。夏天是从希望到现实的一步关键性跨越。

好好把握夏天吧，别让希望错过了季节！

秋之恋

秋天是多情而伤感的。你看树叶与枝头那深深的留恋，你看大地与阳光那脉脉的惦恋，你看小鸟与窝巢那温暖的怀念，你看庄稼与泥土那割舍不断的眷恋……

秋天里，高高的山岗上，一头老牛正在咀嚼天边最后一缕阳光；田野里，一位老农把腰弯成一张弓，收割着春天种下的一份希望。一阵炊烟拂过，那金黄的田野，远远望去，犹如隐没的远古记忆。

站在秋天的地平线上，我眷恋从遥远的天际吹来的那习习的凉风，眷恋明月下晚风送来那缕缕桂花的馨香，眷恋高山上那满山红枫的绚烂，眷恋那洁净无瑕的高远天空，眷恋秋天曾赠予我的那些动人故事。

走在深秋的小路上，落叶飘飘，秋风瑟瑟，整个世界弥漫着一种凄凄的美，那份美可以在你梦里一直珍藏几千年。在这个梦里，每一片落叶，每一阵秋风，每一滴秋雨，每一缕快乐与伤感的心情，都是一生中最深最美最真的记忆。

冬之韵

冬天是圣洁的，因为她的晶莹剔透；冬天是迷人的，因为她的婀娜多姿；冬天是诗意的，因为她的浓浓韵味；冬天是多情的，你看那撩人的夜晚如此漫长，就连颓败的枝桠上，都努力地绽放出一簇簇鲜活而炫目的玉英。

走进冬天，便走进了多姿多彩多情的世界。冬天是一个健壮的处子，他时时渗透着一种不容凌辱的阳刚之美；冬天是一位饱经沧桑、睿智严峻的哲人，他让人懂得不经风霜，哪有参天大树，不经百炼，难成精钢的道理；冬天是一名优秀的艺术家，你看清晨那窗棂玻璃上美丽的冰花，就是他在夜深人静的时候，悄然地饱蘸丹青，在一扇扇玻璃窗上描绘出的精美绝伦的图画；冬天是一名美丽的舞蹈家，她在天宫翩翩起舞，把雪花撒向人间，纷纷扬扬，漫天飞舞，如春天飘忽不定的柳絮，人间所有的山川湖泊，所有的公路桥梁，都交融在清一色的银白世界之中。

感谢冬天！她不但磨砺了我们的筋骨，提升了我们的精神，鼓舞了我们的志气，而且为我们孕育了一个灿烂的春天。

走过冬天，我们就走过了整个季节。冬天是文静的，她需要一份清心、孤独与寂寞，因此，她不容我们去给她太多的打扰。

听雨

　　我喜欢听雨，喜欢听雨落在地上与大地拥抱时的欢笑，喜欢听雨打在树叶上那滴滴答答的声音。那欢笑、那声音，犹如一曲曲悠扬的乐调，在每一个有雨的夜晚，时时萦绕我的梦境。

　　今夜无眠，我躺在故乡老屋那陈旧的木板床上，远离了城市的喧嚣，远离了灯红酒绿的诱惑，没有歌厅里的声嘶力竭，没有楼下小吃摊前的面红耳赤和大声吆喝，唯有那滴滴答答的雨声，伴着我的思绪无限缥缈！

　　我喜欢听雨，因为我对雨有着很深的记忆。我的故乡叫岩脚寨，当时是远近闻名的"干岩脚"，这"干岩脚"就像当时安顺的"假茶叶"一样让人望而却步。为这事，村里的小伙子们找媳妇时就吃了不少苦头。也难怪，人家姑娘一听说小伙子是来自"干岩脚"的，尽管你长得一表人才，姑娘们也会嗤之以鼻的，毕竟一表人才不能当饭吃。村里虽然有一口长年不枯的井，但因为水位落得太低，整个村子里的田都只得望井兴叹、望天落雨了。因此，在打田插秧的季节，只要天下大雨，不管这雨是下在深更半夜，也不管这雨下得是多么的猛烈，人们都会举家打着手电筒，披着蓑衣，戴着斗笠，扛着犁，牵着牛，顶着雷鸣闪电，冒着倾盆大雨去打田。

　　我第一次读《西游记》时就是在这样的天气下完成的。那天夜里，大雨倾盆。因为我第二天要赶到离家二十余里的县城中学读书，所以我就受到了"在家待着"的待遇。因为雷吼得恶，电早就停了。为了父母打田出入方便，我便点燃一根蜡烛，伴着哗哗的雨声，边看书，边为他们的出入负责把门。书看完了，天也就亮了，雨也停了，父母把田打好了，我也起床，背起书包上学去了。

我喜欢听雨，因为我对雨有着很深的依赖。小时候，我胆子很小，特别怕黑，更怕黑夜里那各种各样的怪叫声。每天晚上，我和哥哥睡觉的地方是离父母有点远的厢房楼上，哥哥生性贪玩，每天玩到深更半夜都还不回家。我因为每天要到城里读书，就必须睡得早。因为怕，一上床我便扯上被子蒙着头睡，大气也不敢出。特别是读了鲁迅先生的《从百草园到三味书屋》后，总是害怕有人在晚上睡觉时叫我的名字，总害怕在房间的墙壁上出现美女蛇的影子。冬天还好，可一到夏天就热得难受了。幸好父亲有干咳的毛病，每当我睡下的时候，每当他去审门回来的时候，他就要干咳，一干咳，我就会掀开被子，露出头来大透一口气。但父亲的干咳毕竟是短暂的，当他回家把门关上后，就听不到他的声音。那时最希望就是下雨，越大越好。下雨了，那哗哗的雨声，就会淹没了不喜欢听到和害怕听到的声音，才能让自己安安稳稳地睡上一觉，好像雨能冲洗掉人间的一切罪恶似的。

我喜欢听雨，还因为我对雨有着深深的情愫。那一年，我刚大学毕业，被分配在一所边远的乡村小学教书。因为偏远，我每个星期才能回家一次。1991年夏天，一个星期一的早晨，当我背起30斤大米向二十余里的山村小学走去的时候，半路上，下起了瓢泼大雨，把我连同大米淋了个通透。但为了不上班迟到，我硬撑着深一脚浅一脚地踏着泥泞向学校走去。在去学校的路上，要经过一条小沟和一条大河，因为下大雨，小沟的水比平常涨了几倍，为了越过小沟，我只好绕路而行。绕过小沟后，来到大河边，正要踏上大河的木桥，只听一声巨响，木桥断裂，一根根朽木断入河中，随着汹涌的河水向下游漂去。那座桥早就是危桥了，只因没人重视，长期摇摇欲坠，亏得这场雨，否则随波逐流的，可能还不止那些朽木。

光阴似箭，日月如梭，一晃二十多年过去了，昔日的家乡，早已旱地变良田。那如虹的输水管，横跨山岭，居高流下，哗哗的流水顺着纵横交错的引水渠欢快地流向那一片上千亩良田。我所教书的学校，一条宽阔的柏油路与她擦肩而过……

雨停了，家乡门前的小河好像涨水了，那哗哗的流水，冲走了我遥远的怀念。躺在故乡老屋那陈旧的木板床上，聆听着那哗哗的流水声，似乎还有一个高亢的声音，从小河那里传来，那应该是夜归的汉子，正踩着哗哗的水，唱着雄壮的山歌，踏上回家的路！

孤灯

中秋的夜晚，吃过晚饭，我和妻子爬到小城旁边最高的小山，开始了我们婚前订下的浪漫之旅——每年一次的"中秋赏月"。

爬上山巅，找一块草地坐下。月华如水，皎洁的月光笼罩着大地，远山远树影重依稀。妻依偎在我怀里，指着一颗闪亮的星星，对我说，好亮的北斗星哦！我顺着她手指的方向看去，那北斗星一闪一闪的，似乎在给迷途的路人指引着方向。看到这闪亮的北斗星，我想起了我的故乡，想起了故乡那破烂不堪的小屋，想起了小屋屋檐下那颗曾经给我勇气和力量的灯光。

故乡离小城有十余里，我家的小屋坐落于穿村而过的马路边缘。父母一生养育我们兄弟姐妹四人，我是老三，是家里最好吃懒做、贪玩、任性惹祸的一个，但父母对我偏爱有加，也许是我年幼时体弱多病，也许因我是兄弟姐妹四人中学习成绩最好的缘故。

那时，故乡的月很亮。有月光的夜晚，我邀约几个小伙伴在荒天野外里到处野叉叉地玩，一直玩到筋疲力尽才想着回家。由于我家住的地方离村子还有一段距离，玩的时候不觉得怕，回家的时候，小伙伴们一路上相继分手，最后留下大约五百来米的路让我一人走。以往，都是父亲到半路来，用他那粗糙的大手牵着我回家的。父亲那粗糙的大手，似乎给了我一股巨大的力量，让我感觉不到害怕。

可那天，邻村一个亲戚家老人过世了，父亲去帮忙没有回来，没人来接我，我只好一个人硬着头皮回家，越走越觉得害怕，越走越觉得后面有人在追我。正当我左顾右盼，深一脚浅一脚往家赶的时候，我家小屋的屋檐下突然亮起了一盏小灯，小灯的亮光，顿时给了我无穷的勇气和力量。我拔腿就跑，向着那闪亮的灯光奔去，跑到院坝里，才发现母亲在院坝里站着，我高兴地扑进母亲的怀抱，借着灯光，我发现母亲眼中的焦急。

从此，小灯的亮光，每天晚上，用她那闪耀的光芒，指引着我回家的方向，照耀着我回家的路。

童年的时光，总是那么匆匆而过。在不经意间，童年的欢乐和泪水，都变成了幸福的回忆。当我进入县城读初中的时候，我挥一挥手，向童年的欢乐告别，向母亲的怀抱告别，向父亲的大手辞别。小灯的亮光，一直照耀着我上学的路，前进的路；小灯的亮光，像一只无形的大手，推拥着我，风雨无阻向前去。

也许是从小娇生惯养的缘故，读初中时，我因为过不惯学校那寄宿生活，住校只一个星期就打起背包回家走读。为保证不迟到，每天天没亮我就起床了，吃过早餐，背起书包就起程。起初，母亲也跟着起床，送我一段路程，可父亲却极力阻止，说父母不可能对孩子的事情包办一辈子，说必须让我学会自立，锻炼胆量，让我自己打点一切。就这样，以后的事，就我一个人自己解决了。母亲唯一保留的，就只有屋檐下那盏小灯，每当我走出家门的时候，它就亮了。我知道这是母亲让它为我送行，壮我胆量，助我力量，指我方向。我是每天凌晨四点过起床，五点出门上学。夏天还好，天亮得早，五点的时候基本可以看清路面，走在路上不怎么害怕。冬天就惨了，出门时伸手不见五指，一个人走在冷森森的路上，一有什么风吹草动，就感觉毛骨悚然。好在那盏小灯，依然在我背后亮着，我一回头，仿佛就能看见母亲那双充满鼓励和鞭策的眼睛，心里顿时充满了无限的勇气和力量，我便迈开大步，向前走去。

尽管父亲一再阻拦母亲帮助我做事，但母亲还是以上厕所为名，三更半夜起床，偷偷为我煮好几个鸡蛋，然后放进我的书包里。但我是内疚的，我总认为，母亲对我的好，是希望我考上个大学，一来为祖上争光，二来将来能到城里去工作，过上让村里人羡慕的生活。人们常说，希望越高，失望越大。如果将来我考不起大学，母亲的希望就会变成失望，她可能会因此受到打击。母亲的心脏不好，常常犯病，如果她的希望变成失望，因此而引起心脏病复发，那后果不堪设想。因此，在一次她偷偷往我书包里塞鸡蛋后，我又把鸡蛋掏出来，放在桌子上，还留了张纸条："妈妈，不要这样对我好，我怕将来考不上大学，辜负你的期望，令你失望！"那天，因下午放学后补课到天黑，在回家的路上，老远，我就看到了我家屋檐下那小灯的灯光。近了，我看到母亲站在院坝里，她一把搂我入怀，借着灯光，我看到了母亲的眼圈红红的。

但我终究没有让母亲失望，当我成为全村有史以来第一个大学生时，母亲脸上那深深的皱纹，终于伸了好长一段时间的"懒腰"。

母亲病了，病得不轻。这是我到省城读书的第二学期时，接到妹妹的书信后才知道的。母亲不让家里人告诉我，说是怕影响我的学业，但妹妹还是忍不住写信告诉了我。接到信后，我请了假，坐上火车回到家。踏上故乡的土地，但不见我家小屋屋檐下往日那闪亮的灯光。

母亲病了，据说是因为下河去洗衣服回来时，不小心踩了一块西瓜皮摔了一跤，跌了个半身不遂，不要说走路，就连说话都是口齿不清。看到我回家后，母亲紧紧拉住我的手，一个劲儿地流泪。我安慰她，叫她好好养病，我会好好学习的，既然考上了，我就会好好完成我的学业。待母亲病情稳定下来后，我回到省城，但不是很安心，老是担心母亲的病情。我常常和妹妹通信，叫她随时向我报告家里的一切。妹妹说，我走后的第二天，母亲差点去世了。她上吊，幸好被父亲及时发现，后来她又找到了一瓶用来打虱子和臭虫的敌敌畏，准备喝药自杀，幸好也是父亲发现得早。原来她是怕她的病拖了我读大学的后腿。母亲认为，家里本来就不富裕，再加上她这个病人，更是雪上加霜，就会没钱供我读大学，我就会因此而失学，毁了大好前程。

得知消息后，我含着热泪，给母亲写了封长长的信。大意是说，我读书的一切费用有国家负责，根本不用家里掏一分钱，每学期还有奖学金，零用钱也不用愁。再说，只有母亲好好地活着，我才有心思好好读书。如果她因为怕影响我的学业而自杀了，我的内心就会愧疚一生，就会极大地影响我的学业，这和她的愿望背道而驰。妹妹把这封信念给母亲听后，她不但不寻死了，饭也吃得香了，精神也逐渐地好了起来。但她的病，毕竟是严重的。

在母亲遥远的呻吟声中，我大学毕业了，分在一所边远小学任教。刚开学不久，母亲的病情加重了。但为了不落下学生的课程，我没能守护在她的身旁。母亲走的那天，她给妹妹说，把屋檐下的灯打开。妹妹不知何故，也不敢问为什么，只哭着照办。当我最好的儿时伙伴赶到学校从教室里把我拖出来，告诉母亲去世的消息，我匆匆回到家里，小屋下的那盏小灯亮着，但已经没有了往日的光芒。

光阴似箭，日月如梭，从毕业分配到边远山区教书，到改行进城工作，转眼间，我离开故乡已经二十年有余。虽然每年清明，我都要回到故乡去给母亲上坟，但却没好好地去看那久别的小屋一眼。今年清明回家的时候，我抽了个空，特地去看看那小屋。自哥哥当上包工头赚钱另建洋房后，那小屋就一直没人居住，因年久失修，小屋已经摇摇欲坠，只有那颗失去了灯泡的灯座，还悬挂在一小段电线下。

我回身找了个小店，买了颗灯泡，把它装进了灯座里。在我回转身离开的时候，我回头看到那盏小灯，在微风的吹拂下，在春天明媚的风光里，孤独地摇曳。

毛　蕴

男，长期从事宣传文化工作，业余时间喜爱诗歌、散文、书法、绘画，偶有作品获奖、入展、发表。现已退休。

祭奠母亲

昨晚又梦见母亲了。按照我们地方的习惯，梦到去世的长辈，第二天就要做几个好菜祭奠一下，也就是加把椅子，算是给老人摆好坐位，请她老人家和我们一起吃饭。

母亲大人是去年9月份去世的，但我总觉得她老人家还没有离开。不管是从形式上还是心灵上，我都不愿接受这个事实。尽管因为工作的忙碌没有更多的闲思来想念，可今天坐在饭桌前祭奠她，这千丝万缕的思念啊，就一股脑儿地涌出来……

母亲是个遗腹子，更为不幸的是，她才出生七个月，她的母亲就丢下还在襁褓中的她撒手人寰了。幸运的是母亲有一个好爷爷，曾官至军阀时的旅长，二十世纪二十年代初返回老家安顺解甲修佛，居住在闲唐街上。母亲的爷爷（也就是我的外祖公）在安顺城内有些名望，乐善好施，人们都习惯称他为帅大太爷。他名叫帅铁城，先后娶了三房太太，却只留下两个儿子和一个女儿。女儿外出读书，一个儿子是个纨绔子弟，满世界混日子，不作为；一个儿子——也就是我的外公又早亡，所以他身边也就只有我母亲这个孙女。可以想象如此特殊情况下，这个孙女在他的心目中是何等的宝贵！所以母亲儿时在这个家庭中享有至高的特权。二十世纪三十年代，国民政府又请外祖公出山，曾辗转重庆、黔东南做官，最后任黄平县警察局局长。他一直把我的母亲带在身边，上上下下都是称呼母亲为孙小姐。记得母亲说，她读小学的时候，学校安排课外活动，外祖公都要安排卫兵牵马陪护。就算当时安顺城内最有声望的谷三太爷（谷正伦之父）请客，外祖公都要带着她去。母亲小时候逢年过节还有一个好差事，就是在自家大门口，按照外祖公的安排，拿自家的粮食和钱款发放给需要救济的人。

母亲幸有这样一位正直善良、乐善好施的爷爷养育呵护，并在他的熏陶和影响下逐渐长大。到读中学时，母亲已经是一个追求进步的青年学生了。当时母亲有一个情同手足的好同学、好朋友，后来我们管她叫方姨。方姨也算是安顺大户人家的女儿，当时她已经是共产党安顺地下组织的外围成员了。母亲在不知情的情况下，和她一起去完成了很多次地下党交办的任务。记得母亲给我们说过，方姨经常带她到一位叫刘英泰的老师那里玩，经多次交往，也就慢慢熟悉了。每次去总会听到刘英泰老师讲一些新思想、新形势和很多进步的道理，还看到了很多《新青年》之类的进步刊物。刘老师和蔼可亲、平易近人，每次都是将一些进步的道理语重心长地娓娓道来，让我母亲觉得每次都有收获，每次都有新的希望！所以她们课余时间最爱去刘老师那里。

一直到刘老师因叛徒出卖被捕入狱，母亲才知道他就是安顺地下党的领导人之一，而且这对于安顺的整个地下组织，也是一个危险的信号。直到那时，方姨才不得不把一些事情告诉母亲。事情发生后的一天晚上，方姨紧张而神秘地来到母亲家，母亲按照方姨的要求在后院子里的围墙角上放了一个凳子。不一会儿，便有人从外面翻墙过来，递给方姨一个皮包。方姨把皮包交给母亲，千叮咛万嘱咐一定要放好，接着和那个人不知道悄悄地说了一些什么。我母亲通过近几天发生的事情和长时间的交往，似乎也明白了一点什么，所以心领神会地默默按照方姨的交代，悄悄地去存放那个皮包。紧接着就听到外面沸沸扬扬地说什么挨家挨户搜查可疑人员。由于外祖公当时的声望和影响，军警没有进来搜查。待外面安静下来，母亲出门看清楚已经没有什么危险了，方姨便和那个人急急忙忙地走了。此人姓什么叫什么，母亲一概不知。

当天晚上，母亲抱着那个皮包翻来覆去辗转难眠，眼睁睁地总算熬到第二天，方姨来把皮包拿走了，母亲才有如释重负的感觉。再过几天，方姨也有危险，一个卖菜的借卖菜时通知她马上转移，并告知转移方式以及时间地点。方姨走的时候，只约了母亲和几个好朋友见上一面，身上一样东西都没有带，就像出门逛大街一样。到了指定的地方，有一辆马车在那里等候，方姨跳上车就走了，就这样一去不复返，就这样一去几十年杳无音讯。方姨走后没几天，她家也被搜查，说她是共产党。

和情同手足的方姨以这样特殊的方式分别后不久，母亲到贵阳的青岩女师读书去了，然因战乱而中途辍学。回到安顺认识了当时在安顺"利民盐号"做事的父亲，他们于 1948 年结婚。

说起父母的结合，也有一点小小的传奇。因为父亲也是一个从小就失去父母的孤儿。我的奶奶在父亲两三岁时就病故了，我的爷爷也是在父亲几岁时外出打工，被国民党杀害。所以父亲是靠教私塾的毛祝封伯伯一手带大，在安顺的工作是亲戚伍效高先生安排的。当时父亲完全没有什么后台和背景依靠，母亲算是大富人家的姑娘，门不当户不对，所以母亲的家人坚决反对这门亲事。但因为母亲受新思想的影响，不看重金钱和权势，反而觉得和父亲有同样的经历、有共同语言，所以便毅然决然地选择了父亲。当时给母亲说媒的也不少，其中有军官、商人等。因为母亲的叛逆，养育她的爷爷生气了，当然也不乏小老婆恶意的兴风作浪。当时父亲已经调至贵阳伍效高先生的一个公司任职，所以母亲是一个人到贵阳和父亲举行婚礼。母亲的爷爷在她两岁时就在重庆给她订做的中西结合的家具及嫁妆，一样也没有带走。就这样，两个孤苦伶仃的人相依为命，直到解放后才双双返回老家普定。父亲在普定一中任教，母亲在城关完小任教。后来母亲又先后到坪上、水母任教。

二十世纪五十年代初，大哥、二哥相继出生，此时的父亲又得到组织上选拔，去安顺师专深造，母亲就凭着一股子教好书、育好人、要为新中国努力工作的热情，带着两个牙牙学语的幼儿在乡下当老师。

那时家访很是频繁，母亲背一个、抱一个，大晚上的还奔走在家访的山间小路上。那时乡镇的生活条件和交通条件可想而知是多么的艰苦，母亲是从小享受着优裕生活的大家闺秀，能面对这样的环境，完全得益于她早期接受的进步思想所激发出来的拼搏精神。

母亲是个数学天才，她的数学特别好，遗憾的是没有得以继续深造。学生时代的母亲一直是学校的数学尖子，所以，她当老师后就一直教数学课。母亲能言善辩，思维敏捷。在"三反五反"的年月，某次开大会，有人就别有用心地向母亲发难，说当时香港有名的大资本家姓帅，叫帅灿章，母亲也姓帅，要说清楚和他是什么关系。母亲不慌不忙的，一板一眼地说道："请问，在座的有没有姓蒋的，如果有，就请他先说一说和蒋介石是什么关系。"话音刚落，会场立马鸦雀无声。还有一件小事，记得我小时候有一次和几个小朋友上街玩耍，从农民在街边卖水果的摊子上偷偷地拿了几个水果回来，高高兴兴地给母亲报喜，哪知讨来的却是母亲的一顿暴打。随后，硬是逼着我拿着水果去还给那个农民。从此，我再也不敢做那些偷偷摸摸之事。

我读书时候也一直是班上的优秀学生，学校毕业后分配工作，还当了个小小的领导，这都得益于母亲的教育和辅导，得益于她一贯正直、善良、爱憎分明、刚正不阿的影响和熏陶。

此刻，饭菜凉了，香火明灭，人影不再。我静坐桌旁，看入室的风轻轻吹乱了纸钱的灰烬，双眼又一次模糊……

蒙 卜

1988 年从高中教师改行至行政部门。平生读书不多，闲暇时爱好写作，最崇拜的作家是沈从文，最留恋的时光是在普定中学（今普定一中）的读书生活，最珍视的是在安顺师专读书获得的知识。

定南旧事

一

　　这个地方，叫做普定。我所居住的县城，叫做定南。改革开放以后，我有幸从破败的老城搬到新城居住，但我的记忆，永远定格在那个很久很久以前，人们称之为"定南"的，到处是小青瓦屋面的老城。饮着大龙井的水，听着苍鹰在城的上空长啸，闻着槐花的香味，我不知不觉地在那里度过了我的少年、青年时代。

　　定南，这个地名来源于"大明定南所"的摩崖石刻。明洪武十四年（1381年），有个叫顾城的将军在今普定县城筑城守卫，之后有人在城的东华山上题写"大明定南所"。当时，这个地方称普里冲蜡尔里。至于"普定"这个名称，早在元宪宗七年（1257年）就有了，当时称普定府。普定府的政治中心在现在的安顺杨武。之后，"普定"这个行政管理区域的中心，一直在今安顺地界。而顾成题写"大明定南所"的普里冲蜡尔里，在崇贞三年（1630年），称定南守御千户所。在清康熙七年（1668年），设定南汛，分防定南千户所。至民国元年（1912年），今普定县城都未正式称为普定，都属于政治中心在今安顺地域的普定（府、路、县）和安顺府所辖。民国二年（1913年），将安顺府改称安顺县，恢复被安顺府建立时撤销的普定县名称，把县的中心定在定南（即普里冲蜡尔里），以原普定县部分属地为基础，划拨安顺、镇宁、郎岱、织金、平坝各县的插花边地，建成普定县。现在普定县的地域，就是那时形成的。虽然这个叫"普定"的地方至今已有百年的历史，但"定南"这个名称，一直根深蒂固地印在普定人的心中，到县城赶场，都被说成"赶定南去"，县城人到乡下，乡下人都说"是定南来的"。

定南所是"守御"才设立的，"汛"也是清代的军事单位，从"大明定南所"成立至清代，都是以战争防御为目的的。因此，居住在这个地方的百姓绝不是腰缠万贯的商贾，或书香门第以至大官宦的显赫家庭。居住在这个地方的，大多是以土地为营生的田舍翁，或以脚力为营生的贩夫走卒。他们处在朝廷与少数民族对峙的前沿。因此，他们的日子比起安顺的屯堡人，过得更为惊心动魄。虽然后来定南城出了伍效高那样的民族资本家，但也是从做小生意发迹的，伍效高的父亲伍西堂先前是挑货郎担、赶转转场的小贩。在定南根本找不到十代八代都是显赫家庭的人家。因此，定南人沿袭着祖上一些磨炼出来的品性：讲义气、吃苦耐劳，富有正义感。普定县国民政府曾统计，1938 年到 1946 年，全县有抗战征属 2.7 万余户。在册阵亡将士 76 人。

定南一开始形成，就作为军事单位存在，是当时政治中心"普定"的外围。顾成作为军事长官，也有其独到的战略眼光，当初将"所"选址于此，完全是出于"固若金汤"的军事防御考虑。在城的正东偏北面，是高峻的东华山，之所以称"东华"，是因日出光华灿烂而名；正东偏南是堤台坡，因太平天国石达开部曾在山顶扎营而得名；堤台坡偏南以下，是衙门坡，因政府机构驻于坡下而得名。东华山下是县城的北门，衙门坡尾是县城的西门。定南城被三山环抱，河从豹子坡经龙潭自东南往西北环城流过。于是，建东、南、西、北四门。筑有城墙，明朝廷与西堡仡佬族上百年间有五次大规模战争，但定南从未遭受过损失。定南遭受巨大损失，是太平天国石达开残部入贵州，引起当地少数民族起义。同治丙寅年（1866年）六月，起义军攻陷定南，踞城两月。此事件见于县城王家湾墓碑《定南诸先烈墓》。墓志是民国三十四年（1945年）定南书法家毛竹峰所撰，碑文曰："苗仲合而陷定南城，大肆屠杀，尸横遍野，踞两月。得陈统领率兵追剿以克服。邦人积白骨如丘，葬之，名曰万人坟。"此墓志记载了定南城陷的历史事件。定南城另一次沦陷，是在1943年3月27日。《普定县志》记载：陈占高、罗兴武率千余人攻陷普定城，县保卫团将陈罗部众击退。刘淮楚的《岩山人的记忆》记载得更详细些：土匪涌进城门，几户（富户）人家被抢，土匪退出城时，几个胆大的保警兵和街民在西门外伏击，打死十多个土匪，姓雷姓李的街民用大刀砍了几个。除此两次外，定南县城一直平安。1949年11月22日，中国人民解放军第二野战军一四五团解放普定县城，定南城人大多数还在睡梦之中，第二天早起，中大街街上，到处是解放军战士，躺着、坐着、靠着休息，鸦雀无声，足见军纪之严明。

我对定南县城之记忆，始于1956年。

定南多水井，城外优质水井比比皆是，如茶壶井吊井。单说城内，堤台坡上，有三口水井。水源最好的，是长年不断的是东门仓下的乌龟井。文化馆旁边有一口水井，称城隍庙井，一年之中有八个月可饮用。天主堂中有一口深井，水长年不断。工会内有一井，招待所也有井，北门的大龙井，是县城人的饮水点，县城人称"大井"，而其他的则是"小井"。讲究点的人家，只用小井水洗衣，大井水洗菜。清早，就有人挑水卖了。喊卖的声音，短促而有力。要水的人家打开门，卖水人径直走进去，把水倒在缸里，接了5分钱就走，走时还不忘说声"谢谢"。卖水人多是些智力稍差的人，做其他事都不能果腹，做这个最为简单，吹糠见米。然而在卖水中，也有很悲情的故事。有个叫大花鞋的男人，三十多岁，无父母，孤身一人，担了十多年的水，将小票换为大票，大票又不敢去存银行，常年揣在身上，又不敢往热闹处去，但还是被扒手搞去了。普定人天性诙谐，街头巷尾笑谈：大花鞋学了雷锋。

有这么多的水源，定南人的小生意便活了起来，晨起叫卖的声音此起彼伏。最高亢的是卖豆腐的声音，从北门口那边喊过来，常年卖菜豆腐的声音有两个，都是女性，一个背驼一些的调子是"唉豆腐"，"腐"拖了一个长长的"匪"音；而另一个矮一些是"菜豆腐"，"腐"拖了一个长长的"呜"音。这声音划破寂静的山城，在空中荡漾很久很久。听到这声音，没有钟点的人家，便知道，该煮早饭了。有的初开生意的人家，因为没做过，然而又迫于生计，开始时很不好意思，于是就编出更为好听的喊号。中大街有专门卖煮红豆的人家，这一家解放前是地主，解放后男人摊上事去劳改，于是，大儿子出去卖苦力，二儿子煮红豆。这卖红豆的喊是"咿哟，红豆喽！"声调平抑而悠长。新上任的卖红豆的是个姓马的妇女，她的叫卖调子是"卖红豆米米啰，红豆米米煮炸腰了呀！"在叫卖声中，她特别突出那个"红豆米米"的音节。定南人对"红豆米"一词相当敏感，因为"红豆米"与女性生殖器有关，于是卖的人边喊边笑，买的人更为快活。这么一喊，这人的生意出奇地好。以后，她又加上豆腐卖，生活更为好转。定南城内，没有什么不可以卖，卖黄泥巴、白泥巴、煤炭、柴，都各有各的号子，把个山城渲染得热闹无比。

定南城内最吸引人的景象，是放伙牛。放伙牛往往是农闲时，"九九加一九，耕牛遍地走"之前。春暖花开，牧牛的孩子不冷，春风春雨催长春草，孩子们便去放牛了。晴朗的天气，放牛娃沿街喊"放牛喽、放牛喽"，各家便打开厩门，牛自动走出来，越到街尾，牛就越多。讲究一些的，还挂着牛角，"呜呜呜"一吹，农家就知道放牛了。放伙牛是有规矩的，各街的牛各自成伙，分别走东南西北四个门。牛到山坡，便各自吃嫩草，几头聚在一起时，能听到重重的鼻息，"嚓嚓嚓"的吃草声。晚饭时节，各伙牛归来，一进城门，牧童便喊："招呼摊子，牛来嗷！"有调皮的牛，

要想伸嘴触碰摊子上的东西，牧童赶过去，一声吆喝，牛便自动离
开，调皮不听话的，给它一鞭子，牛便悻悻地走了。牛都通人性，
到自家门口，会自动走进去，主人忘记开厩门，便乖乖地停在门边，
不停地反刍磨牙，待主人来开门。牧童最怕的，是牛走错了街道，
对撞另一街的牛。

这时，身体强壮的公牛便站在最前列，长长地吼叫。继而两头
公牛对撞，八只蹄子踏着，牛眼闪出电光，角与角碰出焦雷一样的
咔咔声。闻讯赶来的大人们，各自拽着自家的牛尾倒拖。碰到壮硕
的水牛打架，拖牛的人被甩倒在地上，观看的人便高兴得如看电影。
这时，年长的老人便喊，拿火来。于是，附近的人家便拿竹竿，用
铁丝绑了帕子，淋上煤油，点上火伸向牛。火一烧，牛便撒开，主
人家便牵住，赶回家去。放牛的季节，就有牛肉吃，滚坡伤了的牛，
不能做活路，主人只好卖掉，屠夫杀了来摆在肉市上，如果是打伤
了不能再恢复的牛，也是杀了卖肉。

定南这小城非常平静，就是牛打架这种事一年也难碰到一回。
牛倒坡是经常有，吃牛肉就是放伙牛的季节，平时是见不到的。牛
是庄稼人的命根，何况，宰杀耕牛是政府行文禁止的。3月过后，
就是春耕，吆喝牛犁田的声音就在北门、西门外响起。涨端午水后，
蛙声如潮，催人入梦。

二

定南这地方较为贫困，大多数人连5分钱一张的电影票钱也买
不起。偶尔有一两场露天电影，小城便热闹起来，连城外新街、龙
潭的人都赶来。这是小城的节日。逢到这个时候，或者是政府要宣
传什么事为聚拢群众放电影，或者是哪家娃儿到生产队地里偷苞谷，
被逮住，按"乡规民约"罚款放电影，这叫"吃香利"。于是，这
被罚的人家便号啕了。

　　没有露天电影看，孩子们便聚在一起玩，猜天上的星星有多大，年纪大些的，便告诉小的"有簸箕大"。原子弹是什么东西，年纪大些的便说，那东西美国才有，是用手掐，从飞机上掐一坨丢下来，指头这么一截，会把定南城炸翻。这些我都信过。听到摆鬼的故事的时候，几天不敢上街。街上没有灯，有月亮的时候，小城的各条街道，到处是孩子的声音，游戏中夹着歌词：莲花板板翘，火烧对门坡，雷打板凳脚，火烧大岩脚；栽白菜，吃白菜，栽一窝吃一窝，老板，按倒哪里摸；月亮婆婆，点点哟哟，张家吃酒，李家唱歌，唱个哪样歌？唱个南山北大歌。10点钟光景，各家的妈便长声吆吆呼喊，娃儿应答着。麦收后，蟋蟀多了起来，便下河抠胶泥，吐口水反复锤炼至柔韧，做盒子关蟋蟀。各条街道都在斗蟋蟀，满街都是蟋蟀的打斗声。

　　环城河，早些年长流不断，冬天最为冷清。春暖花开季节，大姑娘、小媳妇拆下被面，到河里浣洗。没钱买肥皂的人家，到树上摘皂角来，将皂角用捣衣棒捶碎，夹在被面间用捣衣棒不断地捶，然后漂洗。不多时间，从西门到北门的河边，花花绿绿地一路晾下去。城里最热闹的是七月半，接死去的亡人。各家门前，都堆封好纸钱的包，有钱的人家，差不多要堆有一个小大人高。下黑以后，点上火，满大街都是呼呼燃着的封包，有讲究的人家，还摆上案桌，点上香烛，供祭品。小城笼罩在一片烟雾里。断黑以后，人们就到河里放灯。初放的时候，河里是一片光明，去三十多米，便翻掉一半，一百米以后，就所剩不多了。城关小河水浅，河床不平，是不宜放河灯的地方。七月半大众烧包之前，常有妇人啼哭，数着哭，那是新亡人家，听着凄惨。要是旁边还有一个小娃的人家，众妇人便上前去劝着，有的劝着劝着，自己也哭了起来。

　　七月半，八月十五的夜晚，倘是晴朗的天，便在西门对山歌。印象中有个六十多岁的老者，姓姚，一晚下来，连对十几个对手，声音不高，但清晰。定南人唱山歌，要求歌的内容赶内容，如果对不上来，转换别的内容的话，你就输了。所谓"会织布的梭赶梭，会唱歌的歌赶歌"。在朗月的映照下，小个子老头，清清嗓子，山羊胡子一翘一翘，开了个头："昨夜一梦梦得刁，梦见耗子偷核桃，核桃壳硬难啃破，架起柴来用火烧。"对歌的答："耗子只是偷苞谷，倒二才说啃核桃，物和物间要比对，我来教你两三招。"这种歌一直对下去，一唱一答为一个来回，唱得好的要有几百个来回，唱到妙处，听众齐声喝彩。唱的歌词，有的诙谐，如这首："公公老到六十六，跑到后园摇若竹，天上落个牛卵子，打倒公公鼻梁骨。"唱山歌很少有女人上阵，如果有女人上阵，听众更加热烈。内容都是男歌手要拿女的当婆娘，女歌手要拿男的当儿，粮食关虽然饿肚子，有时还能听到一些。"文化大革命"开始后便绝迹了。

小城人最艰难的是 1960 年到 1962 年的粮食关，一阵冰雹将所有的粮食蔬菜打绝，于是饿饭年头就来了。这地方，不知哪年，种了那么多洋槐树，城内城外，到处是槐花的香味。1960 年、1961年最为缺粮的时节，就上山挖蕨根，摘槐叶，生吃槐花。将蕨根放在碓窝里舂，然后放到水里淘，将淀粉滤下来，晒干，蕨根粉就出来了，微红色，合着槐花槐叶，半饥半饱忍着，将粮食咬牙攒着，待到没有槐花、野菜时度命。

定南人饿肚子，浮肿、干瘦，不断抬死人丢出城去，一种不满情绪就出来了。这与我的三都家乡人比较，普定人要"人格"一些。即使得不到，普定人也要去探索和争取，这也许是普定精神的一个侧面。比起我的家乡，还要文化许多。饿了饭，还要集体出工，出工不出力，耽误庄稼。于是，定南人想到单干，"单打单，独打独，豆腐干，炒腊肉"。定南人的远见，在二十年后果然实现。"十年难逢金满斗，百年难遇岁交春，岁交春，不死天子死万民"。这是定南人对饿死人的宿命解释。在饿饭之余，定南人还忘不了诙谐，有个人称甘疯子的老头，借酒壮胆，在街上大声吆喝："大儿子，是党员；二儿子，是团员；老子的肚子，饿成古老钱！"

粮食关，人是无精打采的冷清了，鸟却是活跃起来了。本来有不多的乌鸦，散布在四周山头的大树上，可以恰到好处地用"月落乌啼霜满天"来映照。死人多了，丢在塔山坡、伙牛大坡上，乌鸦就繁殖起来。晨起，但见黑压压的，遮天蔽日地飞出去，黄昏又成群结队飞回来。那年头，定南城外的乌鸦成百上千，连一向猖狂的鹞子、苍鹰都不敢到低空寻食。乌鸦能发出多种叫声。那些乌鸦可着嗓子，扇动翅膀喊着，"要娃，要娃，要娃！"有的站在高高的枝上，说："肥哟，肥哟，肥哟！"

饿死大人的，成了孤儿。城外天王旗就有个孤独院，有几十个孤儿。但孤儿院收不了这么多，孤儿和饿得逃学的小孩子学扒窃搞"摸包自救"。有个叫石驼驼的驼背，就带了十几个徒弟，他教徒弟勤学苦练扒窃技术。那年头，物资奇缺，一个干部一月工资，只能买一只三斤重的鸡。乡下人到城里来卖红萝卜，一斤可卖到一块，花生卖一角钱三个。那些在梭筛搞水利工程的苏联专家，不屑于讲价。中苏关系紧张，要撤回去的时候，一角钱三个的花生，一手就拎走一袋。乡下人的这一叠钱就被石驼驼，小何么他们盯上了。赶场天，只要听到乡下人号啕，一定是被摸包了。乡下人叫扒手为剪钮子，只要抓到剪钮子，人们就一拥而上，粮食关打剪钮子是小城的一道风景。

三

这个小城因是朝廷与西堡少数民族对峙的前线，除作为防御的城墙修造坚固而外，民居多是低矮的小青瓦木屋，个子高的人手能摸到檐口，稍为好点的人家，可以再升一层，搞成个二滴水的小楼房，还是小青瓦屋面。大晴天的时候，站在东华山顶，只见参差的小青瓦屋面，挨挨挤挤，屋瓦顶上，隐隐约约蒸腾着蜃气。街道是青石板铺就，年代久远，脚步将石板搓得光滑无比。老百姓大多很穷，建不出什么留传后世的古迹。民国时期，伍效高倡议将堤台坡下文庙改建为建国中学，其父伍西堂捐资仿西式建筑修西堂图书馆，再后修儒臣楼。再往堤台坡上走，是万寿寺，道光三十年（1850年）所建的一个庙，光绪三十一年（1905年），城绅华伟堂将万寿寺创办平南学堂。这些建筑，隐含着古风和西式的成分，算是定南城的标志性建筑。城内的较有观赏价值的建筑就只是伍孝高宅第，临街面宽12米，进深约六七十米，也是仿西式建筑。城西有关圣庙，民国初年，城绅胡锡侯将庙建为定南学堂。东华山上有四道亭阁，有进山牌门，县城西门外有贞节牌坊。城内的钟鼓楼并不高，不是定南人说的：普定有座钟鼓楼，半截还在天里头。显眼些的建筑，还有一座教堂。

定南人除了在大荒年和大的政治运动中无暇顾及玩以外，其余不荒不歉的年成，碓、磨、碾子、连枷、风簸的响声交织着，有吃的还是比较喜欢在节日外出游玩一下，密密匝匝的刺槐花在外地人眼中也许新鲜刺激，但本城人司空见惯。城外玩的地方还是有，西门外半里许的张家箐林，就有一座传教士建的大墓，气势恢宏。墓前的十字架是方石柱打就，高六米，墓志是英文，翻译过来是：我的母亲是英国人，来到贵州的普定。文字叙述母亲来普定病逝埋葬，而自身又不得不离开普定，回到出生地去的经过，语调甚是凄凉。这墓损毁于"文化大革命"。出西门往安顺方向去，离城两里的伍孝高家坟地，占地近十亩，称为伍家墓庐。1949年后看墓人走了，只有气宇轩昂的两座大墓和竖起的石柱。"文化大革命"时，墓被挖开，里面出来的女尸，年龄八十有余，寝被衣服完好，似乎刚睡，但几小时后即风化。王家湾也有墓地，也竖有坟墓的标志性建筑，字是书法家毛竹峰所书。城外的天王旗，垂柳夹岸，水碧如镜，有乡绅张一普母墓。乡绅张一普，家道殷实，民国时到湖南做生意，正碰上湖南农民运动，张断定，将来此运动会波及全国，普定不能幸免。张一普回来，斥巨资为母打造坟墓，以后纵情山水，散尽家财。此墓雕工精湛，是普定坟墓中的精品，至今完好。再远一些，就是陈旗的戏楼，下坝天龙山寺庙，操子堡莲花古洞，陇戛铁索桥。

定南城开有茶馆，茶馆里说书，所说的都是隋唐演义，三侠五义故事。年岁高些的老年人，往往听到夜12点以后。茶馆里坐着的，几乎都是家中经济稍宽的人。门外站着的，是付不起茶水钱的白听客，即使是再冷的天，门口也是挨挨挤挤。说书的嗒嗒嗒敲着响木，绘声绘色地讲述那些故事。到"且听下回分解"时，人们恋恋不舍地走出茶馆，准备明天掌灯时候又来。那时《彭公案》《施公案》《三侠五义》是学校的禁书。学生的辨识力不强，就如今天的网瘾，有的学生被剑侠书所迷，连功课都误了。

城里的住户，大多还是农民，吃过晚饭，早早睡去，正应那句古话"日出而作，日落而息"。所以，晚上的街道，还是比较清静。解放后禁了多次鸦片，但吸鸦片烟的还是有，货源还是来自解放前那些富户。农会没搜查到的烟膏，一百多元一两流到地下烟商手里，烟商又找买主。我知道的王九爷和甘龙爷就是一直没停止过鸦片，只不过是吞烟泡。有一天甘龙偷了王九的烟泡，王九装不知道，就把耗子屎弄成一颗泡子，甘龙偷吞了后，发觉不对劲，两个老者闹了一架。在小城里，能吞烟泡抽鸦片的人不多，这些人是民国时期的余孽。小城人睡时，他们就起床了。粮食关那几年，城里还有暗娼，人们叫她们"呵儿匠"。

从粮食关逃出命来的人们，吃饱了肚子，过年时节，还是呼朋唤伴，到城外去游玩。就像安排好的程序，从初一到十五，总是要游过下坝的天龙山和莲花洞后再安排其他的项目。县城附近凡是能游完的地方，都要去走一遭。但是，城里人从不去玩塔山坡，虽然近得抽支烟的功夫就到，且又呼之为"文笔塔"，但年节中，从没有人去过。

四

塔山坡有个典故，传说张家人建一座桥之后，有一法士经过那里，说了一句咒语：桥是弓，塔是箭，箭箭射倒张家院。北门正是张家大院，张姓人聚族而居，很是红火。张家大院外是环城河，环城河上张家人修的桥，叫张家大桥。不知是风水的原因，还是巧合，那法士念过咒语后，张家果然不顺。我有个张姓同学，是那里的，成绩不错，人很活泼，小学毕业后，眼睛就瞎了。张家大院还有个叫张风隆的，大学毕业后什么也不做，只想修炼成剑仙，寝室里到处贴有八卦、符章、太极图，每天焚香，口中念念有词。有天，他认为道行已足，提着簸箕上了房顶，拜了四方，念道：诸方神祇，快来佑我。咝，一道白光。架着簸箕，从房顶腾空，随即跌下房来，幸好，只断了一只脚。后来养好了，那脚还是有点跛。张风隆架簸箕云，又让定南人快活了好几年。此人后来挑水卖维持生计，再后来，出家到玉真山寺，还是挑水。塔山坡是定南城丢死娃的地方，那地方晦气，就是有地也没人去种，甭说去玩了。常去塔山坡的，是一个叫叶紫云的干瘦老者，谁家小娃死了，给叶紫云两块钱，他就用草席包着，用稻草裹个"火烟包"放块红炭夹着，路人见"火烟包"冒着烟，便主动避开。塔山坡又增加了个幼小的鬼魂，乌鸦又聒噪着了。叶紫云抱死娃丢塔山坡，还闹了一段笑话，叶紫云喊价，那妇人只出半价，还说"二回勾补"。这让县城人笑得喷饭，死一个够伤心的了，哪还有死第二个的呢？

定南过年，当街的人家都贴一副对联，各自想反映出一种家境的情绪。"过年年过年年过，新春春新春春新"，"门前守孝三载服，哪管门前四时春"。不知是抄来的，还是卖联的人根据要联人家编的。有个做厨找了不少钱的，以为钱多，染上鸦片，几年就败光了。他自己编的一副对联贴出来，让小城人都觉得经典，对联是：茅台酒五粮液无非是醉，红辣子芹菜酸也要过年。他小学都没毕业，县城人说："儿喽，穷出智慧来了。"

时下的地戏、花灯在县外影响很大，研究的专家把地戏称为"活化石"，把花灯划为"西路花灯"。在二十世纪五六十年代，定南人并不喜欢这两样娱乐。花灯、地戏都只在春节期间才演，城内的农民组织有花灯班子。人们称花灯地戏的表演叫"跳"。"跳花灯""跳地戏"，也有把花灯叫"玩"的。城外的花灯班子过年时节常爱到城里来跳。做生意的人家，接个灯班子在门口热闹热闹，让街坊来凑个人气，接受灯班子的吉祥恭贺语言，以求新年兴旺发达。乡下人的灯班，旦角一定不用妇女，肯定找个俊俏的后生装扮，扮演者身段娇嗔，胜过女人。所以专家评花灯有"阴柔之美"。地戏从不在城里跳，不知是为什么。所以，定南人看地戏，近的可以到龙潭、老马台去看，远的就跑到离城十公里的马官去看，去马官的居多。我看地戏也看出点名堂，地戏表演的人多到几十上百，表演的人都戴脸壳，青纱蒙面，背插小旗，腰系战裙，显得威风凛凛。戏有脚本，如《三国》《杨家将》《薛刚反唐》等多种，演员分出战阵，主将领唱，部将附和，音调高亢苍凉，如主将叫阵"曹仁我的儿噢呵呵""小金老二呕，带马过来"。因定南城内有武功深湛的如毛光辉、宋云臣、陈大眉毛，且亲自看过掌劈青石，手指钻砖，手掌断狗腿骨，所以我对乡下人的地戏不感兴趣，那种交战只是随便晃晃，并不真打实斗，从未看完一场，不了解戏中情节。至今，地戏中的"小金老二""歪嘴老苗，两边讨好"，是出自哪个剧目都不知道，而农村人则是津津乐道的。

玩龙灯是定南人的看家本事，正月初六，龙灯就上街了。丰年时节，几乎一条街道有一拨龙灯。龙头至龙尾共11节，玩龙灯的人多是壮汉，赤身，各执一节。诱导龙的人手执宝灯。锣、钹、鼓敲击开道，红宝灯在前引路，恭贺接贴人家。龙到接贴人家，红宝灯举于门首，龙头正向，一人说"四句"（类似打油诗）恭贺主人家，内容是发财、考大学、生贵子、升迁之类。一人恭贺，众人应和，接龙人家以红封作谢。谢毕，开始耍龙。龙头随宝灯上下翻动，各节龙身依次追随，接龙人家围龙施放爆竹烟花。正月十五晚，各街龙灯沿街玩耍，至夜，各路龙灯汇聚地势平坦宽阔的西门围耍。

玩灯人抖擞精神，龙随灯舞，上下翻腾，一时铁水花、牛角烟花、鞭炮把龙灯罩住，耍龙进入高潮，持续至丑时。冲龙的铁水花为定南人独有，邻近县份都有人来观赏，铁水泼向高空，整个夜空金碧辉煌。地戏、龙灯至"文化大革命"开始就禁止了。1976 年以后，才又战战兢兢地恢复起来。

1979 年，县革命委员会搬到县城外，拉开新城建设的序幕，老城与新城就隔着城关小河被剖分了。

老城的钟鼓楼、西门的牌坊因修路拆了。城墙撤了。县一中只有文庙还在，天主堂、文昌阁、关圣殿都不在了。东华山亭阁，文笔塔是后来修复的。公路边、田坝、山坎上的槐树林都不见了。定南无处不井，无水不鱼的历史远去了。二滴水的小青瓦屋面已被改造，小城失去了原有的"定南所"的韵味。城外的小河连澡都不能洗，更别说饮用了。

定南人不愁衣食住行了，但许多美好的东西又消逝了。在老城，我度过了一生最旺盛的年华，但只是虚度。这种经历不能再有第二次了，因此，我凭着回忆写下了这些文字。

双亲

少年时，我对父亲的印象是淡漠的；青年时，我很瞧不起父亲；中年时，我可怜父亲，甚至感到对不起父亲了。

父亲对我冷漠而严峻，有别于母亲的精心呵护、无微不至。快到 40 岁的时候，我想，父亲是对的。

对父亲的印象，仅是一次跑出去玩，不料在粮仓的通风道里睡着了，睡了一天，父母亲也找了一天。当我睡醒，发现四周已是天黑，不知身在何处。我害怕了，哭声让父母找到了我，父亲把一根竹条都抽开了花。那时，我不到 7 岁。

8 岁时，父亲走了。我眼睁睁地看着父亲戴着手铐走了，从此，父亲在我的视线里消失了，在印象里也消失了。当我从信中知道父亲体弱多病，想见父亲的时候，父亲已经脱掉手铐在他的家乡生活十几年了。

在我印象里，父亲是个孔武有力的男子汉，他曾经任过国民政府的县军法承审。当我在陌生的三都水族自治县车站下车，一路问着找到棕刷厂的时候，我看到一个佝腰驼背的老人，瘦弱不堪的老人正认真地清理板凳上的竹末。我站在他的面前，双手合拢行礼，问是否有个叫蒙渊的。老人惊异地抬起头来打量我。他抽动着嘴唇，轻声问："贵姓？"我说："姓蒙，从普定县来。"老人霍地站起来，拉着我的手哭了："你是我大崽，你是我大崽，你没忘记我，看我来了。"

　　父亲住在城郊一个叫沙井湾的地方，一间简陋的茅草屋，四面透风。房子很差，所处的自然环境却很好。我新奇地打量着房子周围的松树、枫香、密密的筋竹林。

　　我在普定的时候，母亲管束着我，晚上10点钟必须归家，不然，母亲一定打着手电筒，满山满河坝找我。她专朝坏的地方想，她估计我是被谁打死打伤或倒岩，一定躺在什么地方，或断气或奄奄一息了。为了母亲不打手电筒满世界找我，我一定10点钟准时归家。时间长了，朋友的妹妹们笑我是乖乖的大娃娃。我很气恼，但我奈何不了母亲找我时默默无语的执着。而在三都，我是一个自由人。父亲从不管我，他好像不是父亲，而是朋友。

　　夜里，我悄悄打开了那扇木棍和芭茅秆编的房门，趁着夜色溜走了。我到离县城四十多里的大河区教拳去了。父亲不像母亲，母亲不相信我，父亲总相信他的儿子是最有能力的，任何时候都能化险为夷。因为父亲的这种信任，我在三都县城有了一个生活圈子，我敢同当地人们认为最厉害的人打斗。半年时间，三都县城，大河区的人都知道沙井湾来了个善打的普定人。

　　但是，我仍然瞧不起父亲。父亲非常胆小，他是那种"一朝被蛇咬，十年怕井绳"的人。1957年，他被送到清镇中八农场劳动教养，所以极害怕"二进宫"。因此，在人前也总是缄默不语。

　　我即将告别了父亲，回到被母亲严格管束的普定参加高考。一种自由自在的生活即将结束，我真的是有些惋惜。回普定的头天晚上，滴酒不沾的我竟同父亲对饮起来。

　　那一年高考，我以普定县文科第二名中榜，父亲闻讯，立刻随信寄来一首《浪淘沙》："失学任漂流，沧海行舟，茫茫何处是前途？为国献身空自许，虚度春秋！贫贱岂堪忧，淬砺从头，谁家命里出公侯？三载寒窗酬壮志，更上层楼。"大学毕业后，我安了家，家务太多，工作太忙，给父亲寄去的信越来越少。

　　1995年初，给父亲发工资的糖酒公司垮了。父亲也老了，再不能做刷子卖了，生活断了经济来源，但父亲没有向我开口。

那年，我用稿费给父亲寄出第一笔生活费。父亲来信以一种感激的语气向我道谢。父亲的道谢让我觉得我们之间有了隔膜。为了这种隔膜，为了让父亲在风烛残年还有一个精神支柱，我每年都到三都小住几天，写作也更勤奋了，因为要照顾父亲生活。

1998年末，父亲的生命行将结束。父亲来信，字写得极吃力，完全失去了他漂亮书法的骨力。他最后给我说："终老时能在儿孙面前瞑目，是一生大有安慰的事。"1999年元旦，我同妻子和三弟把父亲接到普定，1月25日，父亲安详地去世了。

父亲去世后，我把同父亲生活在一起的那些少得可怜的片段联系起来，分析我的父亲。父亲对我的关心是一种叫人自强的教育，他不捧着，不呵护，一切都得你自己去解决。我青年时，父亲只是以他自己的一些生活经验告诫我，并不帮助我克服困难，饱饥寒暖都让我自己去拼打，一切都得自己去品味体验。他绝不会在我肚子饿时心疼我，把我留在家里吃饭。向父母开口求助，他认为是最无出息的。在不惑之年，我明白了父亲这种冷酷教育的好处，这是一种男子汉式的教育。这种教育让我在生活中能规避风险，在复杂错综的人际关系中游刃有余。为此，我感谢黄泉下的父亲。当初我认为的冷漠应该是冷峻，因为生存是残酷的。

父亲被清洗走时，母亲35岁，如今我想来，母亲肩上的生活担子和工作的压力是任何一个女人都难以承受的。22元的月薪，要养活四口之家，是何等的拮据。

母亲很聪明，在1960年的大灾荒年，她找来一本《家兔养殖》，养起了日本兔、安哥拉兔。我们家最好的种兔在市场上可卖到100元一只。母亲的勤劳和聪明，让全家熬过了那个关口，活了下来。

家贫出孝子，我们三弟兄都很听话。因为我们都看到了母亲为这个家的艰难付出。半夜醒来，月光透过木房子的板壁，影影绰绰的，母亲在洗衣服，轻轻地揉搓，生怕吵醒我们。我们没有换洗的衣服，母亲连夜洗，连夜烘干，那一夜母亲没睡。

这样没有眠觉的夜晚，有许多许多。母亲是寂寞的，毕竟我们都是男孩，每天都野叉叉地玩，回到家后，倒头便睡，只有母亲还在劳作。母亲对我们的关怀永远如春风化雨，润物细无声。但在我的心底，也有抱怨她的时候。我很顽劣，玩野了，连作业都不想做。把书包放在地上，趴在地上斗蟋蟀，偶遇到一对野性十足的蟋蟀，打得难分胜负的时候，母亲提着小竹条来了。记得好不容易找到一把冬青树的"月亮叉"，做了一架很准的弹弓，将石子弹到天上，然后数秒数，听那石子落到瓦房上的响声，母亲走出门来，将弹弓抢回去丢到煤灶里。我就盼着快点长大，母亲别再来管我。

后来，让我打消摆脱母亲管束的念头，是因为一张成绩单。

恢复高考后，我去读书。我属那种老大哥学生，近30岁了。暑假，班主任要我家的地址，好寄成绩单给家长。我说那些十七八岁的小弟小妹可以这样做，我可不行。班主任说，一切照规定办，无奈，我写下了家庭地址。

那年我的成绩在中文系排列第一，母亲细读成绩单上的每一句评语，看每一门功课的成绩，高兴得流泪了。我这个生出许多麻烦事的浪子，在她眼里仿佛永远长不大似的，我惊异了。

从那天起，我惊异于人与动物的区别，动物长大，便远走高飞了，而人，母亲永远是母亲，母爱是永恒的。任随你多么强壮，多么勇敢，事业上多么成功，在母亲眼里，永远是个孩子。

母亲和父亲分居几乎半个世纪，我为他们感到遗憾。父亲离开的时候，母亲送他，向他承诺，会把我们养大，等他归来。母亲用毕生的精力完成了她的承诺，父亲却从没对母亲说过一句感谢话。

父亲走了，父母的恩恩怨怨结束了。

清明时节，我去给父亲扫墓时，总是在他的坟前默默地道歉。母亲还健在，90岁了，我永远是她的"回头浪子"，在她眼里，我永远幼小，永远年轻。

潘 江

男，生于 1976 年，普定县猴场乡猛舟村人。普定县中等职业
学校教师，高级讲师。曾有散文、小说等作品散见于《普定报》
《普定》《冲霄》《穿洞文艺》《安顺日报》《中国教师报》等。

重读父亲

父亲属兔，今年 72 岁。我也属兔，是父亲年龄的一半。

父亲经常给我们讲"粮票的故事"，讲得用心和投入，我们听得多了也就腻了，不怎么放在心里。父亲和母亲同年，他们 70 岁的那年，我们姊妹五人强烈要求给他们过一个简单的生日。过后，我们建议父亲把他的经历写下来，让后代人多看看。

父亲每天写几页，最后写成了两万多字的内容。在将父亲手稿打印、修改的过程中，我一遍又一遍地读着父亲的故事。每次捧读，都会激起我心底的情绪激烈地翻腾……

父亲出生于 1939 年，他的父亲是没有文化的人，他对读书没有什么理解。1947 年，父亲读了半年私学，爷爷便不让父亲去了。因为他们读书的目的很简单，只要每年"七月半"的时候能写点包，烧纸给逝去的老人就够了。到了 14 岁，父亲向爷爷多次请求，承诺会早起晚睡、干好该做的农活，才终于得到爷爷的应允，走进学校。但一年级已经人满了，只能从二年级开始读。在偷偷燃着的微弱的煤油灯下，在爷爷刺耳的责骂声中，父亲成绩一年比一年进步。

17 岁读完初小，父亲考上了高小，要到猴场去读书时，爷爷又不允许了。父亲下定了决心，一定要读书。又向爷爷保证，星期天割三背草，寒暑假每天割三背草踩成粪秤，交给生产队，换得的粮食可以够自己吃。父亲就这样坚持读完了高小。高小毕业后，一起去读的几人一个都没有考上，大家各自出去找事情做。父亲不甘心就这样结束，他要想办法"出去"。后来，父亲到后寨给人家看牛，他边看牛边读书，耐心等待考学校的机会。后来好不容易有机会报了名，领了准考证。但第二天要考试了，父亲和他的同伴一路小跑，从猛舟穿过格凼拐，翻过石阶路，蹚过小河口，赶到补郎的时候，已经开考二十多分钟……最后，考试结果出来，全补郎区三百多考生，只有父亲一人考取了安顺师范。

父亲那次考试的作文题目记忆犹新，是《一次有意义的劳动》。他描述的，是1958年村民大修水库蓄水的热火朝天的情景。到后来他一直用这篇作文指导他的孩子直至孙子的写作。数学上的"反比例"题目，父亲很棘手，考试前只好背了例题，最后"依葫芦画瓢"做对了。在我们对数学的印象里，我们当学生和后来我们做老师，父亲都经常反复强调"反比例"的内容很重要……

去师范报到的前一天，父亲才拿到辗转送达的通知书。报到的当天，父亲含着泪，背上简单的被条，穿着棒头扣子的衣服赶往安顺师范。奶奶把父亲送到场门口，把她一分一分积攒下来的五角三分钱偷偷塞给父亲，父亲哭着到了丫口田。去到学校后第三天，开始评助学金，同学们看到父亲的穿着和铺盖，好心地把甲等评给了他，可以得到8元钱。吃饭的问题解决了，可学习用品、小用钱还是没有着落。

父亲和他相同家境的同学一起，每个星期天都到武当山帮人家拌煤，晚上12点过又去帮人家下煤炭，或者到老龙弯坡上挖老虎姜，拿到场上去卖。其余空闲的时候，父亲就赶回家扯藤子。星期六下午回到家，星期天到周围几十里的坡上去扯。扯来的藤条，当天晚上就把有结的地方削平，挽成八字形，码好。起来后挑着藤子往安顺赶上下午的课，待第二个星期天再把藤子卖掉，挣点钱。

从猛舟到安顺八十多里路程，脚痛、肩膀痛也没有办法。父亲最难忘的一次，是挽藤子到凌晨三点钟，挑的藤子又比以往重，去到沙子坝，实在累了就倒下休息。父亲醒来的时候，锁箱子的钥匙、链子被人拿走了，回到安顺已经下晚自习。父亲到东街小十字喊开本家二伯伯的门，把扯的花角藤放在楼上。当时两个老人很可怜他，要起来做晚饭给他吃，父亲说他已在街上吃了，不麻烦两个老人。父亲在街上买了三个馒头吃，就过了一夜。第二天班主任郑正义老师问他为什么不来上课。父亲讲了在沙子坝熟睡的事，班主任心里很难过，没有再说什么。

父亲读师范，三年课程两年安排学完了，第三年实习，父亲凭着这样的精神读完了师范。1961 年实习完后，父亲被安排到了偏僻的谷毛小学当负责人。父亲怕当不好这个"领导"，不愿意干，找到教育局长，局长没同意。于是，父亲既是校长，又当教导，大多工作都是他一人干。之前的老师责任心不强，学校几百个学生很快转到其他地方去读了，只剩几十个，一个班十来个学生。父亲的手段便是用制度管人，定期家访，开家长会，公布学生成绩。学期结束后评比发奖。不到一年时间，学生又增加到三百多人。

1964 年，全县统一考试，各个年级学生成绩在全区名列前茅。上级领导也经常到学校检查工作，还专门组织一些老师到学校去上公开课。早上学生在离校两百米远的地方整队入校，下午放学时要集合，表扬当天的好人好事，和现在每周的国旗下讲话相比，要来得及时和自然。父亲在写总结时提到，他能一分钟让全校学生集合完毕。其他学校的都不相信，认为这根本不可能，一定是造假！因此全县三十一个乡镇的主要领导都要来看。后来考虑到交通不方便，真到了谷毛，吃住都还成问题，改由教育局局长带队，组织三人"考察团"去了解情况。局长一行到学校的那天下雨，他们亲自看到，从下课铃响到下达"立正"口令，学生们真的不到一分钟就集合好了。集合的时候有个二年级的小学生跑摔倒了，鼻子和嘴里都流血，爬起来顾不上擦掉就赶紧站入自己的队列。局里开会的时候，局长把亲眼看到的情况向大家作了介绍，并且进行全县通报表扬。

　　1974年7月，父亲被调离这个学校。家乡的学校已经不成样子了，校长管不住老师，老师又管不住学生，上级安排父亲回到家乡的学校当校长。父亲"临危受命"，一如既往，经过大胆的整顿。一年后，家乡的学校有了新气象。

　　1984年，父亲"意外地"当了乡长。从实习到离开讲台，父亲教书的二十四年里，有二十三年都在当校长。父亲凭借自己的努力，出席了1977年12月的"安顺地区先进教师代表大会"，得了一套《马克思和恩格斯选集》。我爱书，父亲就把这套书和一套《康熙字典》，当着一家人的面送给了我。

　　我认真地站在一个又一个学校的讲台，履行自己的职责。每次读着父亲写下的文字，没有他经常给我们说的那种"老来夸少年"的反感。他不顾一切管理学校的勇气，一分钟之内集合的魄力，不得不让我由衷地敬佩！

　　从去政府工作，到1996年从县政府民政股申请退休，父亲经历了政府的大事小事，接触了最贫困的人民。后来他一直感慨："从政"的十二年，比教书的二十四年难啊！

　　在我们的印象中，父亲一直很严厉，对我们极端的苛刻。我们兄妹五个，一个接一个在外地求学，初中、高中、中专……即便父亲领了国家工资，我们家的经济也一直捉襟见肘。这些时候，连母亲也无法理解，为什么父亲一定要这样执着，这有什么好处。一面要赡养爷爷奶奶，一面要管教我们，即便在艰苦的条件下，吃和住都没有让在外读书的我们担心。父亲和母亲经常提醒我们，不要和别人比吃比穿，要比成绩。我们并没有理解父母的心血，把他们的血汗钱"挥霍"。当大哥把他的白网鞋洗得发白，心思完全不在课堂上时；当我没有明白读书的目的，将宝贵的时间浪费在弹玻璃珠上时；当弟弟沉溺于游戏机，以至于安顺一条街的游戏机老板都认识他时；当我们坚持不住，想"半途而废"时，是父亲的当头棒呵，是父亲不达目的誓不罢休的决心，让我们及时警醒。

　　我考上师范的时候，父亲帮我背着行李，和我一道走路到了轿子山乘车。他亲自把我送到镇宁，叮嘱我回家的路线，第二天才离开。若干年后的进城招聘考试，我有幸到了第二关试讲，父亲一直站在楼下的操场上等着，和我一样，怀着忐忑的心情走向写着招聘结果的红纸，把最后的结果看了才回家。

　　每到寒暑假或周末，我们从不同的学校、不同的路线回到家，帮母亲提前做一些春种秋收的准备。吃晚饭的时候，父亲总是强调，明天"吃饭等天亮"。母亲早早地起床做好了饭菜，喂好了牛。当我们的种子已经从山脚播撒到山腰的时候，本家的叔叔才扛着犁，赶着牛来到自己的地里，他对父亲说："大哥，你的这个速度，我提起裤子都追不上你……"

　　姐姐于1995年职高毕业后去了边远的小学，踏踏实实地代课。她一直没能抓住，让一次次考试转正的机会从身边溜走。在我们为她的前景担忧，甚至想劝她放弃的时候，是父亲经常讲的那些过去了若干年却依然记忆犹新的历程，"一次有意义的劳动""反比例函数""拌煤粑""扯藤子"……是这些故事让她坚持了下来。姐姐一边代课，一边复习考普通话、读大专、考教育学、教育心理学，在连续代课十六年后，姐姐今年终于考取了"特岗"教师，我们一家都很高兴。

　　如今，我们兄妹在自己的工作岗位上，没有让人羡慕的"高位"，没有辉煌的业绩，但我们都尽职尽责地做好"一个萝卜"，守好自己的"一个坑"。每次团聚，父亲都会说那些拌煤粑、扯藤子的往事。母亲常常提醒，大家难得来，说点别的，你说的那些他们听过多少遍了……离开家的时候，父亲还是像以往一样，语重心长地重复那句经常对我们说的话：好好工作！

　　父亲和母亲都不知道，在捧读这些文字的时候，这些文字像种子一样在我心里种下了。

彭志兴

男，生于二十世纪六十年代，曾在乡镇工作二十余年，喜爱文学、摄影，现供职于普定县文联，曾有散文、小说散见于各种报刊。

被遗忘的村庄

野狗寨

与朋友闲谈时提及这个地名，朋友问："真的有野狗吗？"我说："没见过。"我又说："那是我的家乡。"朋友看了我一眼，笑笑："那你就是野狗了。"我也笑笑，朋友眼睛直直地看着我。

我仍然笑笑："人看狗是狗，狗看人未必是人啊。"

朋友哑然。

除了上点年纪的人，野狗寨这个地名，已经很少有人记起了。

一次，我走访一个远房亲戚，他家远在百里之外，我自出生以来从没去过。到亲戚家的时候，亲戚问："你是从哪儿来的呀？"我说："七村上寨。"亲戚看了我们半天，茫然不解："上寨是哪儿？"我说："野狗寨。"亲戚听了，眉梢上马上露出了笑容，赶忙把我们请进家。

好像亲戚不大在乎我，倒在乎野狗寨这个地方了。

野狗寨寨子不大，居住的人也不多，二三十户人家，百八十人口，零散地分布在半山腰上。在我的记忆里，那一间间的木板房，掩映在一片片树林中，整个寨子犹如一个害羞的少女，静静地卧在那里。陪伴着她的，是时不时传来的一阵阵鸡鸣狗吠和风吹动树林的沙沙声。特别是夏天，那些永远不停歇的蛙鸣和各种鸟叫声，便钻耳而来。

但后来，慢慢的，野狗寨这个名字便被人遗忘了，如同儿时掉落在墙角的玩具被遗忘掉一样。

而今我也已年近不惑，当年一起打闹的孩子，有的人背井离乡，忙碌过活，更多的是和我一样，很快就成家立业、拖儿带崽了。每次我回到这里，物事已随岁月悄然改变。与我当年年纪相仿的孩子已经认不出我，远远地用眼睛瞄着我，仿佛我是一个突然间闯入的陌生人。有胆大的上前问我："你要找哪家呀？我带你去。"我想说："我找我家。"但在这里，除了年迈的老父母以外，我已经不再拥有着什么了。这里的一花、一草、一木，甚至于一块石头、一捧泥土，也因为我的远行而渐渐变得陌生起来。这个村里唯一留给我的，是永远的乡音。

在这里，我极力地找寻当年草地上的老青杠树，它已经很老了吧。我四处寻觅，只可惜我已经看不到老青杠树的样子。原来的位置冒出了一栋房子，金色的磁砖在太阳光下闪着光，而老青杠树已不复存在。我曾经一遍遍回想在树上打秋千的样子，以及树干上被秋千绳索勒过一道深深的痕迹。可是，那道深深的伤痕已经随着老青杠树的消失而永远地消失了。

在路边，一群孩子愉快地玩耍着，那里立着一架磨磨秋，转着打的那种。两个孩童正一上一下飞快地转着圈，如同我当年一般，同样身姿矫健，也同样有过摔伤胳膊的记录。我在他们之中找寻着当年自己的影子，但是留下的只是和他们一样欢快的笑声。

这时，一队驮马正从山下往上运着什么，赶马的人拉住马尾，一步步地往山上移，马蹄踏在山路上，发出"得得"的声音，由远而近，绵远而悠长。

我站在当年打秋千的地方，远远地望着眼前的一切。

我问路边嬉戏的孩童："你们想不想离开这里呀？"

孩子同声说："不想。"

我说："这里路太难走了，不方便呀。"

孩子们看着我，像看着一种异类，看了半天，然后四散跑开，留下我独自发呆。

马的故事

"得，得得……"马蹄踏在松软的土地上，沉闷而有力。

"驾，驾驾……"赶马人的吆喝回响在山路上，苍劲而高亢。

家乡的农家，从我能够记事起，几乎每家都有一匹马。

老家山高路陡，从山脚到山顶，高差在一两百米之间，只有一条小路弯弯曲曲的延伸到上面，百十户人家的生产生活物资，都要从这条小路上进进出出。

马充当了山民们爬坡上坎的运输工具。

看着蜿蜒在山路上的一匹匹驮马，我又想起我的祖父来。

祖父在二十世纪六十年代就去世了，如今我只能见到一丘土堆。祖母说，祖父一生爱马如命。她说，祖父宁愿什么也不做，也不会丢下他自己的马。那些马也陪伴着祖父往返于平远州（织金）和定南（普定）、安顺，替别人运送着各种生活必需品，也给自己换取生活必需的东西。小时候，我就常听祖母说祖父跟随一群人赶马到过四川自贡，运送过盐巴呢。

祖母说："那一年，大约是四几年吧。你祖父在路上，遭到了棒老二的洗打，幸亏你祖父反应快，丢下马匹和物资，翻坡跑了。

我问："什么是棒老二？"。

祖母说："棒老二就是土匪。"

"那马和东西呢，不要了？"我问。

"还敢要？怕是不要命了哦。"

"为哪样？"我问祖母。

"遭土匪拿去，点天灯、烤背火，九死一生，遭得住么？"祖母说，"所以，后来你祖父出门的时候，都要约上一群人，各自赶着自己的马，那时候叫马帮，遇到土匪的时候，人多好有个照应。"

从那时起，祖父赶马的事在我心目中，便像雾一般，远得真实，又近得缥缈。

到后来，我终于弄清了祖父赶马必经的地方，那是父亲告诉我的。父亲说："你的祖父当年赶马，要经过大定，过平远州、猪场、马店、翠云关、小兴桥，然后过练子桥、定南，终点是安顺城，前后要走一两个月，沿途匪患出没，历尽艰辛。"

后来时代经过了大变革，马帮便消失了，只留下那古道上一个个深深浅清的石窝窝，那是马蹄踏出来的。

再后来，就实行了大集体。

大集体的时候，实行的是人五劳五的分配制度，这种分配制度对于人口多、劳动力少的人家可不是什么好事。我家只有父亲和母亲两个劳动力，要养活一家七口人，辛辛苦苦一年下来，到秋收分粮食的时候，还得要补上几十或者上百元的口粮款，当时又不准搞副业，父亲的马匹工具在生产队的房子里生着锈。没办法，只有用粮食抵。

粮食抵了口粮款，饿肚子那是再正常不过的事了。

日子就这样磕磕碰碰的过着。每年到青黄不接的时候，家里断顿是常有的事。有一年，家里苞谷吃完了，父亲不知从那儿弄来了若干种野菜，煮成了一大锅，我们全家人便用它就着刚熟的小麦磨成的灰面做的黑馒头，美美的饱餐了一顿，父亲幽默地把这道菜取名叫"百菜汤"。现在想来，那东西，现在的人大概连看也不会看上一眼。

那时候集体有五匹马，分到五户人家喂养，喂马的人家按天计算工分，还有喂马的粮食，至于粮食是否真的喂马，那就只有天知道了。后来，乡农们大概是发觉喂马的人家好处多了，便在一次群众会上定下来，每家喂一个月，大家轮着来。那五匹马宝贝似的，除了队长有权调动运送公余粮以外，其他人想骑一下都困难。

那一年的冬天，土地下放了，我家终于有了一匹马。

马是从集体的手头分过来的，是那五匹马中的一匹，那匹马到我家的时候相当瘦，背脊如同薄刀。父亲说："管好！"放马的责任就落到了我的头上。从此，我每天的活路就是看马，割草，喂马。后来那马渐渐膘肥体壮起来，我也在放马的日子里渐渐长大。

家乡虽然靠近煤山，但由于山高路陡，通常要走几里的山路，而且路极为难走。有一次我和一群叔伯兄弟赶着一群马，去织金小街马场驮煤，煤是父亲已经挖好的。那时候，家乡的往往约上一群人，找个有煤的山头，花上个把来月的时间刨个洞，煤挖出来，按出工的多少来分配。不过有时候，一点煤也没出是常事。家乡挖煤人的山歌里时常透着无奈："挖煤哥哥不要愁，大煤还在山里头，哪天挖着煤根子，吃喝穿用在里头。"我的一个叔叔，因为挖煤，被埋在一个煤洞里，至今连坟头也没有一个。

等到一年的烧火煤挖够了，为庆祝这几个月来大家平平安安，大伙便买上只鸡，打个牙祭，打完牙祭便散伙了。那天我们赶到的时候，父亲他们正在打牙祭散伙，我也安安逸逸地打了一回牙祭。

父亲的那一堆煤，足足驮了半个来月，烧了两年。

土地下放后几年，家乡的马渐渐多了起来，特别是哪家有大屋小事，有马的人家都会上前帮忙。几十匹马走在山路上，长长的一串，吆喝声、马叫声、马铃声四起。我想起了祖母说的马帮的事，我想，祖父他们的马帮也不过如此吧。

在那些放马的日子里，我慢慢地从小学读到初中，读到初中后，因为中学在十几里远的地方，要住校了，于是我不再干放马的活路，看马的活路便交给了弟妹。

我在外面求学的日子，父亲来信说，那匹马死了。到后来，父亲老了，便不再另外喂马了。

若干年后，我在家乡的山路上，看到了几匹马，赶马的人是我的几个叔伯兄弟。

我问："驮什么呀？"

回答说："给别人驮木料。"

我看着那几匹马，似曾相识。

和乡农们闲谈的时候，问起养马的事情，上一点年纪的人说："现在养马的人少了，只有少数几家。"我说："不会吧！"

乡农们看了我一眼，说："地都种了茶了，活路变轻了，还喂马干啥？"后来我爬上寨子背后的山头，一行行翠绿扑入眼底。坡地里，散落着一个个的人影。

走近了一片尚未采过的茶树，嫩嫩的枝叶在太阳光下闪着光，我摘了一片嫩叶，放在鼻子边，一阵清香扑面而来。

又过了很长一段时间，我回到家乡的时候，一条环山公路已经延伸到了寨子。路边的院坝里，停放着几辆摩托车，一群小孩围着看稀奇，好像在仔细研究这是什么东西。有年长的人刚好路过，我便戏问："那是什么东西呀？"

年长的老者说："有点像洋马儿。"

我笑了，笑得有些勉强。

走访了几家叔伯兄弟，发现他们都不喂马，我问："以前喂的马到哪里去了？"

"卖了，早卖了。"他们说。

"那还有人家喂吗？"我问。

"没有了，一家都没有了。"

一种情愫悄悄地从我心里升起，我为那些马感到遗憾。不过，一种欣慰的感觉却又在心底里悄悄地涌生着，如那一片绿浪一般，起伏不定。

老虎水井

印象中，离野狗寨约五里之处，山泉水从山中喷涌而出，四周原始森林密布，绿树成荫。

我六七岁时，因调皮捣蛋，常被大人吓唬说："再捣蛋的话，要遭老虎吃了。"

我反问："老虎在哪儿嘛？"

"老虎水井。"

从野狗寨到织金小街烂坝马场，老虎水井是必经之路。十来岁时，我曾随父亲去过马场，过了水沟寨，便进入了一片密林之中。

山路崎岖，如羊肠般盘绕在山腰上。从阴森森的密林中的小路刚过了里许，一阵"叮叮咚咚"的声音传来，转过一个山脊，一条山泉便斜斜地挂在山崖上。

山泉流下山崖，积成脸盆大小的一个水塘，水流入水塘里，发出一阵"叮咚"声，水塘周围散乱地躺着几个石块，石块上面已被磨亮了，看得出来，很多过路的人曾在这里歇过脚。

"这水喝得么？"我问父亲。走了这一段路，我有些渴了。

"咋个喝不得？"父亲瞪了我一下。

我急匆匆地擦了把刚才在崎驱的山路上走出来的汗，把嘴凑近了山泉，狂灌了几口，坐在路边石块上歇凉。阳光从林间透下，星星点点，泉水的清凉和滋润沁入心肺。

"这是老虎水井吗？"我抬起头，看着父亲。

"是呀，怎么了？"父亲说。

"真的？"我看了看父亲。突然间想起一事，便问父亲："这水真的有老虎喝过吗？"

"球！"父亲说。

过了片刻，父亲站起身，又走近去，猛喝了几口山泉水，然后长长地出了一口气。

我也站起身来，山泉水又再次流入了我的肚里，感到一阵清凉和舒服。

父亲回头看着我，笑笑说："你不是在喝吗？"

我搞不懂父亲话里的意思，只是呆呆地随着父亲轻快的脚步行进着，我感觉到自己的脚步也轻快了许多。

一晃几十年又过去了，因为机缘的关系，我随父亲从那条路过了几回，不同的是，当年的密林已不复存在，小水塘长满了荒草，山崖上依稀还有水流过的痕迹，供人歇脚的石头已不翼而飞，这条道上只留下一些矮矮的灌木，和农人开垦后又废弃的土地。我从后面看着老父亲，老父亲的头发也花白了许多，阳光直接照在我们的头上，射得人头皮发麻，走路软绵绵的，我不停地喘着，浑身上下一点生气也没有了。

我又想起了这个问题，问父亲："这儿为什么叫老虎水井？"

父亲说："你不是喝过么？"

我抬头看了看四周的山峦，山峰佝偻在烈日下，树木无精打彩的，叶片软软地挂在树枝上。我仿佛突然间明白了父亲话里的意思。

我好想再喝一口老虎水井的水。

跳神

那一年，我15岁，初中毕业。

因为考取的学校录取通知书还没下来，我就只能在家里呆着了。

闲着的日子无聊沉闷，每天早上，我的第一件事便是背上背架子，牵着家里喂的黄牛，出坡去了。

到中午太阳直直的时候，我便牵着吃饱了的牛，背着压得我有点透不过气的一背草，回家了。

一天，我正在院坝里捧着一本连环画，耳边一个声音突然响起来："看跳神去。"

"跳什么神啊？"

"跳神就是跳神嘛，去看就知道了。"堂弟说。

于是我放下书，带着好奇，随着堂弟走了。

远远地，一阵"嘟……喂"的声音传来，我随着堂弟走进了堂哥的屋里。

屋里烟雾缭绕，屋子中间摆着一个香案，几把香插在上面，燃烧的烟雾飘向屋顶，堂哥坐在地下，闭着眼睛，像是在养神一般，香不停燃烧，青烟直往堂哥的鼻孔里钻。

神案上的煤油灯在大白天里亮着，摇曳不定。

我往里看了看，屋子里已经坐了一大群人，一个个正头码码地坐在那儿，满眼虔诚。

"嘟……喂，天灵灵，地灵灵，玉皇大帝下凡尘。"

我定下神来，堂哥已经睁开了眼，手里不停地挥舞着手中燃烧着的纸钱。

屋子里的一群人仍然虔诚地坐在那里，双手合十。

堂哥闭上了眼睛，坐在那里。

神龛上，上面用不知是什么颜料画了一个画像，那画像歪歪斜斜的，中间写着一个牌位："南海岸上观世音神位"，看到这一行字，我才知道堂哥供奉的是观音菩萨，如果没有这几个字，我实在不知道那是何方神灵了。

我刚找到一空闲的地方坐下去，堂哥便手舞足蹈地跳了起来。

"嘟……喂，天灵灵，地灵灵，太上老君急急如令，文曲星下凡尘了。"堂哥拖着唱歌似的声音喊道。

我看到，旁边站着的人便赶紧把事先蘸好墨的毛笔递给了堂哥。

我的印象中，堂哥才刚读过一年级，字都认不全，我见过他写字，连自己的名字都要问上我两三遍，才能写下来，甚至要我代笔。

周围的人一动不动地看着堂哥，我想问堂哥要写什么，是不是需要我代劳，可是看到堂哥根本没理会我的意思，便按住了自己的疑惑，坐在那里。

堂哥的面前摆上了一张纸，是家乡上坟常用的那种粉纸。堂哥接过笔，口中仍然念念有词，龙飞凤舞地在纸上画了起来。

那些字，已勉强算是有初中水平的我却一个也认不出来。旁边的那一群人却都伸长了脑袋，专心致志地看着。几个老年人发出"菩萨保佑"的念叨声。

我有些茫然。

堂哥写完了，便把那张写好字的纸，小张小张地撕下来，分给在场的每一个人，说是玉皇大帝的神符，能逢凶化吉，遇难呈祥。

我看了看神龛上供奉的观音神像，更加地百思不得其解。我想起了连环画里的观音菩萨，被画得慈眉善目，手捧净瓶和柳枝，布施雨露，法力无边。

我把堂哥给我的纸片塞入裤兜里。

桌子上的观音画像仍然在那儿，自始至终，未听堂哥提过她一个字。观音菩萨是不是被人冷落了？我带着疑问，走了。

一段时间后，我又回了一次家，那时我已经进入了一所中专学习。我想起了堂哥跳神的事来，便走到了堂哥家门口。堂哥正在门口不停地砍着木材，几张崭新的、刚做好的学生课桌摆在那里。屋子里，堆满了木屑，神龛上的观音像和神位，已不翼而飞了。

若干年后，我又钻进了路旁堂哥的漂亮的水泥楼房里，一些现代化的东西已经悄悄地摆在那里，电视播放新闻的声音从屋里清晰地传来。

我大着胆子，笑问堂哥："哥，不跳神了？"

堂哥看着的我，脸上有了怒气和不满："跳个球！"

这时候，一个人正拿着一张汇款单让堂哥签字领取，说是侄儿从外省寄回来的，我看到堂哥写字时手抖抖的，小学一年级学生写出来的字，都比他的好。

我还想问问堂哥跳神的事，他却转身走进屋里去了。

秦家屋基

这块地不知从哪年起，变成了父亲的自留地。

那年，在我在分配的日子里，在家里的第一要务就是陪父亲干农活。下地的时候，父亲说："这儿曾经住过一家人"。

我问："那他家姓什么？"

父亲答："秦。这里就叫秦家屋基。"

"以前我怎么没听说过呀？"我问父亲。

"老子不给你讲，你晓得个球？"

我停下手中的活路，长舒一口气，往四周看了看，地里的苞谷正往天上一个劲儿地冒，和蓝天拼命地拉近距离。我抬头看了一下天，太阳正往云里躲藏着，时不时露出脸来。

这块地确切地说应该是一块屋基地，到处都显现出曾经有人住过的痕迹。地的东边，深深地沉下去一块，留下一个圈坑的样子，建房用的基脚石仍然立在那里。

我看了看父亲，父亲仍然挥舞着薅刀，汗从他的脸上不停地往下掉，我也跟着弯腰专心地干起农活。

一段时间后，我又突然间想起了那个地方，于是我问父亲："秦家到哪儿去了？"

父亲白了我一眼："哪个秦家？"

我说："秦家屋基那家人呀？"

父亲说："不知道。"

我想祖母知道的事情要多一些，于是我又去问祖母，没想到祖母回答我的也是"不知道"。

我继续刨根问底："那为什么叫秦家屋基？"

祖母说："老一辈人都是这样叫，我怎么知道？"

这个疑团一直深深地根植在我的心里。

我问过年龄更大的老人，他们也都是摇着头，说不知道。

那一年发大水，我们正躲在家里，看着天上不停下着的雨，邻居匆匆地走进我家，对父亲说："打水泡了。"

"哪里打水泡？"

"秦家屋基。"

父亲听了，匆匆地拿起薅刀，走了。我在他后面跟着去了。

秦家屋基已经没了，从地的中间断成两截，形成了一个大大的缺口，缺口里不停地翻滚着泥浆，缺口下面的地已经被泥浆盖住了一大片。

父亲心痛地看着自己的那块地，那块地只剩下像圈坑的一角。

我看了看流下的泥浆，我惊奇地发现，泥浆涌出的地方，现出了两个石板镶成的东西，上下相隔约丈许。

我问父亲："那是什么？"

父亲不停地整理着剩下的秧苗，说："埋死人的。"

"哦！"

"你管这些干什么？还不快给老子扶正苞谷。"父亲瞪了我几眼。

把那些冲倒的苞谷秧扶正后，又从其他地挖来秧苗，重新栽入被泥水冲过的地里。

若干年后，祖母过世了，农村讲究入土为安，我陪风水先生到过秦家屋基，先生把眼睛睁得大大的，说他一辈子从来没见过这样的墓地。

祖母的坟地就定在了秦家屋基上面一点。

我不明白风水先生说的话是什么意思。我只隐隐觉得，秦家屋基就像一枚印章，被深深地刻在那里，见证了一个个从秦家屋基走过的人。

以后的每一年，因为怀念祖母的关系，我都要到秦家屋基走一趟。千年的土地，百年的人，人很少有能活过一百年的，秦家屋基消失了，秦家当年在这里住过的痕迹，已经被岁月侵蚀得无影无踪，就连那个深深的圈坑，也被填平了。

我站在那里，想象着曾经耕作过这块土地的人，曾经被这片土地养育过的人；想象着父亲曾经在地里侍弄出的香甜的瓜果，喷香的谷苞饭。

水碾房

家乡有一条小河,从寨子下面的岩缝里流出来,下游与石旧河交汇在一起。

水碾房就在两条河交汇的地方。

水碾房的上面,乡农们用石头在那里筑了一个坝,水从坝的一角流入了水碾房巨大的水车里,"吱吱嘎嘎"的声音便清晰地传来。水碾房忙碌的一天开始了。

我曾经陪着父亲在水碾房里待过一段时间。

那时还是大集体,水碾房是属于集体的,由乡农们轮流管着,轮到父亲的时候,我理所当然地陪着他了。

那段时间,父亲每天起来的第一件事,便是到水车上面打开水闸,然后坐在巨大的石磨边,静静地抽着在当时只值五分钱一包的向阳花烟,等着磨面或者打米的人来。

有人来的时候,父亲从来人背上接下麦子、谷子,麦子倒入石磨,谷子倒入碾槽。不多久,洁白的面粉和大米便流淌出来。

我清楚地记得,因为没有电,擀面的机器是手摇式的。我看着父亲往大缸里调着碱水、盐水,然后不停地给乡农们摇着擀面机,一串串的挂面便从赶面机里变出来。

我很喜欢父亲做的盐水面。吃盐水面的时候,我喜欢直接从锅里直接捞入碗里,甚至不加任何调料,吃起来脆脆的,嚼起来甜甜的。放下碗,我便揉了揉鼓起来的肚皮,上学去了。

水碾房陪我度过了童年。后来,我离开了家乡,到坪上寄宿读书的时候,便没再见过水碾房。

那个时候,家乡已经通电了,于是,打米机和磨粉机便悄悄地进入了农家。水碾房只能孤独地立在那里,在风雨的冲刷下显得摇摇欲倒。后来,一场暴雨袭击了山村,山洪暴发,水碾房瞬间被夷为平地,巨大的石磨和水车躺在下游的沙坝里。

水碾房彻底消失了。

若干年后，我从那儿经过，当年的水坝还在，一群孩子光着身子站在齐腰深的水里，嬉笑打闹，有人路过的时候，没下水的孩子便匆匆地捂着自己的小鸡鸡，慌忙地跳入水里。水花溅落的声音和孩子的欢笑声四处弥散开来，这让我回想起曾经在这儿嬉闹的童年时光。

当年建水碾房的地方，碧绿的稻子正悄悄地长着。当我吃着朋友从邻近的马场带回的水磨面时，家乡水碾房又清晰地扑进我的脑袋里，父亲盐水面的香味也扑鼻而来。

帅　昕

汉族,生于1969年,贵州普定人。1987年以来在《山花》《花溪》等刊物发表诗歌作品百余首, 并多次获得过征文奖。贵州省作家协会会员,安顺市作家协会副主席,普定县作家协会主席。现供职于普定县委宣传部。

老屋

　　四面矮矮的土墙，屋子两边墙上竖着尖角，尖顶的凹槽横横地搭一根大梁，梁上挂着往前后两面墙倾斜的椽桷，再用篾条压着茅草、苞谷、草麦杆草严实地盖着，这便是我家的老屋。屋前面是一块土夯的院坝和种满各种蔬菜的园子，围着它们的是爬满瓜藤和牵牛花的篱笆。园子里错落着几株樱桃和石榴，春天里，樱桃树开满了粉白的花，引来嗡嗡的蜜蜂和喳喳的喜鹊；夏日里，火红的石榴花星星点点地开满了一树，为这季节添了一分热烈；到了秋季，细小的叶片挡不住石榴了，一个个红灯笼似的挂满了枝头。到了冬天，便只有银白的雪凌裹满光秃的枝条了。

　　二十多年前，我是在一个飘着雪花的冬夜和一片鸡鸣声中，在老屋呱呱坠地。老屋于我印象很浅，我的整个童年是在一阵鸟语花香中度完的。到记事时，老屋真的有些"老"了，春风一吹，泥巴和阳尘吊就簌簌落下，我们便有些许的抱怨。母亲总说，不要说一间好房子，就是十间，当初你爹也砌得起。此时的父亲一言不发，我们也不再说些什么，只是照父亲的吩咐，将倚着油桐树堆放的苞谷秆一捆捆背来，放在院坝里，或者是在割小麦时，把麦桩拔起，一排排铺开，晒干，再抖去根须的泥土背回家来，以备雨季用。苞谷草和麦草不及茅草好用。茅草轻，易流水，耐用，盖得严实。可从我记事起就没有茅草了，满山光秃秃。端午节过后，雨水如注，一连几天，积水过多的屋草重重地从屋梁上滑下，或是将椽桷压断，"轰"地塌在楼板和堂屋里，幸好有楼板隔挡着，楼板上又都是些囤箩之类的家什，没有伤着人。到天气朗开，父亲便请来村里懂得盖屋的人，锯椽桷、剖篾条，拖草上屋，七手八脚的一天下来，坍塌的屋顶就盖好了。

有一次盖屋，帮忙的邻居在不知盖了多少年的茅草与矮墙之间扒出了十几个大洋，父亲还分给他们一些。在农村，有个不知沿续了多久的规矩，老人快去世的时候，就先要把老人扶坐在堂屋神龛前的太师椅上，由儿子捏着个大洋放在老人的嘴里做"含口钱"，一直到老人"落气"为止。父亲去世时用的大洋，还是从别人家找来的，那时候我们就后悔不该把那些大洋送人，尽管那时候大洋还不值钱，有时还会招来一些麻烦。

大洋值钱是后来的事，之后到处都有盗墓的，还有人倒卖大小洋，甚至还有人专门制造假大洋——他们将模子铸出的假大洋埋在土里，用米汤淋，过一段时间才取出来。若不是经过那个年代有些经验，我还真辨不出来。靠这个，好多人人都发了一笔财，小镇上那些突然就富起来的人家，据说都是在老屋基里挖了一罐一罐的大洋。我们听说了，都嫉妒得不得了，又开始怨父亲把大洋送人。怨归怨，我们总是绕着弯子向父亲探问我们家是否藏有大洋，父亲说要有就是屋山墙那开裂崩口的地方了；母亲说，可能在隔着茅厕的那堵墙里边搁得有"东西"，那里有一框门枋，原是一道门，土匪打劫后堵上的。

·那些年辰，我们家有些红火，楼板上歇满了南来北往的客商。一个深夜，突然传来一阵哨音，然后从邻居家传来"砰砰蹦蹦"的声音——土匪们行动了。父亲和大妈是从通向茅厕的那道门走的，母亲一人怀着后来夭折的姐姐坐在堂屋里，两腿不停的打颤。客人们紧张地探出头，紧紧地盯住大门……不知过了多久，一切又都归于寂静，土匪终究没来我们家。现在想起来真有些后怕，若是土匪破门而入，老屋将不复存在，更不会有今天的我。

那以后这道门就被堵上了。当然，这道门使我们充满了希望，父亲是不会让我们把老屋掀掉的，我们只有盼它早日倒掉了。

有一年夏天，老屋让我厌恶至极，它不但折磨了我，还伤了我最初萌动的心。那一年表姐来我家玩，适逢洪水泛滥的季节，由于年久淤积的橡沟高过老屋的地平，老屋在一夜间浸满了水。我揉着惺松的睡眼，点着煤油灯，一盆盆地把水舀出来。尽管如此，神龛和板壁下依然有水流出来。

一连几天，表姐都陪我从屋内舀水。表姐长我不多，人长得漂亮，我心底很是喜欢她，可我又不敢想，老屋使我羞愧：就我这条件，能配得上她吗？于是我不无用意地说："这房子早就该垮掉了，垮掉了之后，再怎么拉钱背账地想办法，总是要再修一间的，何况它里面藏有'东西'？"这话不小心让父亲听到，他有些忿然："垮了你去山洞，哪有什么'东西'？不该想的就不要乱想。"

老屋实在太令我失望了，这毕竟是我青春的最初萌动啊！

但老屋也还是有它的优点的。冬天的时候，门一关，寒冷便被堵在外面。我们围着地炉火，脱开衣服，抖掉满身的虱子。夏天炙热也穿不过茅草土墙，把草席铺在堂屋里，光着身子躺上去，舒服极了，即使坐在爬满蜂洞的墙角看石榴花红、莺飞草长，也很有趣。

后来，哥哥在老屋旁边修了一栋青砖水泥房。我们都住进去了，父亲却怎么也不愿意，依旧住在老屋里，一直到他离开人世。父亲是在新屋立起不久后去世的，一场大雨之后，老屋倒塌了。

老屋是父亲迁到此地后，一位至友交给他的。父亲一直守着它，等着至友的亲属寻来。我想，除此之外，父亲和老屋长相厮守，许是因为它的破烂，使得父亲可以平平静静地度过不安的年代吧。

如今，为一栖身之地奔波在小城的我，看到朋友豪华的住宅，不由得想起我家那被鸟语花香裹住的老屋来。那道堵了的门，半截立着，我们依然未动。

砂锅

　　母亲的橱柜里放有两个砂锅，已有好些年辰了，锅底锅边让火苗舔得黑油油的，里层却透着油浸浸的纹路。锅同农村木水瓢般大小，有一只把手，便于抬进抬出，我们叫它"瓢锅"。与把手相对的锅沿有一绺花边，像带锯齿口的蝴蝶翅。锅的外身也有一些花纹，它不像古代器具上，那些最初的文字符号需要破译，而是些花鸟虫鱼之类，虽然显得粗糙，却也体现了当时做锅人的审美心理及对美好生活的向往。

　　我家的瓢锅是父母亲从老家带来的。老家是一个叫下寨的小村子，大多是我的本家，多半都以做砂锅为营生。村子的前面是一片在当地叫得响的大坝子，坝子里的任何一块地方，只需掘去薄薄的一层土，就是黏黏的白色胶泥。白胶泥黏性极大，背回家就可做锅。我家也许是从曾祖父那辈渐渐衰落后才开始做砂锅，当然现在不做了。砂锅不太有人需要了，也挣不了多少钱，年轻人在农闲时都出门赚钱去了，只剩年老的在家招呼牲口和幼小的孙子重孙们。

　　我小的时候，常和父母亲于农闲的冬天回老家去。一到家，我便顾不上长途跋涉的劳累，顾不上奶奶的怜爱，径自往大房的堂屋去，看叔父堂哥们做锅。堂屋里装有一个小车轮胎般大小的木车盘，车盘底下的木柱用弹子箍住，手稍用力，车盘便飞快地旋转起来。叔父堂哥们根据锅的大小，用锯子片一样的薄铁片从码好的白胶泥堆上切一坨来，往车盘中心放好，手扒车盘，随着车盘的旋转，双手不停地在泥上一捏一压、一压一捏，锅的雏形便在车盘上形成了，再用竹刀将突起和多余的地方削去，转动车盘，竹尖轻轻点在锅底，一圈一圈涟漪似的纹路就呈现出来了。锅做成后，不能在太阳底下暴晒，也不能用火猛烈烘烤，这样会使锅皲裂，而是应该放在敞风的棚里阴干。烧锅是我们这帮孩子最为欢喜的事，大家可以聚在一起打闹，又可烧洋芋吃。炉子是在地上挖的一个坑，炉火后面是风门，风门用拐杖似的木棍连着，人一推一拉，风门便"扑嗒扑嗒"响起来，火膛里的煤开始变红，很快就通亮起来。此时就将新锅盖在火上，再用一个母锅罩住，待母锅像早上的太阳一样通红时，用挑杆将新锅挑起，罩在预先放好的杉树枝或糠壳上，"噗"的一声，柴草燃起来了，这相当于铁匠为增加金属工具硬度的淬火，只不过那是用水，这是用火。其间，不知谁撮了一撮箕洋芋倒在火边，一会儿香喷喷的气息就四处弥漫开来。我们吃着香甜的洋芋，看着同伴乌黑的嘴巴，又嬉笑着打闹开了。

逢上赶海卜坡的日子，叔父堂哥们便背上砂锅赶场去了，我有时也跟着他们去玩。这些地方赶场不像我们那里有街有巷，而是在一处较为宽敞的大坡上，没有人家居住。赶场的人聚拢来，多是些换盐和日用小商品的。这种过路场卖的东西不多，但稀有货物却不少，一些穿着自制麻布疙瘩纽子衣服的男人和穿着麻布长筒裙、头戴长角梳的女人，他们手里提着野鸡、狍子或是山药（人参、天麻之类），在坡上稀疏的人流里走来走去，并不叫卖。如果有人问，他们便停下来讲价。买砂锅的人挺多，他们凭需要选好煮猪食的锅，煨四季豆的鼎罐，或者是瓢锅，摸出不知揣了多久的皱巴巴、油腻腻的几毛钱，便背着各自走了。

从我记事到如今，母亲做菜做饭用的都是砂锅，说是用砂锅味道不变吃着爽口。我那时只是觉得砂锅很土很黑，除了价格便宜外别无好处。可现在却不同了，它已成了一种时尚，城市的大街小巷满是砂锅牛肉、砂锅鸡、砂锅凉粉……一些富有的人家也兴是用砂锅了。我想，除了报上说的金属元素对人身体有害和现代人的一种奇怪心态外，恐怕当是它煮出来的东西清爽不变味了。我们居住的小城有一家餐馆很有特色，它地处一条深深的巷子里边，很是偏僻，生意却好得很。它的特色除了老板做得一手甜嫩的豆花外，就是那大大小小的砂锅了。砂锅不易散热，抬上桌子好半天还在"咕咚咕咚"沸腾着，余热将你的脸烘得暖暖和和的，你不觉擦擦汗，拈一箸放进嘴里，那味道有多惬意呀。

母亲热爱砂锅，自有她的道理，那是一种特殊的感情；我热爱砂锅，也有我特殊的感情。如今，在我的厨房里，依然放有大大小小的砂锅，闲下来的周末，便用它来炖牛肉、排骨萝卜什么的。

有时我想，父辈们的人生，何不似那原汁原味的砂锅呢？他们毫不矫饰与造作，他们在旋转的木车盘中一捏一压、一压一捏，直至生命清清白白地走向终极。

王志江

布依族。普定县作家协会会员、安顺市摄影家协会会员。作品在《贵州作家》《贵州日报》《西部开发报》等媒体发表。获 2007 年贵州省作家协会、省文学院主办的"魅力夜郎"散文大赛优秀奖；2012 年度安顺市广播电视创作二等奖。

印象草塘

林莽珠翠落玉盘，古藤青蔓护寨中；

幽谷鸣涧回香处，疑是五月俏江南。

初入草塘，应邀去做客，给我的印象是绿色、清幽、怡人。后来，因工作原由，又去过几次，每一次的感受都截然不同，或雅韵、润泽，或空灵、萌动，或旷达、激越，或古朴、悠远。

草塘，一个藏在贵州大山褶皱里的普通村落，属普定县马官镇高羊村一个自然村寨。可是，慕名而来游乐赏玩、调查询访、寻幽探秘、创作采风的各地游客、专家、学者趋之若鹜，甚至影视媒体都一度青睐这里，作深度宣传报道。是何所景致、何所魅力所及？我想，大致缘于种种情愫吧。

天然大氧吧

长期以来，地处云贵高原西南大山里，喀斯特岩溶山区，荒漠化、石漠化严重，生于长于斯的我们，最熟悉不过的就是山。明代徐霞客说过："江南千条河，云贵万重山"。是的，贵州多山，除了山还是山。而且大部分山都是光秃秃的，森林覆盖率低，水土流失严重，生态环境恶劣。穷其究，有气候、历史的原因，也不乏人为因素，特别是二十世纪五十年代，乱砍滥伐给自然生态造成多大危害？给历史带去多少伤疤？给苍生留下多少遗憾？此类话题，已无需赘言。即便政府组织展开了各种轰轰烈烈的退耕还林、封山育林和植树造林，但那已是后话。一片完好覆盖的森林群落，不得上百至千年的自然造化，难成气候。

草塘，原本就只有一条羊肠小道通往外界，四周环山，森林覆盖，几乎与世隔绝——仿若当今的世外桃源，像个娇羞的大家闺秀，藏在深山人未识。毕竟，一方水土养一方人，纵然无以媲美那些个闻名遐迩的名山胜景，终究，草塘以其"本土"魅力被猎奇的外乡人所发现和赏识。"千呼万唤始出来，犹抱琵琶半遮面"，即便如此，与现代文明碰撞和交融之后，它依然固守着那份传统和淳朴。

仅有二三十户的布依人家的小村落，被包围在这苍翠的天地里。房舍掩映在绿树花丛间，人倘佯在绿色的童话故事里。乡民们日出而作、日落而息，夜不闭户、路不拾遗，远离尘世的喧华，继续演绎着现代的农耕文明，"抬头一口天，四周裹叶间"——活脱脱一个"住"在叶尖上的村庄。各种乔木、珍稀植物葱茏茂盛、欣欣向荣，落叶松、香樟、青杠树华盖擎天、遮天蔽日；银杏、红豆杉枝繁叶茂、高扬挺拔；野生灌林、藤蔓密密匝匝、盘旋虬屈、倔强疯长、生生不息，织成一个天然的大氧吧和绿色屏障，共同呵护草塘世世代代乡民的健康、平静与安宁。

每一个来到这里的人，无不感叹于这一方水土的清幽与纯净，无不叹服乡民们的环保意识和守护精神，无不想酣畅淋漓地吮吸一口清新空气，吐秽纳新、焕发生机。

千年血藤

如果说苍翠的森林植被是草塘的"肌肤"，那么，盘虬在寨门之上的那棵千年大血藤便是草塘的"脊梁"了。

进寨子的小径崎岖不平，坡坡坎坎，两侧山峰陡峭耸立，进入第一道山门后，继续前行，跨过一块草坪，就到第二道寨门了。寨门高七尺、宽六尺许，经岁月打磨、风雨侵蚀，砌石已斑驳凹陷，仅剩残垣，几条碗口粗的酱红色血藤盘屈缠绕、生死相依，横卧在寨门之上，像盘龙游弋，如一桥飞架，似长虹卧波，蔚为壮观。

血藤上肥硕的叶片绿意盎然、密密层层，中间开满串串白色花瓣，浓郁的香气弥散开去，忽远忽近，招蜂引蝶。藤的根茎，千条万缕、健壮发达，一头深深扎入墙根的泥土中，并在地底纵横交错、倔强延伸至路基下、池塘边，呈现出强大的生命力；另一头蜿蜒盘结在一棵硕大而行将枯死的老树上，吮吸天地之灵气和日月之精华，古藤老树，两干并驱，一枯一荣，形成鲜明对比。

听寨中的长者说，这株大血藤已足有上千年寿命。千百年来，血藤护佑着草塘人幸福安宁。据中医记载，血藤有"舒筋活络、强筋壮骨、养血消瘀、跌打损伤"的奇特功效，实为这一方百姓之福祉。即便如此，乡民们也没有谁会轻易去采摘哪怕是藤上的一片叶子，在他们心里，早已把血藤看作是生命中的一部分，这是上天赐予草塘人的厚礼，更是他们无限敬仰的图腾。

关于千年血藤，还有一段美丽的民间传说。

古时候，这里还是深山老林、野兽出没之地。山外，有一位出名的好心人布依阿哥，天性善良，勤劳朴实。有一天，阿哥进山采药，在林间一块青青的草地旁，见到一棵硕大的古血藤，树藤攀椽盘虬，枝繁叶茂，像一条巨龙跃跃欲飞。他身困口渴，便靠在树藤下歇息，恍然间睡着了，梦中见到大血藤化作一条飞龙上天，腾云驾雾，东出西没。忽然，巨龙口吐水花，从高空喷洒下来，并示意阿哥赶快离开，冰凉的水滴把阿哥惊醒了。他睁眼一看，见天色黑沉，乌云密布，原来快要下大雨了，于是急忙赶到附近山洞里躲。刚进洞，外面就噼里啪啦下起了冰雹。阿哥长长地舒了一口气，是巨龙让他免遭一场灾难。从此，他打心里感激这棵大血藤，暗自发誓要保护好它，因为，血藤本是一种珍贵药材，很多人都在打它的主意。以后每次进山，他都要和血藤倾诉衷肠。

老财主知道后就派爪牙来砍藤，期望拿到集市上去卖个好价钱。说来奇怪，一刀一刀砍下去，藤伤口上都流出了鲜血，不过，刀一停伤口又会自动愈合如初。财主气急暴跳，心想既然砍不断就放火烧，闻讯赶来的阿哥给财主跪下求饶。财主掂量再三，就提出拿阿哥家的一亩三分地和房屋，来换血藤一命，如此方可罢休。阿哥只得含泪答应。当晚，血藤在梦中化作龙前来感谢他。从此，阿哥只身搬进深山里，日夜守护着古血藤，并在此成家立业、繁衍生息。

后来，天下大旱，田地龟裂，禾苗干枯。血藤忽然离地化作巨龙，狂舞空中布云施雨，拯救苍生，草塘方圆之地都得到润泽。秋收后，乡民门便在血藤旁建小庙，虔诚供奉永祀。春去秋来，多少年过去了，阿哥的后人们代代相传，一如既往保护着这株大血藤，血藤亦护佑全寨，年年岁岁风调雨顺、四季平安、兴旺发达。

秀美家园

农村土话说"高山苗子水布依"，这话不假。在历史的长河中，布依先民最初于明洪武年间随朝廷征南大军征战沙场，屡建奇功，后来卸甲屯田，便在此定居下来。布依村寨多依山靠水而建，地势较平，土壤肥沃，利于耕种劳作、繁衍生息。"三面靠山，前出平畴；左青龙，右白虎，后头靠个太岁头"，有人说，草塘真是块风水宝地，是个休养生息的理想之所。

草塘的山，植被繁茂、郁郁葱葱、重重叠叠、绵延数里。在以灌木、草坡为主的方圆几十平方公里区域内，格外显眼，像极了一颗颗镶嵌在凤冠上的绿宝石，既有有丰林火焰山原始森林的形，又有重阴山杜鹃林的媚，耀眼夺目。

一年四时天，草塘的景致各异，层出不穷，浓妆淡抹总相宜。

春来桃红柳绿、繁花似锦，夏至群山叠翠、妩媚多姿，冬日万木萧天、银装素裹。然而，深秋时的草塘却别有一番风味：群山含黛、红叶漫山、层林尽染，好一幅天作之绚丽山水国画。

草塘的水，源于森林，出自山涧。寨子后头有口古井，井水乃经厚积的落叶和土层过滤的地下水从石头罅隙中汩汩流出，水质清冽、入口清凉、回味甘甜，实为难得的天然纯净水，许多游人都自带水瓶，归去时总不忘捎上一瓶回去饮用。

村前的田坝中，有一口冒水潭，深不可测，水源从未枯竭，冬温夏凉，人畜皆可饮用，自产鱼虾。涓涓细流在开阔处与众多支流交融，汇集成一条碧绿弯弯的小河，滋润着乡间上百亩良田沃土，造福于民……处天时、地利、人和之势，凡此种种，造就了草塘人勤劳、善良、淳朴、热情的秉性。

草塘民居，木石混合，以木为架，石头为墙，石片为瓦，经久牢固、冬暖夏凉、古朴美观。这种以石料为主的建筑，很有浓郁的天龙屯堡风味，也有镇宁石头寨的风格：石墙、石廊、石柱、石瓦、石碓、石磨，俨然一个石头的世界。当中也混杂些青瓦白墙的房屋，在整片的银白里黑白分明，显得格外耀眼。房屋大多依山就势而建，错落有致，布局井然；有些零星散落在林间，背阴向阳，花团锦簇，"人在屋中居，梦在花丛游"。

布依"六月六"

草塘人热情好客，远近出名。一次有幸陪同媒体的记者朋友前去采风，颇有体会。我们去的当天正好赶上"六月六"。农历六月初六是布依同胞的传统"大年"，俗话说"六月六，看谷秀，春打六九头"，值水稻、玉米抽穗，农作物青黄不接的时期。所以这一天，家家户户都要杀猪宰鸭、包粽粑，祭祀布依先人"盘古"，祈福子孙兴旺、五谷丰登。

一行十几人，多是初来乍到，兴趣甚浓，一路引吭高歌，不觉间到了村口。寨门处早已摆下拦路酒，一群穿戴布依传统民族服饰的人群等候在那里。男人们身着对襟土布青衣，吹起欢快的唢呐，妇女们则穿上蜡染百褶长裙，呈"八"字排开，手捧酒杯，齐声唱起了敬酒歌：

你从他乡赶路来，来到我乡没好菜；
举杯酒水来敬你，喝了酒后乐开怀。
……

杯子装酒亮晶晶，斟杯淡酒表寸心；
客你喝下这杯酒，精神爽来气又清。
……

热情洋溢的歌声在山谷里回荡，激动人心。面对浓郁的布依风情和扑面而来的热忱，就算不会喝酒的想拒绝都难。端起竹筒酒杯，尝一口布依人家酿造的米酒，浓醇的酒香在唇齿间回味，感激的暖流在胸中漫溢。

进寨中，穿过血藤门，草坝上热闹非凡，身穿鲜艳服饰的布依姑娘们或在跳舞，或在嬉戏；寨中的长老们敲锣打鼓，铿锵悦耳的铜鼓声在山间跌宕起伏；七八张大桌子坐满了宾客只等开饭，两口大锅架在席地挖起的火塘上冒着热气，原来是在做杀猪菜，款待受邀来此过节的自各市县（区）的民俗专家和文艺家们。

"来得早不如来得巧"，我们正赶上晚饭。一位阿姨招呼我们坐下，端上热腾腾的粽子。她说，布依人包的粽子不用粽粑叶，用的是高粱叶子，味道特殊。果然，剥开呈四角型的小小粽子，一股红高粱特有的馨香扑鼻而来，咬开一口，满嘴生香。说话间，一盘盘菜已经被端上桌，这是顿丰盛的晚餐：有水煮白片猪肉、蒸腊肉血豆腐、炒野笋、白壳辣子鸡、清炖狗肉……值得一提的是，布依同胞过此节，狗肉是万万不能少的。而狗肉，也大多是选用肥瘦匀称的半大黄狗，俗话说"头黄二黑三虎斑，白狗肉味最一般"。黄狗杀好后用稻草烧，剔毛、洗净、切好，再配生姜、香果、大料叶等佐料煨熟，以手搓辣椒、豆瓣做蘸水，味道极好。

就在大家酒酣耳热之际，一声声清脆婉转的山歌声从山垭口那边传来，一唱一答，一呼一应，只听见：

哥在高坡打石头，妹在平地看花牛；

石头打着花牛背，看妹抬头不抬头。

……

几个老表一路来，一样衣裳一样鞋；

一样人才一样好，只怕情哥配不来。

……

这是布依情歌对唱，几对青年男女在村口的林子下已经摆好了阵势，以歌会友，以歌传情，互诉衷肠，心生爱慕。情歌款款表达了布依人民对美好生活的向往，对人间真情挚爱的追求。夕阳洒下金色余晖，映红了草塘的一草一木，映红了布依儿女的心房，也映红了每一位宾客的笑靥，暮霭、晚风、轻烟，歌声、美酒、情人，好一副和谐的"鹊桥会"图景。大家的镜头不由得齐刷刷对准他们，记录下这动人的一幕幕……

草塘的天是蓝的，地是绿的，人是淳的。这就是草塘，一个秀美、可爱、富有魅力的村寨。前不久，路过草塘，看到入村公路已经修到了寨门前，像一条银色玉带缠绕在山腰，昔日那条乡间小路已不复存在，新农村建设、乡村旅游开发正如火如荼，以后的草塘会真的变成人间天堂，吸引更多的人前去探访。

末了，我想用几句浅诗作结束语，慰藉这份牵念：

悠悠古寨山中藏，岁岁年年人未赏；

喜看今朝多锦绣，新村成就小天堂。

那年烟花

二姐回来了。

二姐左手牵个娃，右手牵个娃，背上背个娃。姐夫左手提个包，右手提个包，背上背个包，后面跟的还是个娃。

我到塔山广场的时候，天色灰蒙，一缕阳光吃力地穿透云层，斜斜地铺在塔山的白石塔上，给人一种刺眼的冷。寒风吹过，掠起二姐额前稀疏的发丝，就像残冬里的几绺枯草。

"不是说下个月来吗？"我问。

电话是弟弟打给我的。在电话里弟弟说他还在关岭的女朋友家，要等杀年猪后才回来。他反复叮嘱要我无论如何要去火车站接二姐。我还是慢了半拍。

"本来也是，可我们还要回去上班，趁年前来给小敏们上户口。"姐夫边说边用熏得发黄的手指递过来一支香烟，褪色的黑皮夹克被背带勒得皱巴巴的，光溜溜的秃顶暴露在充满汽车尾气的冷风中，正冒着粒粒汗珠。

"在那边没时间管，也教不好，想让她们回老家来读。"二姐接过话头，眼神里闪过一丝忧郁。

几年不见，二姐沧桑了许多，眼角的鱼尾纹清晰可辨，原先一头乌黑亮光的长发变得蓬松稀落，身子瘦黑。印象中那个眼睛大而黑亮、脸蛋圆润饱满、爱说爱笑的女孩子已经不见了。这是我的二姐么？看着二姐，我一片茫然。

"叫二舅嘛，小敏！"姐夫回头喊道。

站在姐夫身后穿着红色毛线衣，约莫八岁的女娃冲我微微地笑，嘴角动了动，就是不喊。前面两个扎辫子的稍小的娃娃也紧紧抱住二姐，怯怯地探出半张脸窥视我，一副陌生样。

我的亲侄女！可是……我却不认识她们，她们也不认识我，近在咫尺却远若天涯，我不禁有些哽咽。

当年，阳光靓丽的二姐在家人的反对声中义无反顾地和三岔河边一个青年奔赴广东东莞，去找寻所谓的幸福人生，就连酒席都是后来家里不得已为她补办的。

去时两人，来时六个！难怪母亲每次一提及二姐，总是喋喋不休，牢骚满腹，命呀，一切都是命。

二姐曾经参加全市的少数民族文艺表演队，到北京中华民族园工作了三年，也是那时，认识了在北京卖烧烤的现在的姐夫。那几年，在十里八乡，二姐也算个人物，能言善辩、能歌善舞、风姿绰约，很多青年后生都在追求她。但不知为什么，她偏偏选择了秃顶的姐夫，也许是同在异乡漂泊，同病相怜吧。

多年过去，如今站在我面前的，已经不再是当年那个充满青春活力的二姐了，而是一个被时空消磨，被风雨雕刻，被岁月蹉跎的农村妇女，带着一群可怜巴巴的孩子。这么多孩子，该如何拉扯长大？怎样生活？我不得而知。

汽车来了。我们左提右携，相拥而上。

街边，一个残疾的流浪歌手在众人的围观中倾情翻唱着陈星的《流浪歌》，空气中混杂着一股浓浓的爆竹味。

新年触手可及，四天后是元旦。那天母亲整整忙碌一天，准备了一桌丰盛的晚饭，大姐特地从镇宁赶来。弟弟和他女友也回来了，说还带来了二姐喜欢吃的关岭二块粑。

菜已全部摆上桌，只等二姐夫从老家回来。我打电话是关机，二姐打去是暂时无法接通，哥哥又打去，先听到的是"嗡嗡"声，后听到时断时续的声音。半小时后，二姐夫才一步一晃地踏进门，一股酒气扑面而来，一只歪边皮鞋已被泥水浸湿。

二姐没好气地朝他吼道："要你去办事情，为哪样喝成这个鬼样？丢不丢人哦？"二姐夫捋起袖口，边打嗝边神色迷离地摸着光溜溜的脑袋，说："讲好了……娃娃读书……的事情，今天……托大伯去和学校老师……打招呼，搞……搞定了，就陪他们……多喝了点！"二姐恨恨地瞪了他一眼，说："喝死算球！"

大家边吃边聊，聊过去我们五兄妹小时候的趣事，聊这些年各自的生活经历。才喝了几杯，二姐夫倒在沙发上呼呼睡着了。母亲最放心不下的就是二姐，二姐像谜一样的境遇也是我们最揪心的，因为二姐离我们最远，见面最少，思念却最多。看着二姐怀里熟睡的男娃，其实大家什么都明白了。

晚饭后，我、弟弟和他女友一起，带小敏她们几个小鬼上街游玩，给她们买了气球、手枪、奥特曼，还吃了烧烤，一个个兴奋得手舞足蹈，她们不再怕我，不再和我陌生。我知道，她们即将要到边远的农村，过着只有隔代亲人相陪的孤单生活，她们和千千万万境况相似的中国农村儿童一样，有一个共同的名字——留守儿童。可是，我能做什么？我又做得了什么？也许，我唯一能做的就是在所谓的繁忙公务之余去看望她们，算是对二姐的安慰，也是尽到亲人的一份责任而已。

小城历来都有新年放烟花的习惯，不管是阴历还是阳历。二姐说她没亲眼见过。凌晨时分，我们爬上楼顶，去看五彩缤纷的烟花，感受浓浓的年味。

在"咚、咚"的声响后，一柱柱青烟直奔天际，几秒钟后，伴随着巨大爆裂声，一朵朵烟花在空中美丽绽放，呈现出五彩斑斓的绚丽，有金花四溅的、有直泻如瀑的、有环环相扣的、有飘逸横流的，红的热烈奔放、黄的灿烂夺目、蓝的妩媚动人、紫的冷艳凝重、绿的优雅自如。

街头，人群簇拥，欢呼雀跃，像聚集的盛会，像奔流的潮水，一浪高过一浪，口号声、呐喊声随着烟花的升腾、盛开和陨落，此起彼伏，不绝于耳。

小城在七彩烟火的映衬下，笼罩在层层青烟中，流光溢彩，如梦如幻，犹如人间天堂。

二姐默默地凝视着烟花，许久，喃喃地叹道，家乡真美！

朵朵烟花，飞舞、绽放、消亡，光艳夺目，绚丽璀璨，呈现出昙花一现的美，开在无边的黑夜，也开在二姐寂寞的心田。在忽暗忽明的光线中，我越发觉得二姐的身影是那么的瘦弱，那么单薄，那么憔悴。

小时候家里负担重，父亲在外工作，母亲忙着在田地里劳作，二姐就常常背我到教室里去上课。冷冬里，怕我的手脚被冻僵，二姐从前排坐到后排，用体温把我冰冷的双脚焐热，直到我沉沉地睡去。后来，她又给我制作火笼取暖。火笼是过去一种孩童简易的取暖工具，用废弃的洋漆罐系上根铁丝，在罐上开小孔，里面放进木块火炭，引燃，手拿住铁丝一端，迎风不断甩动手臂转圈保持火势。

几个姊妹当中，二姐最关心我，每当得到什么好吃的点心，她舍不得自己吃，总要留给我。我在小山村上学后，没多久就转学随父亲进城了。二姐却没能到城里念书，小学毕业后辍学在家里和母亲务农，学刺绣、学蜡染。母亲说二姐侍弄庄稼细致、勤快，做的刺绣活灵活现，绣的鸟会飞、鱼会动。母亲说二姐将来一定是个好媳妇，谁家娶了二姐谁有福气。

所有的声光悄然退去，四周渐渐恢复一片静寂，等我回过神来，我分明看见二姐眼中闪烁的泪光……

第二天，二姐走了。

又是一年元旦节。五年了，二姐没有回来过。独上高楼，仰望星空，俯瞰大地，夜色凄迷，灯火辉煌，美轮美奂。遥问一句：二姐，你在他乡还好吗？

许迪梅

女，布依族，普定人，贵州省作家协会会员。1989 年开始写作，多以散文为主，作品见于《贵州作家》《贵州日报》《少年时代报》《贵阳日报》《贵州都市报》《安顺文艺》等。现供职于普定县扶贫办。

旧时风物

合作社

在场部的球场旁，有一栋独立的黑瓦房，那是儿时的我们最喜欢的地方——合作社。

合作社里卖的东西多，糖、布匹、盐巴、电筒、电池之类的日杂。那时的盐巴是颗粒状，每次有人称盐，就会洒一些在柜台上，怎么也抹不完。柜台很高很宽且长，上面镶着一排木板，抽开几块就打开铺面了。柜台上摆着几匹黑色青色的布，布上放着尺子和剪刀，还有划粉和一把算盘；靠里边一点的柜台，就摆几个装着糖的玻璃罐。柜台边常有人或靠或坐地闲聊，有时嗑瓜子，有时慢慢品着一点柜台酒，说着话，有事的走了，没事的又来了。

我们只要攒足了三五分钱，就朝合作社跑。合作社的徐叔随和，我们递过钱，不管钱多钱少，只要够买一两颗糖，他都笑笑地从那些罐罐里倒出糖，三颗两颗地慢慢扒过来，有时扒多了，他又急忙抓回去，动作飞快。其中叫高粱贻或什锦的糖特别好吃，还有一种是筒筒糖，几颗装在一起，我们常常拆开来搁在火上烤，化了后把丝拉得老长，又脆又甜。

当时这个铺面，是农场里唯一一个卖东西的地方，每次看到徐叔倒糖出来，我们总希望他数错。大家对他的这个职业无比羡慕，每天能守着那么多糖睡觉，该是件多么幸福的事啊，而且奇怪的是他没把糖吃完，居然有剩下的卖给我们。然而，小玉兰说了一句话，却让我困惑了很久，怎么也想不明白。她说：你以为随吃？吃的是你的本钱，或者公家的钱，到时叫你赔。我不懂什么叫本钱，那糖不是大包大包地运来吗？运来不是就这么摆在柜台上随卖吗？为什么要说到什么本钱不本钱的？本钱到底是什么？

有时买东西的人少，徐叔就从柜台上翻身跳下来，站在外面跟那些喝酒的闲聊，间或喝点酒，丢几颗豌豆到嘴里，嚼得脆蹦蹦的，很香的样子。有人来买东西了，他又跳到柜台上，翻身进去。

即使不买东西，我们也会经常到那里守着，看徐叔扒算盘。那是一把黑子的大算盘，拿着很重，可是徐叔却有办法把它扒得哗哗响，清脆的声音常常在傍晚时响起，回应在空空的球场上。

夏天的时候，突然而至的一场大雨，会把很多人聚到柜台边，雨声、人声，一起沸腾着。徐叔很高兴的样子，想来他是个爱热闹的人吧。雨快停时，雨线就顺着檐下"滴答滴答"落在水塘里，最后变成小雨点了，大家便慢慢地散去。柜台一下子清静下来。

后来，农场里有了一个小卖部，卖的东西跟合作社一样，有些价格还略低，于是合作社渐渐冷清了，偶尔有人去买东西，偶尔有人闲聊，偶尔有人喝酒。尤其是后来徐叔调走，新来的年轻人每天傍晚骑着摩托车回家，站在柜台边也不笑。再后来，合作社就只卖化肥，最后，似乎连房子都不见了，不知是什么时候消失的。

公厕

农场里第一个像样的公厕，就在我家后面的斜坡下，夹在一片梨树林中，我们大院里的老老少少都要到那里上厕所。厕所白墙黑瓦，后面一个大粪坑，刚好就在路边。

每年梨花盛开的时候，厕所就掩隐在一片繁花中，进厕所会有花瓣掉到头上。梨子成熟的时候，梨又一个个的落下来，落在瓦上，落在厕所边，砸在粪坑里。厕所的位置倒是不错的，坐落在绿树繁花中，可是，很可惜，靠厕所的这几棵树结的梨就没人吃了，都嫌臭。偶尔有人悄悄地摘来吃了也不敢说，怕被人笑。

公厕最大的好处之一，就是可以把大家聚在一起说话，而且人员流动性强，都在来来去去的，每天都可听到各类简单的新闻。比如谁家来了亲戚，谁家走了客人，谁家昨夜打架了，谁家的孩子放假了，在厕所里就能知道。

厕所也是个躲避劳动的地方，有些偷懒的人，比如小敏秋就经常在吃完饭后装肚子痛，搜着一篇本子就挣脱他哥哥的拉扯，一溜烟地跑开，宁愿躲到厕所里，跟遇见的人闲聊也不回家洗碗。厕所里还会传出很多好笑的事，像小兰兰的爸爸每次从外地放假回来，就喜欢在厕所里看报纸，偶尔还吃东西，还把花生米嚼得又脆又响，见人进来也无所谓，还问："你要吗？"反而是来人不知说什么好，支支吾吾地赶忙逃离。

公厕里总是热闹着。有很多小孩子的友谊都是在那里开始并亲密起来的，关系一走近，就会相约着一起上厕所，然后在外面等着再一起离开；也有些是在里面结束的，然后，就会在墙上写一些不好听的话，厕所里的墙像块黑板，总有人在上面"留言"。

男女厕所中间的那面墙不到顶，上面是空的，所以声音时常互相传递。有时男厕所说话的声音传过来，我们就在这边悄悄地笑，时间长了，还能分辨出是谁在那边说话。后来农场里建了新房，厕所都建在家里，自然不用外出上厕所。我们这批孩子渐渐长大，一个个都出去读书、工作了，偶尔回去一次，也难遇见，谁回来了，谁又走了，彼此都不知道了。

那种大家闻着臭气说这说那的乐趣，也慢慢地消逝了。

现在，那个厕所早已废弃，偶尔看到，觉得它是那样低矮、苍老，仿佛一段陈旧的时光，抑或一个迟暮的老人，身形佝偻，满面沧桑。它破败地靠在那几棵梨树下，支撑着最后的光阴，想必最终，也会跟许多东西一样，从我们的视野里消逝吧。

邮电所

邮电所设在场部一排老瓦房的第一间，农场的人跟外面亲朋好友的联系就靠这间房来维系。

邮电所是一个单间，只有华伯伯一个人。里面的陈设简单，一张床、一把椅子、几个条凳，还有就是一张桌子，桌子在窗下，对着马路。桌子上通常摆着邮戳、印泥、报纸，抽箱里有信。我们最喜欢的是拉开抽箱来翻信，其实也不识字，却又热闹地翻着，总以为会有什么莫名的事发生，比如有人寄信给我们，可是，翻了好些年，却从来没有过这样的奇迹。

华伯伯是个温和的人。每天上班的人或学生放学都要经过他的房前，有哪家的信或报纸，他就顺便喊一声。后来，大家形成个习惯，只要一从他的门边过，老远就喊："华伯，报。"华伯伯听多了，也能循着声音很准确地拿出那家的报纸从窗子递出去。

那时交通不方便，每天的报纸都要靠县局的人骑着自行车赶很远的路送过来。如果遇到大雨或凝冻的时候，就不能看到当天的报纸。即便如此，我们依然要跑到华伯伯的房里去玩，翻报纸、翻信。有时，一些信连着好几天都在那里原封不动，那是犯人家属寄来的，华伯也不知道收信人具体是几大队的，所以无法送出。

五月的时候，华伯伯门口那一大排夹道的槐树开花了，白白的、香香的槐花从高高的树上倾泻而下，很好看。每次送报纸来的人从这条道上过来，骑着自行车，车后搭着两个绿色的邮包，偶尔再压一下铃铛，悠悠地穿过槐花弥香的大道的样子，定格成我们童年里一幅很美的画，每每看到槐花就会想起那样的画面来。

报纸一到，就见华伯伯忙碌地抹着口水分拣，很麻利的样子。

这时候，他的房里常常挤得水泄不通，站的站，坐的坐，还有的单身汉干脆在隔壁的食堂打了饭端过来吃，房里没地方了，就蹲在门口的槐树下。想来，就着花香吃饭的时光应该很不错吧。华伯伯的床似乎很少有闲着的时候，大家经常坐在上面，他也从不介意。

华伯伯终于很老了，到了退休的年纪，就有人来接替他的班。但新来的人脾气差，如果没有你的信，你多问两遍，他就表现出很不耐烦的样子。渐渐地，我们很少去那里了。最后是什么时候不再去的，我也不记得了。

食堂

不知为什么，农场里那个有很多好东西可以吃的地方，不叫食堂，却叫伙房。那是一个我们经常跑去玩，顺带着偷嘴的地方。

伙房里的师傅会做很多吃食，且味道特别，不论肉包子还是白糖包子，还是发糕或者干壳饼，抑或一碗干面，他们都有办法做得香喷喷的，让我们一大早就拿着票排队，一边排队还一边不停地咽口水。去伙房，除了找吃的，我们还会偷发好的馒头面团玩，师傅们总是一边嘟哝，一边揪一小坨给我们，说不准再来了，不然明天就没有你们吃的包子了。但我们总是会又回来，有时见他们不忙，索性在伙房里钻来钻去找东西吃。实在没什么吃的了，就把揪来的面随便捏一下，拿在小火上烤，但不怎么好吃。

和伙房沾边的，一切似乎都好玩。伙房的后面有一个专供热水的锅炉，再后面点有一棵石榴树，每年五月都缀满了红红的花，像一些火红的小葫芦，煞是好看。这时天气转暖了，而家里终于有了洗发膏，我们一帮孩子就都拿了盆去开水房接热水，然后一个个蹲在石榴树下排队洗头。现在想起，也不知为什么要在那里洗头，不知是贪恋伙房的热水，还是觉得大家在一起洗着热闹。

伙房旁边有一眼石磨，印象中，这石磨唯--的用途，似乎就是让我们在那里推着玩，很少看见其他人家在这里磨什么东西，偶尔只是伙房的师傅磨一点黄豆，白色的浆子顺着流下来。石磨的旁边有一片楸树，每每到了秋天，树脚就爬满了毛毛虫，而这些虫有时会爬到石磨上来，我们就拿棒子把它们挑开。

那时，很羡慕农场里的单身汉，一个人住，天天吃伙房里的好东西，还不受父母的约束，自由自在。每次见他们去伙房打饭打馒头，总是让我们羡慕不已。每天他们打了饭，不是在石榴树下，就是一起端到华伯伯的邮电所里吃。

每次快过年时，伙房里都很忙碌。红烧肉、糯米饭、盐菜肉、蹄髈、面皮，什么都有，如果哪家稍微懒点，在伙房里随便打点吃的，就可以当年夜饭了。他们做的红烧肉真是好吃啊，入嘴即化，油而不腻。

伙房对我们的吸引力真是难以言喻，有时在球场上玩得很晚了回家，经过伙房门边，只要看见保管室的灯还亮着，我们就凑在窗子边瞄，想看看还有什么好吃的，再就是想看看师傅是不是会悄悄地偷着吃。里面的李师傅一看见窗子上贴着脸，就知道准是我们来捣乱，他干脆打开窗子问："你们几个不回家，还在这里瞄什么啊？"我们不好意思地笑着离开，接着就听见李师傅拨弄算盘的声音在夜色里响起。

缝纫室

缝纫室耸立在我们大院里，是大院里最高的一处房子。最早的时候不知那里是砌来做什么用的，到我有记忆时，只知道那房子的楼下住着小敏敏家，楼上就是缝纫室，铺着木地板。

场里的人家或者犯人们做衣服，都要请缝纫室的那几位师傅代劳。做衣服做得最好的，是一个叫谢彪的师傅。谢彪住在我们大院下面的一个小院里，高高瘦瘦的，戴着眼镜，做事慢条斯理，话很少，少到我不曾有什么记忆，似乎我从没听到过他的声音。每年冬天的时候，母亲常常请他来家里给我们做冬衣，做了一件又一件，到他做完离开，也想不起他说话的声音是怎样的。

我们没事的时候，就跑去缝纫室捡布头玩，一会儿一趟，那些师傅很烦我们跑出跑进，还把地板踩得叮叮咚咚响，可又拿我们没办法。夏天的时候，阳光透过窗户照进来，里面布满一层布头的灰，师傅们抹着汗，里面愈发显得忙碌。中午，师傅们都下班了，我们就在缝纫室的门口玩，那是一个楼梯的转角，很高，站在上面可以看见大院里的一切。一会儿看见父亲下班了；一会儿看见余老四背着书包找人做作业了；再一会儿，看见彭叔叔家女婿开着翻斗车来了，上面装了满满一车焦炭煤。或者，某家大人叫孩子吃饭了，那孩子就躲在上面答应，让大人一阵找，于是我们莫名的兴奋，似乎这些都是秘密的事，而且还有很多秘密等我们从上面发现。记得我第一次玩豆狗，就是在那里。那是一种很大的虫，我却不觉得害怕，绿油油的，浑身都是肉。我们先去旁边的树上扒开树叶找，找到后揪来装在兜里，然后拿出来跟小敏敏一起玩，看它拖着笨笨的身体在地板上爬来爬去，真是好玩极了。

那里还常常聚着一帮孩子。男孩子赌三角板，我们玩布头。可是有一次，我们却在那里玩出了问题。大家在疯闹时，一不小心把弟弟从缝纫室的楼梯上推了下去，伤到头部，脑壳很长时间都是软的，碰都不能碰。然而，过段时间我们又去了，有时还是端着饭到那里吃，吃完一碗，回家重新盛上又过去。

缝纫室给我们的感觉是神秘和美好。师傅先是在身上比来比去，然后再把划粉在衣料上来回做标记，剪裁好，缝纫机子"哒哒哒"一响，衣物就顺着趱了出来。于是，我们就有了新衣服穿。真不知那些师傅有着怎样神奇的一双手。后来很多人家都买了缝纫机，缝纫室就不再热闹了。记得我们家也买了一台"蜜蜂"牌的缝纫机，谢彪除了一开始来家里教母亲使用，就只有在冬天，才过来帮忙剪裁布料了。

瓦窑

瓦窑在场里的野鸭塘边，野鸭塘是个小小水库，塘沿种满了柳树，建厂的那里有一大片胶泥。

瓦窑的规模不大，生产的砖瓦只供农场里用。夏天，我们就在做瓦胚的木板上玩胶泥，把胶泥做成各种各样的形状，觉得不像又重来，或者就光了脚到胶泥里踩，但不敢走到中间，父亲说怕陷在里面。玩得一身脏，脸也花了，我们就到旁边的野鸭塘里游泳。我们常常趁砖瓦厂的工人不在，偷了木板丢在水里。木板有一尺宽，三尺多长，我们刚好可以趴在上面漂。漂到对岸的柳树下，蹬着石头上岸坐着休息一会儿，摘些柳枝编成帽子戴在头上，又接着漂回去。塘那边的山脚下住着好几户人家，不知是不是因为临水而居，每家都很干净。有时我们在傍晚游到他们家门前，他们就会客气地说："吃了没有，没吃就在我家吃。"他们端碗坐在门前的柳树下，慢悠悠地一点一点往嘴里扒饭。太阳的余晖像金丝线一般布满水面，照着柳枝，照着他们的面颊，照着他们碗里白白的米饭，日子安宁又悠闲。

而冬天的时候，我们大都是在砖瓦厂旁的窑子边玩。专门看管窑子的是一个叫杨华的工人，贵阳来的，在那里负责烧窑。

印象最深的是，他常常把在贵阳的孙子接到场里来带，我第一次见到儿童单车，就是在那个时候。瓦窑和杨叔住的房子旁边是一个斜坡，杨叔的孙子常常在那里骑着车从坡上滑下去。因为都是孩子，儿童单车对当时的我们来说又是特别稀奇的东西，我们常常从杨叔孙子的手里半借半抢地拿过来骑，惹得他又哭又叫。我们人多，一人骑一趟都要排半天队，那孩子觉得已经等了很久，可我们却都还没骑过瘾。杨叔不好说什么，只有让那孩子去玩点别的什么来分散注意力。

瓦窑最大的一个好处之一，还可以烤东西吃。我们经常用篮子提着些红薯或洋芋去烤来吃。说来也奇怪，大家挤在那里，把各自的东西放进去烤，可是烤的洋芋或红薯，却从没弄错过，即使像小兰兰那么小气的人，也没说过我吃掉哪个红薯是她家的。在等烤红薯的过程中，我们就去抢那孩子的单车骑。

有时贪玩，我们就把一篮红薯直接交给杨叔，等我们漫山遍野地跑够疯够，或者在胶泥里玩够了，就回来找他。这时候，杨叔就从瓦窑里，把一个个红薯拿出来，吹着气搁在篮子里。缓坡上的风很大，我们提着热腾腾的红薯赶忙往家跑，红薯的香气一阵阵地随风飘荡，一阵阵地钻进鼻里。回到家，几姊妹挤来挤去地围着篮子蹲下来，一会儿就吃得一干二净了。

仓库

农场的仓库也在野鸭塘边，是由几栋高高低低的房子组成个四合院。这院子其实就是一个大大的晒坝，院里住着张老四家，他父亲是保管员，我们叫他张伯伯，个子矮矮小小的，很温和的一个人。张老四跟我同班，于是放了学或是周末的时候，我们几个同学就一起去她家玩。

她家住的房子跟一排仓库相连，或者说，她家住的其实就是仓库，四面都是板壁，地板也是木板铺的。在我们所有认识的人里，还没有哪家住的房子是这样的，我们觉得很新鲜，于是经常去。我们在她家床上打牌、抓五指、躲猫猫，有时放下蚊帐，我们就说些漫无边际的话，或者听张老五唱歌，反正都很好玩。她家姐妹几个跟我们年龄相仿，就全都成朋友了。

夏天去玩时，我们就去她家后面的苞谷地里掰苞谷、砍苞谷秆。如果下雨了，就坐在她家厨房的小凳子上，啃着苞谷秆看大雨下得无边无际，顺便等着煤火上正煮着的嫩苞谷。

其实到仓库那边玩，最早是跟着父亲去的，那里也是父亲工作的地方。仓库里堆有打好的米、晒好的黄豆，有一桶桶菜油，还有大包的谷子。高的房子里就装着打米的机子，低的房子就是仓库和供应米的地方。打米那里一点也不好玩，但让人好奇。工人把谷子倒进机器，出来的时候，谷子就去掉了壳，变成白花花的米粒了。机器轰隆隆地响，在旁边说句话都听不清。谷子扬起的灰也很大，打米工人从眉毛到整张脸都是白的，每次我跑进去，待不了几分钟就跑出来了。我喜欢去卖米那里玩，卖米的是彭阿姨，住我们那个大院，每次见她不是很忙了，我就在里面用铲子铲米倒来倒去，但是只能限于把米铲来堆在米上，不能弄得到处是。

跟着父亲去有时也不好玩，他在晒坝上跟那里的工作人员一直说话，我到处玩了个遍他都还不下班，便觉得无聊。那时是秋天了，太阳暖烘烘地照着，晒坝上晒着刚收的谷子、花生，四处静悄悄的。我就在晒坝上、在那些谷子留出的空隙处窜来窜去，闻着谷粒的香气，偶尔偷吃几颗花生。我做得最多的，是驱赶一群群偷食的麻雀。麻雀真是多，成群结队，从天而降，被我一赶，又叽叽喳喳一起飞走，也不飞远，就待在那几栋高房子的屋檐上，一个挨着一个，蹲得好好的。或者，它们就蹲在电线上，瞅机会似的，把电线都压弯了。有些胆大的麻雀并不害怕，你赶它，它就从这块飞到那块，或者从这边飞到那边，一跳一跳，继续啄食。现在想来，已经有很多年没见到那样的场景了，一大群麻雀"呼"地从天而降，又"呼"地一下子飞走，那样的场景，真美。

和平时不一样，黄昏的仓库很冷清。机器不再轰鸣了，买米的人不来了，晒着的谷子收进仓了，叽喳的麻雀飞走了，偌大的仓库，似乎到处都没了声息。我也不跟张老四在晒坝上跳皮筋了，张老四家姊妹几个，想必就只有一个找另一个玩了。

光阴的碎片

田边晨读

那时，小城很小，还只是紧紧地拢在东华山下。跨出西门桥，就到了城外。西门桥下，是一条四季流淌的小河。岸边，就是一块接一块看不到尽头的田坝。

夏天的清晨去上学，走小路，就必须得蹚过小河，穿过秧田。这时的秧苗只有一尺多高，绿油油的秧苗上挂着露珠，常常把我们的裤脚和布鞋弄湿。走在田埂上，掏出书边走边背，快到学校了，找一块石头坐下，接着读一段课文，背几个单词。坐在一片绿色中，仿佛空气里也是丝丝绿意，轻吸一口，清新而滋润，还有一点淡淡的苗香直抵肺腑。田沟里，浅浅的水流汩汩流淌，把那些细小的沙子、水芹菜，还有一些不知名的小草一起冲得顺着一边倒。朝阳升起，晨雾就开始飘散，照在田中的蛛网上，照在蛛网的水珠上，闪动着一种梦中的白。

那些清晨，那些晨读时光，光阴流淌得很静，晨风缓缓地掠过发梢，悄悄地翻动着书页。天地间流动着一种纯纯的气韵，阳光踩在苗尖上挥着衣袖跳舞。我们清澈的目光里，就只有书本上的铅字在跃动，只有那似乎可以看见的美好的未来，在远远地向我们召唤。

秋天的原野

入秋了，吃罢晚饭，依然拿了书本再坐到田边，酝酿了一夏的稻谷开始散发出香味。坐下来背完课文，再慢慢地看着将暮未暮的天边，一片片云彩在夕照中不断变化着。天还没黑透，蛙鸣虫声的合唱就已拉开了序幕，此起彼伏、铺天盖地地奏响起来。蜻蜓很多，低低地飞来闯去，偶尔伸手就可抓到。它们晃来晃去的，似乎总也没找到停留的地方。我总会莫名地猜想，夜里，它们到底睡不睡呢，而它们的床又在哪里？后来，好像明白了，其实这无边原野里的任何一处，都是它们入梦的地方。一棵草，一块石，甚至一根极细的尖刺。

或许，就是那一阵又一阵的风吧，吹得谷穗弯下了腰，吹得田野换上了新颜，变成了一片片明快的黄。要收割了，我们却常常忘了季节的变换，忘了秋意已渐深渐浓。来到田中，才发觉到处是农人收割的身影，田里的蚂蚱，一下子就失去了依附的稻禾，惊慌地上蹿下跳，四处纷飞。

我拿着书，慢慢地走到山脚。山脚下有农人新堆的谷垛，坐在上面，嗅着谷草的香味，嗅着灌斗里飘来的新鲜谷粒的香味，说不出的惬意。那脆脆的打谷声，在傍晚的暮霭中，在宽阔的田野里传得很远。

秋天的原野，是谷香飘荡的世界。新打的谷粒真是香啊，当我翻动书本，那香味就轻轻地夹到了书页里。

小河

小河究竟流淌了多少年，沿岸的石头，又是从什么时候开始变得光滑如洗，没有人知道。小河从很远的地方流来，绕过小城，又一路欢歌而去。

　　河岸边有很多草地。清晨或傍晚，在草地上或坐或躺地读几页书后，河水的声音会把我们的目光吸引住。水面上，阳光散漫地踱步，泛着粼粼的波光。水流清澈，水草在里面飘飘摇摇，找一处稍浅的地方，把脚伸进去戏水。河的沿岸，常有洗衣的人挥起棒槌，常有光着屁股的孩童在打水仗，也常有我这样的学生，在河岸边读书、听水。

　　每年立夏以后，几场大雨就把小河灌满了。不知为什么，小城的人就不自觉地聚拢到西门桥来，老的少的，全都兴奋地看着河水翻卷滚涌。如果在街上遇见熟人，会问："没去看河水？"有些小孩在家里没理由地哭个不停，这时候大人就会说："别哭别哭，我带你去看河水。"也不知那孩子是否听懂了，去一趟后，回来真就不再哭闹。傍晚，大家会到桥边散步，累了就坐下来，看河水从急切变缓慢，从混浊变清澈，从丰盈变细瘦……那样的时光，那样的场景，静穆如同一幅水墨画。就这样看着，听着，就是一冬又一春，一年又一年。或许，守望河水，就是守望四季吧。

　　那时的小城，打开一扇窗，或推开一扇门，就可听到小河潺潺流淌的声音。小城是那样简单，只有河流、田野、青山，然而，就是这些简单的场景，任何一处，却可以让我们静静地读书，可以让我们的思绪自由如同原野的风，飘得很远，很远。

　　在田野里、小河边读书的时光，每每想来，都让人幸福。直至此刻，依然让我无限怀念。

杨 敏

女，苗族，1973 年生，1999 年 3 月前在普定县马官镇党政办工作，后调任普定县鸡场坡乡，先后任乡长助理、副乡长。2006 年 11 月调普定县政协工作，任县政协副主席至今。

山乡拾珠

杀猪饭

进入腊月，普定乡村农家的杀年猪就陆续地提上议事日程。

早在年头，要准备杀猪过年的人家，就专门挑长相好的猪崽儿，不喂从市场上买回催肥饲料，而是专门用苞谷、老糠加青饲料的传统方法伺候，到了腊月，猪儿长得油光水滑，熏炕腊肉的柴草也备好了，杀年猪的时候也就到了。

杀年猪是一件热闹事，但最热闹的还是吃杀猪饭。亲戚朋友，左邻右舍，反正主人家请谁吃杀猪饭，就是没把谁当外人。客人齐齐整整地到来，证明主人家的人缘好、人气旺。客若不至，是很没面子的事情。

我们经常去家住乡下的同事家"送面子"。好多同事的老家在工作驻地附近的农村，给了我们很多吃杀猪饭的机会。到了腊月，你请他请，有时候简直都排不过来了。

杀猪饭虽然吃得多，内容却大致相同，水煮肥肉片，这是必须有的。刚杀好的猪，上好的三线肉割下一大块，用水煨炖至烂熟，切成片，连同油汪汪的肉汤，大碗装上桌，杀猪饭的主角就惊艳亮相，用现做的糊辣椒做一大碗蘸水，调料只放姜、盐。

旺子汤，是用白菜和新鲜的猪血一起煮的汤。这道菜在杀猪饭桌上最不起眼，但一般是吃得最快的一道菜。别看这个旺子汤简单，和肉也没关系，却是杀猪饭席上不可缺少的一道美味——当地老百姓杀年猪，请你去吃杀猪饭，一般不直接说请你去吃肉，而说请你去他家"喝碗旺子汤"！

辣子炒肉，这道菜也是杀猪饭上不可缺少的。新鲜的瘦肉，要用现舂的粑粑辣子炒，放上刚从自家园子里扯来的嫩蒜苗，那味道，实在美得无法用语言描述。也有些人家，用当年做好的酸辣子炒，我觉得要差粑粑辣子炒的一大截。据说，传统的杀猪饭上的辣子炒肉，是肥瘦肉一起炒，并且要加一点汤，那样，味道应该会别有不同吧。

除了以上的菜，炒猪肝、炒肚片、炒腰花、炖猪心肺……也是杀猪饭桌面上的常味，总的来说，好客大方的主人一般都会想尽办法去做出一桌"全猪宴"，让客人吃得尽兴，吃得满意。

席间，男主人在饭桌上力劝客人喝酒，女主人则会招呼大家"多拈辣子吃"，这其实是主人谦虚，让你多多吃肉呢！这也算是民间的一种谐趣。

张支书家的饭

一般来说，村干部中，肯做家务的不多；肯做而又能做好的，更少；其中能做饭且做得好的，那就更稀缺了。张支书明显就属于这样的"稀缺品种"。

我们在张支书家吃的饭不多，但每一顿都印象深刻。

农家要在没有任何准备的情况下快速做成一桌待客的饭，那是很棘手的一件事情。张支书却不这样认为。我们要临时去他家蹭饭，他从从容容的，也不先给老婆打招呼，领着我们就往家走，到家，先找出电饭锅，淘米煮上饭，然后丢一瓶酒给我们，就径直往菜园子走去。

张支书在自家菜园子里三薅两薅的，没几分钟时间就双手捧着碧绿的菜回到院子里的水龙头前，白菜、青菜、菠菜、豆尖，茼蒿、蒜苗，真真活色生香的一堆新鲜物！

男同胞们打扑克来喝酒，没过多久，张支书的饭菜就已经端上桌来。一股热腾腾的豆豉香气——原来张支书准备的是豆豉辣子火锅，好家伙，真是方便、实惠，又好吃！这是一顿没有肉的饭食，我们却吃得狼吞虎咽，吃得热火朝天，吃得汗流浃背。看我们直舔嘴巴，张支书说："可惜我家的腊肉没有了，不然一锅豆豉腊肉火锅端上来，你们肯定连自己的舌头都得吞下去！"

张支书还有两样菜让我们念念不忘，一样是他做的茼香小炸鱼，一样是鱼香菜烩洋芋。

播丫河中盛产一种不大的小鱼，通体亮白，当地人称白条鱼。这种鱼，数量多，味道却淡得很，不受河岸人家的青睐。涨水季节，白条鱼很容易捕捞，但基本上都是炕干了拿到市场上去卖。可张支书却有一手绝佳的做白条鱼的好手艺。

张支书做的白条鱼成品，内脏被掏弄干净，鱼的形体却保存得非常完好。然后就开始下锅煎炸，白条鱼变得金黄酥脆之后就起锅，整齐地码放在盘子里，泼上一层红香诱人的油辣汤，最后再给鱼薄薄地"盖"上一层切得细细的鲜茼香。金黄色、红色、碧绿色，张支书做出的这道茼香小炸鱼，先是在视觉上就已经让人惊艳十分，尝一口，香、脆、辣！真乃人间一大美味。

张支书做的鱼香菜烩洋芋，洋芋不去皮，切厚片，粑粑辣椒煮烩，盛在粗海碗中，最后放几朵新鲜的鱼香菜。这道菜，看起来极其粗放，实则其味细腻，鲜、香、辣交加，不论是吃洋芋还是洋芋汤拌饭，真能让人想连舌头都吞下去。

可惜张支书不肯传授手艺，在他家吃过后，我曾经试着凭自己的想法做茼香小炸鱼和鱼香菜烩洋芋，都不能得其法，总做不出张支书的那种味道，到如今，仍是件憾事。

老外家的夏天

七月刚到，老娘打电话来，问什么时候带外孙去看他们。

接完电话，儿子嗷嗷叫开了："我要赶快去婆婆家，我要赶快去和哥哥一起到河里逮小鱼，我要赶快去吃外婆做的麻辣洋芋和香香的糯米饭呀。"

其实我比儿子更想"赶快去"，只是因为要在儿子面前维持一个大人的矜持，我只轻轻拍了拍他的头。儿子却发挥了他二年级小学生的狡狯，指着我的鼻子，一脸了然于胸的坏笑："妈妈，你是又想念婆婆家的田坝了吧？"

老外家夏天的田坝，是一处极美的所在，是我最爱的所在。

夏天去老外婆家，晴天最好。虽然热，但在无云的晴空下放眼望，满眼的苍翠碧绿，连点缀其间的村舍也会变得生动起来。一阵风吹过后，你会情不自禁想跟着绿波荡漾的秧苗们翩翩起舞。

如果恰巧遇上了雨天，倒也别有一番情趣。倘若满眼的浓绿里，缭绕着淡淡的若有若无的雨帘雾纱，岂不是又比一切尽在视线更具风情？况且，除了看，在雨声沙沙的夏日田野，听景最是一件美妙的事情。滴滴答答的、淅淅沥沥的、轻柔委婉的、急促狂暴的……你只需聆听，静静地聆听，便可领略到生命孕育和成长起来的韵律——你能听得到田间秧苗正使劲向上拔节长高的声音，你能听得到躲藏在母腹里的幼嫩谷穗吞咽雨水的声音，你能听得到秧苗们被

风胳肢后发出忍俊不禁的笑声，你还能听得到青蛙们在傍晚开一场
盛大合唱会的声音，在沙沙的雨声里，农家屋檐下的紫燕的呢喃，
也变得更加清婉动人。

如果你已经按捺不住，何不戴上竹笠，赤着双脚（伞和鞋在
此时是多么的多余啊），径直走入雨中的田野？你不用担心踩折
了田埂上那些喝足了水、挺直了腰杆的草，你也不用担心会摇落
稻秧叶尖上透明的水珠儿。你只需慢慢地，慢慢地，用双脚去感
受这片田野的柔软，这片田野的坚实，以及她对你的包容和接纳。
倘若正好在你弯腰看一株秧苗，是不是想抽穗了的时候，一位老
农身披蓑衣，头戴竹笠，肩荷锄头，脚穿草鞋，或许手里牵一头
浑身尽湿的水牛，迎面向你走过来，你得赶忙往旁边的田埂上让
一让，这时候农人殷实的憨笑肯定会为你绽开，牛儿甩着尾巴走
过你身旁时，也许会向你眨眨眼睛呢。

我却爱在夏雨初霁的时候，挎了竹篮，远远地绕几条田埂，
走到母亲用半截稻田改种的菜地里去。菜地此时必定是干干净净
的一片碧色，如果有西红柿挂在青翠的藤叶间，那即是万绿丛中
最耐看的红了。在菜地里，我的情绪可以好得像当了国王一般——
红的青的、藤的叶的、茄子辣椒、黄瓜豆角，想摘什么就摘什么，
想摘多少就摘多少，那一刻的快乐心情，只怕真正的国王也未必
能有。

夏天，老外家的饭食，通常最能得到孩子的青睐。老母亲将
新挖出的洋芋用油和新鲜带叶的花椒焖熟，便成了孩子们舍不得
分给大人吃的好东西。我独爱亲自从地里摘来的茄子、辣子和西
红柿，放在老母亲的炉火上烤熟，撕成细条，拍点蒜泥，再放进
自家做的霉豆腐，凉拌。那味道，和意摆放到我面前的，蒸得油
汪汪的香肠腊肉血豆腐比起来，亦是毫不逊色！

如果不着急赶回城里的家，老外家夏天的夜晚同样令人流连
忘返。在有月色的夜晚，孩子们是闲不住的，都跑到田坝里去追

逐萤火虫。那一盏盏亮光往往随孩子们的笑声渐行渐远，夜风却不时送来阵阵断断续续的蛙声。怕热的家人坐在自家的院子里或平房顶上，就着月色和夜风谈一些海阔天空的话题，关于工作和生活，关于老人和孩子，关于丰收的喜悦和劳作辛苦的唠叨……总之，一切可以在亲人间提起的话题，都会被无所顾忌地说起。只是有的时候，顽皮的孩子们不知什么时候下田坝里去捉了成串的田鸡和黄鳝，吵着要大人们做成宵夜，话题又不知在哪里被打断了。

乡村的夏夜是溽热而漫长的。这样的夜晚，蚊子也会赶来凑热闹。它们像一群群溃散的士兵，从稻田里，从树梢上集结而来，不仅嗡嗡的惹人烦，若它们被偷叮一口，马上就会肿起好大一个包，痛痒难忍。哥嫂常开玩笑说，这些蚊子是长了骨头了的，否则怎么会这么厉害？若是雨夜，情形就会好多了，虽然看不到萤火虫飞舞，但蚊子也只会躲在草丛里享受清凉，不会轻易出来扰人清梦。倒是雨停后的半夜，不知是哪一只带的头，蛙声一阵阵地响起来，先是毫无章法的混响，继而汇成声势浩大的合唱。那声音，让母亲身边的孩子们睡梦更加安谧香甜。有时候，她们大概也会忽然间牵挂起离家在外的游子来，止不住泪水涟涟吧？

我是不怕蛙声聒噪的。蛙声响起的时候，万一睡不着，还可以向白发的老母亲撒一回娇，作小儿女态，央求和母亲同睡一床，哪怕是花大半夜的时间来聆听久违了的重复的念叨，哪怕是在夜阑人静的时候，听阵阵苍老的鼾声在耳边起起伏伏……

叶正鼎

男，1964 年生，1985 年到 2000 年在化处中学任教，后到普定县第二中学任教，曾任校刊《穿洞风》责任主编。教学之余，写一些散文作品，聊以自娱。作品不多，征文曾获市县级奖励。

到老家兜风去

我离开故乡已经三十三年了。

我的故乡在化处镇杉木村，从读高中起，我就离开故乡到外学习和工作。杉木村离普定县城不算远，仅仅 30 公里的路程，但在我的印象中，总觉得很是遥远，甚至遥远得让人恐惧，而这种恐惧在我读高中的时候就已经产生了深深的烙印。

1980 年，我从米润村的带帽初中毕业，考上了化处中学高中部。从杉木村到化处的路程大约是 20 公里，没有公路，更没有车辆可以乘坐，完全靠步行，要走四个多小时。若是空手步行，在田野和崇山峻岭之间的小路上蜿蜒而行，天气好的时候，倒也是一件爽事。然而这样机会却不多见，因为每次从学校回家，主要的任务就是要带粮食来交给学校食堂。每月要交大米 10 斤，苞谷米 10 斤。

当时，村里在化处中学读高中的学生仅有两个——我和表弟周贤宾。我比他大将近两岁，高中两年的时光我们同来同往。回到家已是傍晚时分，吃过晚饭，得自己动手连夜用石磨加工苞谷米，然后母亲帮着筛好装在口袋里。先装上 10 斤大米，用绳索从口袋中间扎上，再把 10 斤苞谷米装进去，最后扎紧袋口，这样一个口袋就可以装两种粮食了。口袋扎成"8"字形，搭在肩上，走起路来比较方便。表弟个子比我小，但同样要携带 20 斤粮食，走到半路就累得不行，我只好把他的粮食拿过来一起扛在肩上，继续赶路。

那时候，无论天气怎样好，风景怎样美，都再也没有心思去欣赏了，巴不得一步跨到学校。若是霏雨霏霏、泥滑路烂的时候，人就凄惨多了，无论你怎样小心翼翼，难免有时会摔个四脚朝天。

从学校回家还有另外一条路，就是到六十三处（化处火车站）乘火车到六枝，然后再步行七八公里翻越老黑山到家，比完全步行要节省将近一半的路程。我们多半选择步行，主要是没有那三角钱的车费，即使有也舍不得花。因此，即便有时乘火车，不得已也只好逃票。在站台上看到列车从远处开来，心里就特别紧张，硬着头皮提心吊胆地挤上去之后，又想方设法地逃避乘务员查票，在列车上玩猫捉老鼠的游戏，若运气不好被乘务员捉住，挨骂是少不了的，到岩脚寨或大用站就被赶下车，垂头丧气地步行回家。有时候，没有列车就扒货车，当一回"铁道游击队"队员，只要能到达六枝就是胜利。这些事，现在回忆起来还是记忆犹新。

那时，故乡虽然很近，但在心里，总觉得很是遥远。

转眼间进入了二十世纪九十年代，我已经在化处中学任教数年了。住在故乡的父母已经年迈，身体也不好，因此我经常赶回杉木村看望父母。虽然化处至播改段已经有了砂石公路，但是道路狭窄，坑坑洼洼，行车比较费力，加上没有班车，因此回故乡仍然是以步行为主。后来，摩托车流行了一段时间后，我终于从牙缝里挤出一些钱来，买了一辆二手"红公鸡"，满以为回家可以派上大用场了，高高兴兴地出发。谁知还没到播改，由于"红公鸡"年龄太老，经受不住道路的折腾，死活不动了。骑车就变成了步行，回来的时候还要推车，人就更遭罪，累的我一个星期都没有复原。以后一提到骑车回家，就觉得恐怖。所以每次骑车回乡，首先就要做好抛锚或者出现其他意外的思想准备。

在我的心里，故乡还是有些遥远。

不知不觉间，日历又翻去了若干本。年近半百的我居然还有幸把摩托车换成了汽车。今年初，三弟的儿子结婚叫我给他接亲，虽知道老家的路非等闲之路，不想答应，但侄儿子的事情不好推脱，只好硬着头皮答应了。不敢从播改方向走，就选择了从六枝云盘翻越老黑山的道路，加上是在夜间，老黑山凶险的道路让我出了不少冷汗，汽车也熄火了若干回，底盘被挂得咔咔作响，回来后因汽车外观受损又心疼了好多天。不过还是听到了一个好消息，说这条路已经在修了，半年后再回去就可以"兜风"了。

转眼半年多过去了，表弟周贤宾准备把杉木村老家废弃的老房卖掉，叫我去给他送一下人。我问："路修好了没有？"另一表弟七林说："已经修好了，全是水泥路，前天我骑车到普定，不到50分钟，爽啊！"我说："那好，这回就算是去兜风吧，欣赏一下老家的路究竟怎样爽。"

满载一车人从普定出发，这天的天气不错，秋高气爽，中兴大道一带是刚完工的柏油路，各种标志线赏心悦目，红绿灯也开启了，普定城也开始显示出城市的味道。驶入化处张家寨后，就开始进入过去"谈路色变"的地段了。不过平坦的水泥路还是一直向前延伸，原来那条令人恐惧的路不见了，坑洼、石块、泥泞、湿滑、陡坡，全都变成了回忆，一路青山绿水，心情舒畅，真有一种"春风得意马蹄疾，一日看尽定南花"的感觉。

很快，老家杉木村就展现在我们眼前。

杉木，我的老家，站在坛子窑的垭口上看去，村子坐落于老黑山脚下一个略微凸起的坝子上，两边是山，郁郁葱葱的杉树绿荫遮天，村庄的名字叫"杉木"，真的名副其实。村子左右各有一条小溪，在村子的前面交汇，形成了一个"Y"字形。新完工的公路泛着白光从寨子的左侧穿行而过，像玉带一样，直达米润沙包。

一切都是那样熟悉，同时又是那样的陌生。在这里，我度过了自己的童年和少年时期，与小伙伴们一起玩耍，寨子里的每一条小巷，每一个旮旯角落，无不熟悉；四周的山山水水，我们放牛、割草、掏猪菜、挖折耳根、砍柴，无处不留下足迹。印象里的东西，十分清晰，但与现实却对不上号。

村里的年轻人都不认识了，他们一个个衣着时髦，与城里人无异。遇到漂亮的大姑娘或小媳妇，不免多看几眼，问这是哪家的啊，真有福气！拿出来的手机都是智能的，屏幕很大，有好些我都没有见过，感叹自己年龄大了，也变得土气了。小伙子们很是热情，频频地给我这个长辈递烟，都是"软遵"的居多，还有更好的"黑脚杆"。我平时抽烟都是"磨砂"之类的，心里嗟叹现在连农村的年轻人大手大脚地高消费，将来又怎么能勤俭持家呢？

老一代的人已经陆续离世，现在剩下的寥寥无几，偶尔见到一两个，就感到十分亲热，连忙问好；当年一起玩耍的小伙伴们现在成了村里的老者，好些都已经儿孙满堂，在享受天伦之乐了。这个时候，才想到贺知章的诗"少小离家老大回，乡音无改鬓毛衰。儿童相见不相识，笑问客从何处来"写的真切，深有同感。

村庄的布局已经改变，许多过去居住的老屋，现在已经废弃或翻新，公路两旁却雨后春笋般长出了许多平房。据村主任说，现在砌房子必须经过审批，统一规划，不能乱砌了。城市建设必须规划，农村建房也必须规划，嘿嘿，城乡一个样了！

小车倒还没有普及，因为在农村不适用，但摩托车、三轮车、面包车很多，你来我往，煞是热闹。赶场购物，都是到六枝特区的云盘街，翻过老黑山就是。过去步行需要一个多小时，现在十分钟以内即可到达，骑车去一会儿就"飘"了回来，干什么都很方便。

我家有四弟兄，我是老二，除了三弟留守老家以外，其余的都在外面定居了。三弟47岁，小我两岁，已经抱孙子几年了，由于经常蓄着大胡子，看起来好像比我还老。三弟说，都当上外公和爷爷了，不整老点不行，嘿嘿！三弟的楼房修了两层，在村子里也仅为一般。村里人近年来在外面当老板、做生意和打工的人多了，收入也来得比较快，砌房子也就不在话下。问起他们的月收入，上万的也大有人在，真让我这个工作了几十年，领了几十年国家工资的人自惭形秽。

在种地方面，大家显得越来越"懒"，好田好土就留一点，种一些粮食和蔬菜，山上的土地就干脆直接栽上了杉树，懒得天天去管。由于土地肥沃，栽上的树木蹭蹭地往上长，转眼间，昔日的耕地变成了今日的森林，而且密得连路都找不到了。有一次我和三弟上山去看以前父母留下的树木，钻进树林里七转八转之后，我竟然不辨东西南北，若不是有三弟的引领，我真的不知要摸到什么地方出山。过去熟悉得哪儿有株毛栗树都一清二楚，现在竟会出现迷路的现象，真让人有恍如隔世之感！

我们家的树木在村子里不算多，后来三弟把山上的耕地都种上了杉树，也算有几片树林了。我问三弟怎么不种庄稼呢？三弟说，现在粮食吃不完，没必要了，就是想种庄稼也不行，大家都种上了树木，你如果种的是庄稼，也要被人家的树木"雾"死；再说，种上的树木将来也是钱啊！你看，那棵树，卖价不少于五千块，这样的树，山上不知有多少呢！

出山的路上我在想，当年人口不算太多，粮食不够吃，母亲还带着我们到处开垦荒地，把好些树林都挖掉了，粮食还是不够吃；现在人口又增加了不少，都退耕还林了，修路建房又占去了不少土地，粮食怎么还吃不完，而且顿顿酒肉不断呢？

三弟家房顶是个观赏风景的好地方。在这里，整个村庄和四周的山峦都一览无余，"绿树村边合，青山郭外斜"的诗句在这里恰如其分。一边品尝三弟家自制的绿茶，一边欣赏如诗如画般的故乡山水，煞是惬意。如果说，过去对故乡山水熟视无睹，不觉新奇，而现在，我不得不用新的目光和新的感受来看待故乡山水了！

表弟周贤宾已经卖掉了老屋，我们也在家乡人盛情的款待中酒饱饭足，该离开家乡了。我们沿着来路往回走，车到高处，回头看看我的故乡杉木村，正笼罩在夕阳金灿灿的余晖里……

此时，车里的人都没有说话，也许，大家都沉醉在这个梦幻般的景象里了。故乡，我的老家！我还要来兜风的！

袁春灵

二十世纪七十年代人，爱好散文。有小作见报端或刊物，部分习作被采编成书，《站在桥头等你》《祖屋旧事》《柳条儿绿柳絮儿飞》《回望相关》等文在市县级征文中曾获一、二等奖。

美丽的猴场

关于猴场，之前只是听说，后来是真正的且行且知，每一次，都有不同的感受。人也好，山也好，路也好，甚至连一条小溪水，都是如此的圣洁清明，于是，无论找怎样的词语来表达猴场，都抵不过"美丽"两字，只有这个词，最能彰显猴场人美丽的心灵，以及猴场美丽的山山水水和风土人情。

敬重石头

石头是有生命的。

早就听说猴场有一处"小石林"。既然是石林，那就应该有石之豪迈、林之气派吧！在公路旁，我看到了猴场后冲的石林。

不是我想象中"林"的模样。它们一排排、一列列直向云霄，也不显得那么拘谨，坐落在山坳里，不突兀，也不孤独。你要用"根"来量化它吧，又觉得单薄得很；要用"块"来说明它吧，又觉渺小得很。看着这么坚厚，敦实的石林，我不得不用"座"来形容它，才能真正地感受它的粗犷与执着呢。

后冲的石林，没有刻意地去追求像什么，它们不重品相，不随波逐流，它们重情重义，就长在村寨边缘，与村民为友。

长满石林的后冲村，一草一木，一屋一瓦都离不开石。石斧、石刀、石镰、石锄到眼前的小石子铺路，大石头砌墙，薄石块当瓦；石缝里、石窝中长出的那些不知名的树，葱葱茏茏，一棵一棵蓬勃向上，一蓬一蓬欣欣向荣，枝枝蔓蔓也爬满石头，像石头的筋脉。

树，年年都长；石，还是原来的石；它不张扬，不显赫，总是那么静默着——我就是我！它坚守执着，恪守本分。石林就像这块土地上强健的汉子、魁梧的男人，它们张着有力的双臂，敞着坦荡的胸襟，接纳着芸芸众生，静候你的到来。

后冲的石林虽不重品相，但重品性，看那两座大石柱，在进小村公路的两旁矗立着，像擎天之柱，像饱经风霜的老人，年复一年，依然在那里站着岗，放着哨。

我还有什么理由不敬重这石林，以及与石林同甘共苦的后冲小村呢？

石，构成地壳的坚硬物质。现在，我踩在它的肩上，再坚硬的东西，也是有生命的，要不，怎么会从石缝里长出这么些树呢！生命的轮回和再现，正在用另一种方式表达。

一叶一世界，一石一如来。后冲的小石林！等到石破天惊时，那是怎样的一种声响！

铁楼断想

透过斑驳的树影，一排排、一间间银白色房子层层叠叠，错落有致地掩映在树林深处，最抢眼的是屋脊两头的石块，像犄角，如雄鹰展翅般高翔，让你不禁想起了"图腾"这个词，猛舟民居这种标志性的象征，在喻示着什么呢？

在村边的山脚下，有一道亮丽的风景在看着我。它是谁？多么的似曾相识，拧开忘记的阀门——搜索着，搜索着，今天，我从我的梦中走出来，走进了你的梦里——猛舟铁楼！

你在石阶、石墙、石板房中矗立着，兀自荒凉，兀自肃立，走进你，犹如走进一本线装书，那么久远，那么深沉，那么令人回味，叫我如何再识你，叫我如何用心灵去感受你，触摸你冰凉的身躯，诠释你的沧桑。

站在你的脚下，仰望，一种莫名的神秘。

追溯岁月的痕迹，是谁建造了你？据说你的出现与一个家庭的荣辱，历史的变迁息息相关，为了显示一个大家族的威仪、权势，彰显族人捍卫家园的矢志，他们缔造了你。每一块石头精确测量计算，每一条深深浅浅的凿痕，全是一个石匠，一名伟大的石匠一墨一线、一锤一凿花了10年的心血把你塑起来，你立起的那一刻，就注定你要承载着悲欢离合、兴盛衰败。

仰望又大又重的方石，上窄下宽的锥形外观，那么坚实。"铁楼"两个字高高在上，镌刻得威风凛凛，历经近百年的风霜雨雪，仍然那么苍劲有力，读出来还是那么铿锵有声。

好一座名副其实的铁楼！

拾级而上，每层楼里空空的，只听到脚踩木楼板发出的声音。摸着你的身躯，躯体上那小小的窗，窄窄的射口，斗形的瞭望口，我很惆怅，就这么沉寂了？就这么空空如也了么？才接近顶楼，一群正在"咕咕"啄食的鸽子，拥挤着从那小小的窗扑棱棱地飞出去了，还打着哨音，是我惊醒了它们的梦？

现在，谁是铁楼至高无上的主人呢？

我想起了北岛的诗：

沿着鸽子的哨音

我寻找着你

高高的深林挡住了天空

嘹唳的归鸟，岂能渲泄你的悲痛；窄窗里的目光，怎能看见苍老的瘦影，谁能把你抛弃在记忆的废墟？

抬眼望天地苍茫，峥嵘喧嚣已杳然。

时过境迁，一个家族的荣辱兴衰已渐行渐远，唯有铁楼，虽然铅华洗尽，但还像是一个风烛残年的更夫，依然忠诚地、默默地固守着自己的家园，没有辜负主人的厚望和重托，永远站在时间的河里看着时序更替、人间沧桑。

草树斜阳，寻常巷陌，你藏着曾有的辉煌，带着悲怆的记忆，在血红的残阳中竦立了。其实，一切成为历史的，都是历史的必然，但又不尽然。

人去，楼不空！

感叹重荫山

我感叹猴场人的淳朴和善良，总是将最美好、最烂漫的文字赐予山川河流、湖泊村寨。重荫山、情人湖就是两个诱人的名字。

有山就有水，有水则靠山，这是大自然的杰作，把重荫山下那一泓清水化作情人湖，更是山水相依的完美结合了。

湖不是很大，由于重荫山的"双手"伸进了湖心，搅得情人湖心神不定，于是湖就成了不规则的两部分。轻风拂来，湖就活了，水像情人水灵灵、蓝晶晶的深邃眸子，一眨一眨，层层的涟漪摇着重荫山的树影飘荡，像一幅迎风飘扬的绸，软软的、柔柔的、滑滑的。风没了，湖就硬了，像一大块无瑕的翡翠闪烁着迷人的光泽，静静地、轻轻地躺在重荫山的怀抱里，一束束的光照耀着我的心湖。

水，因重荫山的呵护而显风情万种。山，因情人湖的滋养，一棵树、一根草、一株野花，都那么挺拔。

一头扎进重荫山的怀里，蜗居在硬壳中的我，犹如进了五彩斑斓的梦园，没有边际的梦园。你的周围全都是树，不知名的野花和小草点缀其中。虽是早晨，飞鸟鸣虫已在林深处奏起了欢迎的乐章，有的啾啾，有的叽叽，有的咕咕，抬眼望，却寻不着声源，那就任凭它们在你耳畔吹奏好了。

重荫山的山风真是奇怪。在山脚，能感受到它的千娇百媚，但在山林里，没有丝毫的风，却让人感到从四周传来阵阵凉意。晨光散发着糖果般泌人心脾的浓香，树也安安静静地吮吸着。

沿着一条印着车轮轨迹的小径，我继续往前走，只见近树挨挨挤挤，远树影影绰绰飘在云雾中一般，令人浮想。我很想知道山的那边是什么，虽然没机会穿越重荫山的腹地走到它的尽头。山与水传递的是大自然的灵性，我留恋的就是这种与生俱来的美，它的美在于活力，在于一种精神！

友人说："回吧，你是走不完的。"是呀，怎么走得完呢！其实，我只是还想再走近重荫山一次，听花草树木的窃窃情话，领略碧浪尖端的飘逸，才会有如此依依不舍之情啊！

还有什么不舍呢！我不是自然之子了么？

那么，就让一切来自于自然的归于自然，让一切依赖苍穹的归于苍穹，还想留些什么呢？

跪听仙马

高高的大山，深深的树林，矮矮的土墙房；双肩搭两块绣花披肩的大花苗姐妹，头发歪歪梳成髻的水西苗族百姓，神圣威仪的天主教堂，让你不得不为这个神秘的村寨着迷，让我不得不走入历史的画卷，去追溯触摸那段隐退了的岁月。

这么远又这么贫瘠的地方，居然能有同一种民族不同支系的大花苗族和水西苗族共存，还留着各自的习俗。在我浅薄的历史知识里，我只知苗族是一支源远流长的民族，五千多年前，就聚居在长江以北、黄河以南的广大地区，他们勤劳善良，骁勇善战，情深义重。

在长期的战乱中，他们逃亡、迁徙，于是他们扶老携幼，夜以继日，风餐露宿，寻找能给他们安居乐业的去处。说到这里，我不禁想起春秋时期晋国公子重耳亡命途中，双手捧着农夫送的土块跪叩上苍的情景。当这支迁徙的民族来到猴场的大山深处时，他们是否也跪拜这块土地，感恩上天赐给他们安宁、清静的去处呢？

没有苗族人民的精神，我怎么能凝视这片悲苦的地方，怎么能聆听他们坚韧的命运悲歌？

在仙马，不四处看看，那是一大憾事。在仙马若是不听歌，那就会是更大的遗憾。

仙马的水西族女人朴实、大方，绾着发髻总是歪向右边的脑勺上，再插上一把月牙形的木梳，因此，当地人称他们为"歪梳苗"。真奇怪，她们的百褶裙的褶子也是皱在右边。走起路来，左边裙袂飘飘，右边则沉稳轻摇。

妇女们展示了她们最古老的乐器——口弦琴，这是我见过的最小、最简单的乐器。它是一把匕首的造型，只是刀片上留出一块小弹片而已，如果没有听她们的吹奏，我一直认为那就是一把玩具的小铜刀罢了。然而她们都稀罕得很，用中指大的一截小竹筒，配上红缨，宝贝似的把它藏在竹筒里。这么小的东西究竟能发出什么样的乐音，我迫不及待地请一位苗族妇女吹奏，可什么也没听见。她说："要把耳朵伸过来。"我几乎把耳朵贴在了她的脸上，一种奇妙的声音传来，时而轻风拂面，时而嘈嘈切切，时而如蛙声四起，时而唧唧复唧唧，时而啁啾如倾心声。这乐声里，所有沉淀的辛酸苦楚一斛斛都倒了出来，所有埋藏的心事怨恨一股脑儿都流了出来。还有什么不痛快的呢？我为这奇妙的声音而感动着，录下了一段尘封在我的记忆里。

听仙马四声部和声演唱，我眼里居然会噙着泪珠，这是一种感慨，也是一种激动。

十四五岁的姑娘、小伙穿着民族的衣装，不需要人指挥，自然成四排，或坐，或站，一架旧手风琴起拍，歌声袅袅："唉——，远方的客人请到我们仙马来……"声音清脆、干净、仙乐飘飘，我也插上歌声的翅膀，随着他们前往，听着听着，我不知什么时候跪下仰听了。看着那一张张淳朴的脸，一张一翕的嘴，听着颤巍巍的歌声，你很难想到吧！这是一支非专业的，没经过正规训练的合唱团，可他们凭着大山给的灵气，骨子里流淌着的民族的血液，为生而歌，为死而歌，为爱而歌，为情而歌，歌是他们母语的女儿，儿女何由不歌呢？我又何由不跪听呢？

一位年近古稀的老人为我们演唱了苗族古歌，那声音仿佛从很高远的地方飘来，浓酽酽的，近了又远了，远了又近去，仿佛在穿越一条历史的时空隧道，悠悠长长、缠缠绵绵、遮遮掩掩、恩恩怨怨、依依恋恋。一曲激越、悠长的古歌，涵盖着"蛮夷"多少的世界观、人生观、价值观和民族史啊！

"四月向西走，山河径东行，我们的祖先啊！顺着日落的方向，跋山涉水来西方……"几句简单的古歌，让我突然对这支民族古老沉重的历史文化生出许多悲悯来。

然而，不管他们的心路历程多么的辛酸，他们从歌声得到了慰藉，一步一步地向朝着东方迈进，正如这歌词所唱：

青青岩石上，一棵小小草，

风也吹来雨也浇。

风雨吹来时挺身腰，

心里有话说不出，摇呀摇呀摇。

一愿白天阳光好，

二愿月亮越亮越来照，

三愿月圆时也有情，荒山也有爱。

天地日月一年年，

保佑小小草。

是啊！保佑他们！

云中漫步

关于草原，我看过很多描写，也曾做过各种各样扑朔迷离的草原梦，今天，终于能在我心中的草原纵情放歌，尽情徜徉。

"云中草原"普屯坝位于海拔 1800 多米的大山之巅，脚底下踩的却是 8000 余亩的明朗大坝——高山草原。初入草原，酣吃的骏牛，放牧的鞭响，牧人的吆喝，更显草原的空旷与宁静、朴实与自然，让你隔绝了喧闹和纷繁，如一朵悠闲自在的云。

站立在云中草原边缘，极目远眺，山间散落的灰白色的村居零零星星，绿油油的田土稀稀疏疏，交错映衬，像一幅油画挂在天幕，静谧、安详、和谐。远方，云烟衔着如带的远山，莽莽苍苍，或墨绿，或深绿，或浅绿……像浩淼的碧波渐行渐远，直抵天际。此时，你会情不自禁地"指点江山，激扬文字"。

五里长冲，如一条巨蟒蜿蜒横亘在山腰，全身铺满了绿，那绿顺着山壁、岩石一直爬到我的脚下，延伸至整个草原。

草坝里，那些轮廓分明的沙岩和石山，就像绿毯上长出的骨头，硬朗得好，让这本来就柔情的云中草原添了几许气韵，连草也有了阳刚之气。

草，是云中草原上最多的植物，如松针般尖细，它草一蔸一蔸地长，一蓬一蓬地生。当我踩上去，它们便地向四周散开，在脚底下发出"刷刷刷"的声响。有时，你会感觉道它们轻弹着你的脚，当你回望先前踩过的那些草，你甚而会发现，它们已经倔强地、齐刷刷地重新立了起来。

草丛中随意地撒着一种叫"朝天罐"的小野花，绛紫色，毛茸茸的花苞挂满了花枝，像小绒球，有的肆意地怒放了，花瓣展得平平的，独有花蕊立于花心，像娉婷的舞女。我对"朝天罐"这个土里土气的名字特别感兴趣，于是努力地找其名来源，后来，还是在已凋谢的花上找到了答案——花已谢了，花柄上却长了一个个极其袖珍精巧的"小花瓶"，储满了一粒粒小小的种子，小花瓶上密密麻麻地插满了绛红色小刺，每一根小刺尖上又散着许许多多根小针，我伸手摸摸，软乎乎的，不扎手。

　　海花是这里最低贱却也最富贵的植物，专长在草原的低湿草滩上，像地衣一样平铺在地上，油亮得像湖中的水草，茎细如线，叶也成针形排成羽状。据说，附近的村民因有了它，已迁移到繁华、热闹的都市中了。我也带了几根回家，放置一周，蔫巴巴的，把它放在盆里加水试养，它居然奇迹般地活了，还是那么绿得亮眼！

　　这三种带着针形的植物在含碱量较高的草皮上生长，它们不倦怠，不灰心，怡然自得，舞着自己的影，不管怎样，都让你觉得它们是这儿的主人，少了谁都不行！

　　想到这些，还会有什么私心杂念、感伤情绪、浮躁冲动盘在你心底，挥之不去呢？此时，无论你是什么样的心情，大草原都会放纵你。打几个滚，赛几趟跑，仰天长吼，静心徘徊，抑或怀揣着心事踽踽独行都可以，只要你愿意与这里的一草一木、一花一树亲密接触。

　　在普屯坝，我看到了最动魄的一幕。

　　一只黑山羊正在这爱的温床下生孩子。初生的小山羊张着惺松的眼，天真地观望一切，山羊妈妈正用那条粗糙殷红的舌头舔着孩子湿漉漉、黑乎乎的茸毛，牧人慈祥地端详着它们。

　　如果说云中草原是一幅美景，那么，这舐犊情深，更是这美景中最动人的风景。

爸爸，父亲

他活着的时候，我一直喊他爸爸。现在，他离开了，我却想称呼他为父亲。叫父亲，是女儿对一个男人的尊崇和追悼。

2007 年农历四月廿二日凌晨，星期四，我失去了父爱，成了半个孤儿。三十年来，我第一次遭遇这样霹雳的消息，第一次经受这样沉重的别离。

父亲去世前的头一天，我还在拉着他骨瘦如柴的手，给他找血管输液，但已经无法从那皮包骨的手上找到一根能流淌药液的血管。我放弃了给父亲输液，配置好的药水挂在父亲的床头，输液器还连着瓶子，我就匆匆离开了。晚上，要照顾年幼的孩子，就没再去看望父亲，只是给母亲打电话说等父亲的手休养几天，再接着输液。我很后悔，在那天，我和父亲没有说过一句话。

那天晚上，电视屏幕的下方出现了暴雨黄色预警提示，那段时间，连日连夜的暴雨，田里的水满了，河水也涨了。雷雨不断响彻夜空，我心里掠过一丝不安。在心底默默祈求上天保佑我的父亲安然度过这个雨季。即便这样，我的不安还是强烈袭来，逐渐变成了一种预感，我再次打电话嘱咐弟弟，今天居然找不到父亲的血管输液，要注意他的变化，给他盖好被子，别让他着凉。弟弟一一应诺，没有多余的话。十个多月来，弟弟与母亲每天就这样守候着病中的父亲，没日没夜，他们明显消瘦了许多。

与弟弟通完电话，我一直看书，没有睡意，可看的什么内容却无法记忆，雷声雨声总在时时响起。脑子里总是忽闪一些奇怪的念头，凌晨 5 点，只有雨还在下着，一切宁静。我安慰自己，父亲不会有事的，然后宽衣上床迷迷糊糊睡去。突然电话响起，我的脑袋里一片空白。

"现在给父亲喂药，他已经不能吞下去了，他大声地哼哼，目光呆滞。"弟弟的声音在颤抖。从电话那头，我隐隐听见了父亲"嗷嗷"的喊声。几个月来，父亲都是静悄悄的，从来没有发出任何声响。我正准备打电话找堂弟来照顾熟睡中的孩子，弟弟又来电话了："赶快过来，爸不行了！"

我没来得及换鞋，穿着一双拖鞋在街上一路小跑，路灯高高地照着我匆忙的身影。雨点稀稀疏疏，凌晨的街道被大雨冲洗得干干净净，一辆出租车也没有。从我家到父亲的住处，步行约 20 分钟，可我觉得这段路今天变得老长，总是跑不到家。我的心里只有一个念头：爸，等着我，爸，等着我。我希望那是母亲和弟弟的误判，这样的"危险"父亲已经遭遇了几次，每次他都能挺过来！

才到家门口，隔着院墙，我听见了母亲在号啕，弟弟在恸哭。院子里站满了左邻右舍，父亲已经被安放在堂屋中间的门板上，只穿着睡衣，双眼微闭，一息尚存。我摸着他瘦瘦的脸，再摸摸他的手和脚，热乎暖和，我赶紧抱来被子给父亲盖上，不让他冷，然后一个劲儿地给父亲按摩手脚。医生说过，失去行走能力的人，要时常给他按摩手脚，活动肢体，所以，我学会了给父亲揉手捏脚。就只有昨天没有给他按摩，我希望现在的弥补能出现奇迹，然而，天不长眼，父亲的体温，在所有的至亲赶来后，在我的抚摸中慢慢凉下去，冷下去。他静静地，跟着天空那朵飘浮的云飞走了。我的天空一片浑浊暗淡。

父亲是地主的儿子。从 14 岁开始，他就去修铁路、挖煤，做过货郎，做过农民，当过赤脚医生，做过教师……而现在，六十四年的风风雨雨在瞬间就这样消散了，六十四年的艰辛奔波就这样停止了，他还没来得及享受到子女们的回报呢！在哀叹中，在惋惜中，在痛哭中，父亲熬完了他的一生，静静地走了。他艰难地生，痛苦地死，把悲痛和思念留给了我们。

在一场一场的恸哭之后，我们不得不给父亲收拾清洗，穿戴整齐，让他体体面面地上路。

他已经睡熟了，任由我们怎么侍弄他。我拿着父亲瘦骨嶙峋的手，给他一次一次地擦洗，这是最后一次给父亲洗澡了。父亲健在时，是一个非常讲究的人，他头发乌青，自然卷曲，眉毛又长又浓，每当他把那头卷曲的头发在头顶梳理出一道道的"黑浪"后，他会用梳子的一端梳理他浓浓的眉毛，然后整理衣领。现在，父亲的黑发已经被病魔消耗殆尽，如冬天的一兜枯草，稀稀疏疏的在头顶打瞌睡。给父亲洗净后，弟弟把父亲那几根发丝和两绺眉毛给剃下，用纸包着，枕在了父亲的头下，让他一起带走。

穿着长衫戴着帽子的父亲看上去那么光鲜，那么安详。我再次轻抚他的脸——他喜欢用胡子扎小孙子的下巴已经冰透了。泪水有一次迷糊了我的眼睛。

父亲的遗体在家中安睡了一周，我们通宵达旦陪着，不让他的香火燃尽，不让他的纸钱熄灭。每晚，来陪父亲的人很多，有人在说父亲的前世今生，有人在唱孝歌，歌声悲戚、哀婉，像在讲述父亲艰难的一生，催人泪雨涟涟。我不想让父亲在远方看见我流泪的脸，可母亲说，这是规矩，这样，父亲在天堂才热闹，他才不会寂寞。每当夜晚零点，道士先生就叫我到院墙外去给父亲"喊魂"，我端着一碗水，跪着喊："爸爸，回家吃饭，回家吃饭。"在一次次的呼唤中，我仿佛能看见父亲笑容可掬地向我走来，问我又有什么麻烦了？父亲健在时，最能察觉我的变化，一旦发现我沉默不语，他就问："又有什么麻烦事了？"这一问，我的烦恼似乎已经找到了搁浅的岸。而现在，我的避风港在哪儿？

父亲要出殡的头一天，大雨磅礴。母亲很担忧，埋怨父亲生前没有好日子过，死了也没有好日子过。为让母亲安心，我们给为父亲送行的人准备了雨鞋雨衣，也为父亲准备了一件。

"今夫白昌毕生于土而返于土"，农历四月廿八日，父亲终于要别离他奔波操劳一生的家，回到生他养他的故乡去了。

我们姐弟四人跪在父亲的棺木前，请父亲出门上路。我抱着父亲的遗像，跟他同坐一辆车。道路已被大雨冲洗干净，如父亲去世时的凌晨一样寂寥，我听见母亲在追着车哭诉："你走了，丢下我在滑石板上，怎么过日子呀，天！天！"天灰蒙蒙的，零星的雨点越来越多，我忍不住，泪如断珠，任由泪水打湿我的脸。

从县城到父亲的故地，有30里路。父亲在我们的陪伴下，缓缓地向他的墓穴走去。这时，天放晴了，雾霭在山间回旋，故乡的河水呜咽而去。

我们姐弟四人重重跪下，感谢前来送行的各位父老乡亲。

中午时分，父亲的墓穴挖好了，阳光出奇的明亮，照在他黑森森的棺木上。他终于住进那间窄窄的小房子，一铲一铲的泥土向父亲的小房子盖去，那里，一定比父亲的棺木还要黑。泥土让父亲和我就这样诀别了，他在里头长眠，我在外头怀念。

父亲是在2006年7月突发脑溢血的。夜晚，母亲发现上厕所的父亲迟迟没有出来，就去看他，他斜躺在地上挣扎。父亲在救护车的呼啸声中被送到医院。那晚，他紧闭双眼，一直打着呼噜，病房里只听见他的鼾声。第二天，父亲转到一家权威医院，检查结果：左丘脑溢血，必须马上手术。一切来得太突然。当我们全家被医生喊到办公室时，我的脑里一片空白，弟弟在病危通知和同意接受手术条款单上签字的手瑟瑟发抖。谁料到，这次，我家的雨季在悄悄抵达。

手术室外，我们焦灼不安，守在手术室门口，弟弟无语，一会儿出去，一会儿进来，反反复复。5个小时后，父亲从手术室里出来了，他依然昏睡，没有表情。一连几天，父亲都是昏睡，时常伴有鼾声，医生说这是脑溢血病人术后的正常反应，可母亲不放心，生怕父亲的鼾声接不上气来，永远窒息下去。每天医生查房时，母亲就追问："要这样持续多久？需要多久才能恢复？"医生指着那台小机器说："这主要是控制病人的血压。至于恢复，则要看个人的体质。"

母亲幽幽地对我说："你爸体质好着呢，他每天坚持晨练，这么多年来，从来没有生过大病。"

是的，在我印象中，父亲从来没有生过大病，都六十好几的人了，他走路仍然如风一般，头发还那么黑亮，说话做事总是那么干脆，俨然没有六十多岁老人的那种常态，从来没有让我们做子女的为他担忧过。他没有其他爱好，退休闲着没事，还在一家小公司当管事打理生意。我劝他钓钓鱼，下下象棋，他说闲不住，有事情混着，人要新鲜些。在我眼中，父亲还是那么年轻，那么富有朝气，说话高声大气，音如洪钟，俨然是家里的顶梁柱。

每天，我们姐弟四人轮换着，奔走在医院和家的路上。

经过十几个日日夜夜的挣扎，命运终于眷顾了父亲，他终于战胜病魔苏醒了。我们全家激动得流着眼泪围着父亲，他像阔别多年的故人，打量着我们。可我的父亲一下子变小了，他的目光懵懂，脸色黯然，喉结蠕动着却没有声音，对我们不理不睬，眯着眼又睡过去了。其实，我已经从医生那儿知道，脑溢血病人手术后，语言功能会受影响。父亲的话会永远卡在喉咙里吗？我担心他不能接受这样的现实。父亲再次醒来时，我对他说："爸，你真勇敢，做这样的大手术你居然能挺过来。你福大命大，会好起来的。"

一个月后，父亲慢慢恢复了意识和知觉。回到家，我们按照医生的吩咐，谨慎地照顾着康复中的父亲。每天我都对父亲重复着一句话："爸，你福大命大，会好起来的。"他高兴地笑。不久，父亲在搀扶下能走路了。母亲对父亲的饮食非常小心，给他另起炉灶，一律不拿高脂肪的、诱发疾病的食物给父亲吃。好半天他才把一勺饭送到嘴里去，可他不让我们喂，他在努力锻炼自己。他的语言功能也在慢慢恢复。父亲犟得很，能自己走路了，但右脚还有些跛，他就成天在院子里来回走，巴不得多次行走，通过锻炼，让把那只跛脚能够恢复如初。有人探望他，他就高兴地站起来，走两步，说："看，就差这点没好。"

雨季过去，秋天已经来到，家里恢复了往日的平和。大病初愈的父亲闲不住，忙着给他的小儿子张罗婚事，我劝他多休息，他说这是他最后的责任和心愿。

等父亲的心愿快要实现时，他再次被呼啸的急救车送回第一次手术的医院。脑溢血第二次复发，手术室门口，又是焦急而漫长的等待。医生说患过脑溢血的病人，即使医治好了，也会发病的，只是迟早的问题。可母亲一个劲儿地责怪自己没有照看好父亲，让父亲偷偷地洗澡患上感冒，引发了第二次脑溢血。

这次，父亲的病不像第一次那样乐观，厄运接踵而来，便血，肺部感染，生痰，昏迷。导尿管、输液管、胃管、引流管、化痰器把父亲网住，他浑身难受，在床上翻滚。我很难理解，虚弱的父亲怎会有这样大的力气来挣扎，要两个人才能按住他，才能完成一次长长的输液。

父亲病情渐趋稳定，为便于照料，我们把父亲转到离家近的县城医院继续治疗。这时，父亲俨然像个孩子，尿床，大便失禁，不能言语，要人喂食，最可怕的是父亲居然没有了意识，大便是母亲带着手套隔三差五给他抠出来。以往扎针输液，他的嘴角会抽动一下，而现在，即便拧他一下，也没有反应，他整天痴痴地睡。

第二次手术后，父亲的并发症越来越严重，我们不得不把父亲又转到先前的医院。不久，医院一纸病危通知单给父亲下了最后通牒。这时，给父亲买的血还没输完，他却在咯血，鲜红的血随父亲微弱的气息一口一口地流出来。我没了主意，只有紧紧握住父亲的手，揩他嘴角的血。母亲和弟弟决定为父亲办理出院手术，把他送回故土，让他在那儿落叶归根。

父亲的故土在马场，母亲生怕父亲的魂魄等不到回到故土就消失，所以，请求医生准许父亲带着氧气袋，输着血去。

一路颠簸着回到马场，父亲咯过血，但依然安好，我们不甘心他就这样离开我们，当医生的叔叔坚持给父亲输液治疗。我坚持给父亲进食，哪怕他只咽下一勺汤，也能给我无限的希望。那晚，我们一家守候着一息尚存的父亲，我捏着他的手，让他感觉到他的手在拉紧一根救命的稻草。可父亲咯血越来越多，甚至是一堆一堆的血块，父亲那样虚弱的身体，怎禁得起这样折磨。守候的亲朋都说："不行了，已经尽力了，让他轻松的去吧。"我流着泪，无奈地拔掉父亲身上的留置针、胃管、输液器，弟弟们忙碌着准备父亲的后事，我守着父亲，听着他微弱的气息，我一遍一遍地重复着："爸，你要挺过来，爸，你要挺过来。"

父亲的命真硬，就像他桀骜的性格，第二天，父亲真的超越生命，坚强地活了下来，创造了一个生命的奇迹。弟弟急忙回到先前的医院，向父亲的主治医生咨询治疗方案，他们也说我爸能活下来，简直是个奇迹。

父亲奇迹般的挺了过来，我们一家无比喜悦。为了父亲的病，我学会了给他找血管输液，学会了给他插胃管进食。就这样，我成了父亲的临时护士，偶尔给父亲输入血红蛋白，或者消炎药水，或者维生素，或者补充能量一类的药物。当我一针一针地扎向父亲时，我不忍看他的表情，痛，但他却说不出来。

2007年的春节，父亲冥冥中安排了我们一大家子在故乡陪着他度过了一个团圆年。这个团圆年悄无声息，没有鞭炮声，没有父亲写春联、贴春联的情景，没有每年守岁时父亲都重复讲述的故事，他正躺在床上忍受病魔的折磨。晚上，当我醒来时，父亲已经从床上翻滚到地上，全身冰硬。我们担忧，不知会在新年的哪一天，父亲突然远离我们而去。

一阵和风，几场细雨，春天如期而至。马场的春天带着河水的味道，油菜花、梨花、麦香沿河而来，阳光薄薄地铺在家门口，它抹平了我长久以来的担忧。看到春阳从河的那边升起，我仿佛看到了生命的灵光，激动至极。当太阳照到家门口，我们连忙把父亲抱出来晒太阳。他躺在椅子上，总是闭着眼睛，昏昏沉沉地睡，太阳阴过去，我们又把父亲抬到有阳光的地方去，追着太阳晒。

后来，我们又把父亲带到医院进行全面检查，医生说，经过两次脑溢血手术的人，能到这地步，已经够好了。我感动父亲命运的多舛，感动父亲对生命的抗争。这次，他没有回到故土等死，而是回到了县城的家里疗养。

每天，我除了上班，就去陪父亲，有时给他揉揉肩、捏捏脚，有时给他洗漱、刮胡子、剪指甲，偶尔给他输一些补充能量的药。可是他已经不再是那个桀骜的父亲了，他完全成了一个襁褓中的婴孩，需要我们的呵护和照料。他没有意识，甚至一天比一天消瘦。我仍然怀着极大的期望，对他说："爸，你创造了生命的奇迹，会好起来的！"

我依然每天抱他在庭院里晒太阳，他还是紧闭眼睛。每次抱起父亲，我的心就会收紧一次。他健康时有160多斤，而现在，我居然能抱起他穿过堂屋到院子里去晒太阳。每每握着那只瘦骨嶙峋的手，我的眼窝总有满满的泪。

一天，去看父亲，他在熟睡，母亲守在一旁，为父亲缝制装老的衣物。她生怕父亲有个三长两短，来不及准备。看着母亲手中的青布长衫，看着躺在椅中的父亲，我潸然泪下。父亲生前，声如洪钟，老远就能听出那是父亲的说话声。我读小学时，和他一起走在上学路上，他走在前，故意把手绢弄掉，我不知其用意，弯下腰，准备捡起手绢，"蛇！"父亲洪亮的喊声传来，我被吓得丢下手绢边跑边哭。父亲爽朗的笑着回转身："胆小鬼，没有蛇，我在锻炼你的胆子。"而现在，那个时常逗我的父亲没有了洪亮的声音，几个月来，他一直生活在无声的世界里。现在，我的母亲正当着他的面给他缝制装老的衣物，他却没有反对的力气和言语。

我们明明知道，父亲活着就是在受罪，在倍受煎熬，可我们谁也不希望父亲离去，即使他病痛缠身，也希望他好好地活着，能陪在他的身边，是我们的福分。至少，我每天都会想着："嗯，该去父亲那儿看看了。"还可以对着父亲，自言自语："爸爸，爸爸，吃饭了。"母亲也说："管它怎样，再苦再累，我也宁愿服侍他，你们姐弟有喊的，我也有盼头。"

父亲一天天虚弱下去，母亲整天守着这盏在风中明明灭灭的"油灯"，开始和我们讨论这最难也最怕提及的话题——父亲的后事，比如棺木、装老之物、阴地等。这时，我有些憎恨母亲，我说她不顾及父亲的感受，当着父亲的面就对一个还有希望活着的人备办死去的事。母亲说我看不清事态，说父亲已经这样，随时都有可能离开。我反对母亲的提议，觉得这是不人道的做法。母亲六神无主，只好开始乱投医。她找命理的八字先生，找能掐会算的神婆。他们要什么，母亲毫不吝啬，只要能治好父亲的病。我没有阻挡母亲，最起码，她能从别处寻得一丝慰藉，获得一些希冀。

有一天，母亲回来高兴地说，一位八字先生讲如果家中有亲人比父亲先去世，父亲熬过了他的生日，就会慢慢地好起来的。后来，在我的亲戚中，我的姑父和叔公比父亲先走了一步，特别是97岁高龄的外祖母去世后，母亲显得更有信心。她说，这次应该也准数了吧。

在父亲无声的日子里，他只"醒"过来一次。

那天，我把他抱到堂屋的躺椅上，给他输液，在扎针时，他醒来，睁开凹陷的眼睛，生生地看着我。我高兴地喊："妈，我爸醒了！"母亲从厨房里跑出来，看到父亲的样子流泪了，对父亲又是鼓励又是询问："你终于好起来了，要安心养病，不要多想。"父亲也生生地看着母亲。"运衡（父亲的名），你认不认识我？"母亲急切地问。父亲没有反应。这时，父亲看见我的丈夫下班回来，竟伸出青筋突兀的手，拉过他的手，紧紧地攥住，嘴角抽动，像久违的朋友，认真地打量着他。丈夫安慰道："你今天的气色真不错。"过了一会儿，父亲松开手，又沉沉睡去。一连几天，父亲在院子里晒太阳时，都能睁开眼来看看天空，望着我们，看看小院。父亲虽然不能言语，但异常清醒。母亲显然很高兴，一天要给父亲进好几次食，父亲也能大口大口地吃完。虽然这样，但在我们一家人的心中，都有了一种心照不宣的预感。

这正好是父亲去世前一个月的事情。

在父亲"头七""二七"的日子里，母亲总是问我："梦见你爸没有？"我说："没有。"其实，母亲哪里知道，"梦见"父亲怎比得上我与父亲相处真切呢。

父亲只读到三年级就没有机会上学，可他勤奋好学，从小就喜欢古典文学，他丰富的古典文学知识是他自己看书学来的。他鼓励我多看古典文学一类的书，他说："古典文学是'言'。"在父亲第一次病愈期间，我叫儿子给他读"梁帝讲经同泰寺，汉皇置酒未央宫。尘虑萦心，懒抚七弦绿绮；霜华满鬓，羞看百炼青铜……"他高兴地伸出手来摸摸孩子的头。

有一次，我和父亲发生了争执。因我不安心进入职业学校就读。可父亲安慰我，人生的路还很多，并不是一条路要走到黑，既然选择了，就要好好读下去。说实在的，那是我心浮气傲的年纪，责怪父亲给我选择一条我不喜欢的路，我不顾父亲的劝告，赌气呆在学校却不进教室学习。没过几天，父亲托人给我带来了一包东西，打开一看，是御寒的衣服和几本书，还有一张便条："扔一块石子在水里，'扑通'一声，水就漾出一个漩涡，石子不见了，水就恢复原来的样子。孩子，你要明白，做人要像水，有韧性也有刚性，能退让就能恢复。天寒，多加衣服……"

每每回忆起与父亲一起的日子，那些点点滴滴汇聚成涓涓细流，慢慢浸润我的余生。

父亲逝去百日纪念，母亲买了平常父亲爱吃的菜，叫我烧菜祭奠我的父亲。菜上桌后，母亲认真地"侍奉"着父亲。我躲在厨房，不忍看到母亲流泪的脸。我听见母亲哽咽地祷告："今天做的是你喜欢吃的菜，要多吃点，你有不满意的地方，就托梦给我，你要保佑你的儿孙们无灾无难，你安心地去，我给你供饭供满三年。"

父亲在世时是我们的天，现在走了，母亲也把他像天一样祈求和看待！

等到给父亲烧纸钱时，母亲抱着一包父亲平时喜欢的衣物，一件一件投入火中，烧给父亲。我们围着火塘，默不作声。我分明看见母亲强忍着吞下她即将滚落的泪，我故意找话题与母亲搭话，刚开口，也忍不住流泪，我连忙把脸背过去，生怕母亲看出我脆弱的内心。火星在熊熊的烈火中闪烁，烧尽父亲所有的用品，可这份怀念和情分怎么能烧得尽呢！他走了，那些历历往事，让我们一家慢慢地疼痛着。

现在，父亲坟前的树，坟头的草已经葳蕤了。父亲平素里的音容笑貌、言谈举止、处事风范也在葳蕤着我。

大音希声，大象无形。父亲，您安息吧！家里的饭桌上一直有您的空位。

祖母绿

祖母绿是历经时间洗礼的宝石，是生命和春天的色彩，可是，我却固执地把它和我的外祖母相提并论，固执地以为，我的外祖母就是一块祖母绿。

外祖母一生，风雨坎坷。也许，就因与祖母绿一样，历经自然和时间的淘洗历练，外祖母在我心中，越发的光彩熠熠。

外祖母去世时距离百岁就差三年，在近百年的时光中，外祖母中年丧夫，晚年丧子，历经家世的大起大落，可是，她的智慧仍然是家里的中流砥柱，待人接物、春种秋割，她都要管着，她对舅母说：布谷鸟叫了，你要安排娃娃准备泡谷种。从岩上传来一声声"贵贵阳贵贵阳"，她就对着屋里大喊："还不起床，阳雀叫了。"然后就提着扫帚在房前屋后转，嘴里咕隆咕隆地说个不停。

姨说，我妈这辈子从来没有哈哈大笑过。从我记忆开始，我的确没看见外祖母笑过，哪怕是偶尔抿嘴地笑抑或淡淡地笑，也没有谁看见过外祖母哭过，即使在耄耋之年，她唯一依靠的儿子——我的舅父染疾离她而去，她依然硬朗地站着，招待吊丧的人。不过那时，外祖母分明怨了一回天，她逢人就喊："天！天！我这把老骨头该死却不让我替他去死。"只有那时，我忽然觉得，外祖母的天塌了，她的眼泪逆流在心里，一直淹没她的心，又辣又痛，疼得她哭笑不得。

外祖母喜欢纯棉的月白色对襟上衣，深蓝色肥裤，裤腿宽宽松松，走起路来飘飘荡荡。每件衣物，都是她自己缝制，棉线针脚细细密密，就连盘扣都是那么精致，浑身透着棉的特质，朴素、自然、柔和，叫人不禁想起"优雅"这一类词语来。

喜欢外祖母戴的灯芯绒小帽，在阳光下闪着迷人的黑光，帽子正中，钉一颗深绿的"宝石"，正因有了那棉的特质，这身着装在我面前一晃，更能感觉她非凡的气度，能感觉岁月在她身上凝固的痕迹，简练凛凛，如秋天的菊，孤傲苍凉。特别是头上的那颗椭圆形"小石头"折射着幽深幽深的绿光，深陷的大眼睛也发着光，那光，就像祖母绿，深远绵长，从时间的风骨中脱俗而来，看不透她的前世今生。

外祖母是家族中最后的三寸金莲，每次去探望她，她都在厨房里晃悠，一会儿拿出吃的，一会儿端出喝的，离别，她摇着丁香般穿着绣花布底鞋的小脚把我送到村口，站在那儿，如同一尊蜡像，直到不见我的影子。

母亲提及外祖母，往往语塞，断断续续中，我听得一些她的过往。外祖母幼年丧母，与外祖父结婚后，居无定所，她的三个孩子在外家生养。待能安定时，外祖父战死，她和孩子成了孤儿寡母。在艰难的日子里，外祖母坚持着，仍然带着幼子熬日子，铮铮铁骨，只流汗，不流泪……

有时我在想，外祖母究竟是怎样一个人？在大事大悲面前，她波澜不惊，从容淡定。她应该是石头一样的人吧，应该是柔软的人吧。我经常听她像孩子一样说要回家，要回外家。

一次教学《回乡偶书》，两孩子这样演绎"笑问客从何处来"："老人家，你从哪里来？"回答是："我从这里来啊！我从这里来。"是啊，外祖母就是从这里来的呀！在她心里，只有住着父母和兄弟姐妹们的中剪子巷，才是灵魂深处永久的家。可是，外祖母离开那"住着父母兄弟姐妹们"的家后，有如昭君出塞之凄美，山遥路远，世事变迁，她很少回去。从此，外祖母有了两个家，一个用奔波劳碌用心去爱，一个用怀想回忆封锁在心底来恋。要不然，她怎么还在盘扣上一直挂着娘家陪嫁的针筒呢。

外祖母是在清早追赶贪食的母鸡入窝孵即将出壳的鸡崽而摔跤卧床的。我去看她，第一次看见她不戴灯芯绒小帽的样子，银色的头发扎成长辫子，不毛糙，一改平时干练形象，像要准备回娘家的姑娘。

祖母绿是五月的生辰石。外祖母生于五月，消失于五月，冥冥中，外祖母又遵循了这自然的法则，回归到原始的生命轮回的转盘上。

外祖母是坐在她那把陪嫁的椅子上去世的。表哥说，给她软垫的靠椅她不用，就非要这把椅子。我听着心酸，她要回那魂牵梦萦的家——有兄弟姐妹们的家，这个夙愿就这样随着死亡而消亡了，她对家的意念，就是这最后的一坐，就是对针筒一次次的抚摩。

外祖母走了，人们都说这老人一生干净利落长寿，争着来要她生前用过的物件。针筒被表嫂留下，随身衣袋里的手尾钱被分给姨妈和母亲保存。其实，陌上尽是看花客，真识寒香有几人。祖母绿要去毛料才知品相，外祖母亦如此。

六年了，我想，外祖母坚强的骨头，凝重的不苟言笑的面容，已经与石头沙子土地融为一体了吧，再过很多很多年，我再给我的孩子说起时，外祖母不就是一块祖母绿了吗？

张 海

男，汉族，笔名百川，生于二十世纪七十年代，普定人，贵州省作家协会会员，贵州省美术家协会会员。有小说、散文、民间故事等作品散见于《劳动时报》《安顺文艺》《贵州都市报》等报刊。

云中草原

  云中草原是普屯坝的另一个名字，地处普定县猴场乡境内，与织金县接壤。外面的人叫她云中草原，本地的人就叫她普屯坝，云中草原算是学名，普屯坝算是小名吧！

  云中草原其海拔最高处 1846 米，山顶平坦，地势开阔，高耸入云，也因其所处地理位置较高而得名。云中草原的四季景色不同，每个季节去的时候感受也不尽相同。

  冬天，美丽的冰雪世界。

  云中草原的冬天，落叶木已退尽残红，树叶落尽，枝条齐刷刷地指向天空，尽显树干的筋骨。只有常绿的松树和灌木林还保持着那一份执着的绿。下雪天，落了叶的树枝上包裹着一层冰凝，每一棵树上，每一根支条上，都显得透明透亮的，很是好看。特别是松树的枝上，上面透明，下面翠绿，那绿白相间的感觉，就像走进了一个冰雕世界，把树的轮廓勾勒得细致入微，任何一个雕塑大师都是无法雕刻得这样完美的。草原上的草，就只剩下些枯草，但枯草上也满是冰凝，远远望去一片白茫茫的，踩在上面，"咔嚓、咔嚓"的声音动听悦耳，仿佛进入了一个童话世界。雪天的云中草原太美了！银装素裹，宛如一位圣洁的少女，身穿一袭白纱，那份恬淡清新的感觉，让人又想亲近却又怕玷污她的圣洁。

  春天，一片生机盎然。

　　云中草原更美的一个季节应该算春天！经过了一冬的休眠，草原上的草虽然还有很多的枯草覆盖，但你会发现草根下面细细密密的嫩草冒了出来，树枝上也发出了欣欣向荣的嫩芽，一片生机勃勃的景象，总让人产生一种积极的、向上的、乐观的生活态度。特别是映山红开了的时候，那满山满野、成堆成片的红呀，让人目不暇接，美不胜收。一群群苗家少女穿着盛装穿梭其间，相衬其艳，相映其美。这个季节来玩的游客最多，每天都有成群结队的人到山里来，主要是来领略云中草原的美，来欣赏美轮美奂的杜鹃花，来享受大自然的恩赐，来拥抱春天的情怀，来释放人生的激情……

　　云中草原上的杜鹃花种类很多，但与黔西的百里杜鹃大有不同，云中草原的杜鹃花主要是小叶杜鹃，花色有大红、紫红、粉红、淡紫，还有白色的。但以大红和粉红居多。在一片大红或紫红中，偶尔会长出一树紫色的来，或者是白色的，点缀其中，煞是好看。享受了花的世界，会忍不住诱惑，摘取一枝放车上，归去时一路伴有花香。

　　夏天，好一个"绿"字了得。

　　云中草原的夏天，就是一个字——"绿"。在天晴的日子，放眼望去，直到草原尽头，全是大片大片的绿，墨绿、草绿、翠绿、淡绿，还有青中带绿，或者说绿中带青。有本地的村民放牧其间，牛羊悠闲地漫步其中，或者吃饱了躺下来细嚼慢咽地反刍着，那一份闲适，那一份恬淡，那一份与世无争的心景，抑或会对你的人生有所启发，有所触动。在有雾的日子，草原一片雾气蒙蒙，云蒸雾绕的，极目也只能看到远处的山头若隐若现，草原的面貌只能雾里看花了。这个季节的云中草原就是湿漉漉的，像一个刚出浴的少女，半遮半掩，羞羞答答。远山似有似无，如诗如画，近境变幻莫测，如梦如幻。身在其中，如履仙境，如步蟾宫。

　　要是在周末，一个人的时候，放下所有俗事，仰面躺在某一处茂密青草的怀里，卧听山风吹过，仰看云卷云舒，更别有一番诗情画意，在闲适中，让人感悟到人生的真谛。

秋天，熟透了的季节。

云中草原的秋天，又是另一番风景。草原由绿转黄，或青黄，或绿黄，或枯黄。草籽逐渐成熟，也许你走在其中，会带走一些成熟了的草种，不经意间又到草原的另一个地方发芽生根。野鸡野兔会时隐时现，如果你有兴趣，就去追上一气，追得到追不到是不重要的。秋天的云中草原，有一种熟透了的感觉，成熟的气息总是扑面而来，让人有一种踏实的感觉和丰收的喜悦。

云中草原是有生命的。著名新闻理论家、散文家、科普作家、政论家梁衡先生到云中草原来采风时说过一句话："给大草原赋予文化，草原就有了灵魂，有了精神，有了生命和感情。"

如今，在云中草原的山头上，新建了 30 台风力发电风机，这又是云中草原的一大风景。但我也担心着，去的人多了之后，又会破坏了草原的那份宁静。

张 健

男，汉族，普定县化处镇长峰村人，喜欢散文、小说写作，作品散见于报刊，现供职于黄果树旅游区综合执法大队。

小村

小村的一天是在鸡鸣狗叫声中开始的。

晨雾浓得像化不开的猪油，笼罩着沉睡的小山村。

最先被群鸡的乱鸣声惊起的，是各家的女主人。她们并不因好梦被扰而滋生怨气和埋怨，依旧像往常一样，披头散发，撮一钵苞谷或麦子，撒于庭院一角，放出那一窝大小不同、毛色不一的鸡。

吃饱的鸡分散在房前屋后的竹林里、菜园里，开始它们的一天。小村的男人、孩子也相继起来了。早一些的孩子扒了两碗冷饭，迟些的便连脸都顾不上洗，抓上书包便加入了上学的队伍中。

男人们洗漱罢，悠闲地点上一根纸烟，或裹上一杆皮烟，坐在堂屋里等女人热饭或煮面条，偶尔讨论一两句某块苞谷地该放几斤肥料，什么时候把洋芋挖了。

繁忙的一天便这样开始了！

春耕夏锄，秋收冬藏，小村总有忙不完的活。尽管忙，没有谁抱怨半句，春耕冬闲，串门依旧频繁。女人、孩子们坐在一角，听男人们聊庄稼的耕种和收成，聊牲口的生发饲养，聊村庄的家长里短。聊得兴味十足，听得也兴味十足。往往在聊天的时候，便传来了"某某，你的电话来了"的通知，于是谈兴正浓或听得起劲的某个男人或女人急慌慌地往教书的张克端家接电话去了。一屋子人的话题便不约而同地转到了在外打工的子女们身上。有炫耀儿女在外一月赚一千多块的,有叹息不孝子打工七八年不见一个子儿的,有因儿女在外干不正当营生而羞于开口的。

小村百分之八十的年轻人都在外打工,于是在山上放牛地里劳作的,便几乎都是儿童和老人了。

留守小村里的壮劳力主要是一批石匠。这批石匠近几年来十分走俏。石匠们的工地不仅仅在小村,他们的足迹远至十几里外的村庄。打工的村民们赚了钱回来的第一件事情便是建房。砌的都是平房,还要贴上瓷砖。当然赚到钱砌得起房子的也不多。反倒是石匠们几乎家家都砌了新房。守着老婆过活,守着儿女学习,日子过得很滋润。

守着孙子孙女过活的爷爷奶奶们,个个不服老,除种着几亩土地外,还喂养着牛、马、猪、鸡、鸭、鹅,每天忙得不亦乐乎。背一天比一天驼,手上的老茧一天比一天厚,但仓廪年年满,鸡鸭成群,每年宰一头年猪,他们满脸的皱纹总像盛开的鲜花。

小村最热闹的时节,莫过于过年。

打工的多半已经回家了。尽管小村依旧没什么好玩的,但有了年轻人的村庄毕竟有生气。年饭后的夜晚,这家的堂屋里一群划拳喝酒的,那家的后院又围了一帮打麻将的。老母亲对打麻将不满,唠叨几句。老父亲便急了:"难得娃娃们回来闲几天,吵什么吵?"想想也是,老母亲便抱着最小的孙子,窜门去了。

回家过年的年轻人,大年初几便外出了,过完十五才走的就算迟的了。临走时,儿女们动员老父老母把土地租出去。老人不干,说还能做。再说大家都出去了租给谁?偶尔老母亲会说老父亲的手臂疼痛了多年。于是作为儿子的当即说,钱不是问题,再一问办了合作医疗没有,老母亲说舍不得钱没有办。读过初中的儿子一拍大腿说:"为什么不办呢?那可是天上掉馅饼的好事啊!"于是便又拍胸脯说办医疗卡的钱自己出。

于是,老父亲的手臂疼痛花了很少的钱便治好了。

村东头张大爷多年的风湿也控制住了。

村西头李大妈的白内障也切除了。

老人们总算见识了合作医疗的好处，个个便把那绿色的小本本像珍藏毛主席像章一样珍藏了起来。

尽管日子舒坦了，衣食无忧了，但为儿女们担心、为孙儿们操心依旧是少不了的。

每每忙乎于田间地头，累了，男的拄着锄头，女的扶着锄柄。男的目光幽幽的，看着一株株粗壮的苞谷，一点都不介意汗水打湿了汗衫，女的也目光幽幽的。女的说："不知我们的富贵过得怎么样？"男的说："瞎操什么心？这么大的人还不会照顾自己？"其实是在安慰老伴。

老父老母的担忧隐藏在日出而作，日落而息的平凡生活中，就像困扰他们的骨质增生、风湿关节痛一样，隐隐地却又无法根治。不过这些个担忧也有像山洪一样偶有爆发的时候。

村西头李庭义的儿子李老三在广东打工开山时被炮炸飞了半个脑袋的消息传来了。老母亲的恸哭、老父亲的哽咽弥漫着整个小村。鞭炮声响起来了，唢呐吹起来了，李庭义的小院子热闹起来了。一如当年他老爹被小煤窑爆火烧死后一样热闹，一如小村所有的丧事那样平常、那样热闹。之后，小村又恢复了平静。

不久，又传来了寨子中间王老伯的儿子王小彬在外抢人被抓的噩耗。平静的小村又像起了一阵风的湖面久久不能平静。

又一年，小村又传来了在外躲计划生育兼打工的李国富媳妇因难产而死的噩耗，李国富领着三个差不多一般大的女儿，背着一个写有"永远怀念"的劣质骨灰盒回了小村。老父老母拥着三个满目惊恐的孩子，哭昏死去好几回。本来就老实的李国富，经这一折腾，脑子竟不好使了，每日微笑着在村里窜来窜去，不时嘴里还念念有词。村民们先是同情可怜他，时间一长也就像什么也没发生了。不知何时起，便有一群屁大的孩子跟在他后面边走边喊，朝他扔石头。

　　小村的日子依旧伴随着鸡鸣狗吠、马嘶牛鸣。老了的男人和女人，依旧如夏日里的鸣蝉，日头越毒，工作越勤。他们经历了太多的生老病死，在日头下一曝晒，在谷雨中一洗礼，也便淡了，藏在他们深深的皱纹里了。

　　某一日，邻居的孩子带来了老师的通知。当爷爷的不敢怠慢，和一群孩子还有自家的狗一齐赶到学校。老师说他的孙子经常不做作业，经常旷课。

　　"他每天回家都做的，"老人辩驳。他哪里知道孙子每晚都在写纸条等待第二天和邻桌传递着玩呢。

　　又一日，老师押了一男孩交给其爷爷，说是刚从学校附近的网吧里抓来的。

　　……

　　提起孙子的学习，爷爷奶奶们没有不叹气的。孙子辈玩的比儿子辈小时候玩的还稀奇，儿子辈们玩弹弓玻璃弹坐小木板车，孙子辈们则玩游戏机骑单车；儿子辈拿面条当菜吃，孙子们对面条早不屑一顾，钟情小卖部里的"唐僧肉""小辣狗"。唯一相同的是学习成绩都不好。一如小村坡地上的庄稼，年年岁岁都是一个样。

　　子女们来电话问起了孙子的学习，说在外没文化没技术如何吃苦如何受罪。爷爷奶奶们便只有叹气的份了。唯一觉得安慰的是，小村读书出去的除了村主任儿子和教书的张克端，大家都一样，日子还不是照样过？

　　是的，小村的日子照样地过。

木耳洞

木耳洞在我出生的那个山村。故乡的老人孩子,无人不知木耳洞,无人不对其有或多或少的情结。

木耳洞不仅仅是一个洞,而是一个约 200 平方米范围的总称。

距离村子只有一里路,一条小河从远方流来,流出长约四五十米的深沟,汇入一个神秘莫测的凹进山肚子里的黑洞中,那洞,就叫"木耳洞"。

听逝去的爷爷说过,过去木耳洞的水沟比现在深得多,那七扭八拐的深沟两岸,古木交织,站在沟底,难见天日。在那些不知长了多少年的古树杆上,水汽滋养出一朵朵味道鲜美的野生黑木耳,木耳洞因此得名。

尽管,木耳洞有鲜美的黑木耳,但没人敢到木耳洞采摘黑木耳,因为那深不见底的沟、那茂密的森林,总是传出让人心惊肉跳的豹子的吼叫声。

在一个艳阳高照的午后,爷爷一家正在门前的坝子里薅二道苞谷,眼尖的爷爷看到一只豺狗正向在村口玩耍的 8 岁的妹妹跑去,一家人尖叫起来,但饿极了的豺狗还是很迅速地叼走了爷爷的妹妹,朝木耳洞方向跑去。当村里人扛着锄头棒子、点上灯笼火把追到木耳洞深涧时,豺狗逃跑了,爷爷的妹妹被吃得差不多了。

解放后,木耳洞深涧两边的古树被砍来炼钢,深涧渐渐浅了,最终全部裸露在阳光下，那些令人发怵的豺狗老豹，也不知去向，神秘的木耳洞秘渐渐展现出来了。

冬天，村里的小伙伴相约到木耳洞洗衣服。其他小河沟里的水刺骨难耐，但木耳洞里的水却冒着热气，光着脚站在水里也感觉不到冷。在那些寒冷的冬天，我们就相约在刚淌出山肚子的水边洗衣、玩耍。当然，一两个人是决然不敢到木耳洞来的，因为深涧两岸和深不可测的黑洞，总是散发出阴森之气，偶尔飞过山涧的不知名的大鸟的怪叫，令人心惊胆战。

小河的上游，有一块十余亩宽的坝子，水草丰茂。十几头牛在其间吃上半天肚子便圆了。把牛放到木耳洞后，我们又可以自由地玩游戏。牛经常顺着小河，往木耳洞的深涧里吃草，吃饱了，又走回来，不过有的牛忘了时间，天黑都不肯走出来，于是我们不得不相约到洞底吆牛。记不清是哪一年，五伯家的大水牛贪吃，进入木耳洞深涧后就没再出来，我们顺着深涧往里走，走到那黑洞洞的洞边，都没找着牛。当村里人赶来时，大家用绳子把五伯吊入黑洞，看到了卡在阴潭里的牛，于是便找来几根粗绳、杠子，弄到半夜，才把牛弄出。

从此，每每放牛到木耳洞，大人们总是交代，不可让牛进入深洞里，但我们依旧只顾在宽大的坝子里玩，任由着牛自由活动。

有一年，接连下了几天大雨，木耳洞涨大水。阴潭里的水往外冒，小河水一改往日的平静，浑浊的水涨满了河床，没几天，整个深涧一直往上到四五百米处，一片汪洋，长得正茂的庄稼，被淹没了。雨停了，天放晴了，木耳洞汪洋一片，碧绿得耀眼，有耐不住酷热的人们到木耳洞洗澡。半月后，那一片汪洋消失殆尽，留下一片狼藉不堪的庄稼。痛心不已的二叔在自己的稻田里捡到了一条水桶般大的、已经腐烂的鱼。

第二年雨季来临，木耳洞又涨水了。那天，当我还在梦中，整个村庄喧闹起来了，人们纷纷往木耳洞方向跑。大叔家11岁的女儿掉到木耳洞的水里了。我随着人流跑到木耳洞时，比我大两岁的堂姐刚好被捞上来，已经断气。大叔一家的嚎哭声撕心裂肺。那一段日子，我的耳边总是絮绕着哭声，脑子里总是氤氲着恐惧。

第三年，木耳洞又涨水，邻村一个三十来岁的汉子与妻子在对门的山上薅苞谷，酷热难耐，便跑到木耳洞洗澡，一去就再没回来。村里人捞了两天，都找不到尸首，直到第四天，被水泡得胀鼓鼓的肉身才浮出水面。

邻村一个阴阳先生掐指一算，说是木耳洞里的神每年都要来带走一个人。

木耳洞成了恐怖之地，涨水的日子，母亲们更是无一日不心惊胆战，孩子一分钟不在眼前，便要问是不是去木耳洞了。

记不清哪一年了，木耳洞不再涨水，小河上游植被恢复了。木耳洞的深涧长满了绿草，曾经的那个深不见底的黑洞不见了，取而代之的是五百余平方米的水域。村里的小孩在这片水域钓鱼。鱼是从阴潭里游出的，叫岩花鱼，没有鳞甲，味道极美。

木耳洞终年保持一汪水域，不涨不落。因为水浅，加之洞底寒气逼人，也没有谁会去洗澡，木耳洞里的"神"不再来带走人，木耳洞也就不那么恐怖了。

而当我在沉浮的生活浪潮里漂泊的时候，在歌舞升平的夜晚，在醉倒又醒来的不眠之夜，我又想起了木耳洞，那曾经给予我无限喜悦、恐惧之地，俨然成了宁静之所。而现在的我，似乎正在一个黑森森的洞边徘徊。依旧生存在村子里的母亲，曾经担心我去木耳洞洗澡的母亲，也许已经忘记了木耳洞的恐惧，但母亲不知道的，是漂泊在外的我和我的哥哥姐姐们，我们的生活，比木耳洞更让母亲看不到底。

张 林

男，普定县第一中学教师，文学爱好者。人生信条：教书为荣，甘之如饴；热爱生活，乐天安命；尊崇文学，不离不弃。

阳台花开

予非高人，亦非雅士，花草原本与我无缘。小时候倒是和小妹种过一次花。那时刚搬了新家，三间崭新的瓦房，坐南朝北，在不甚发达的小村中威武得如一尊雄狮。屋后留一小院，周围砌上围墙，一人一手一尺高，墙梢插上碎玻璃，大山墙上挖两篷荆棘挂上去，防贼。这样，我家的后院就与世隔绝了，在农村，家家如此。

男孩子对花草没什么兴趣。儿时的我，连做梦都在跟汤姆·索亚去寻找一个绝世宝藏，最好再加一本武功秘籍和一件金箍棒般称心的兵器。所以我们跋山涉水，钻洞探幽。小妹却不然，她表现出女孩极大的热情与耐心，发誓要把我们的新家打扮成湘夫人的荷屋："筑室兮水中，葺之兮荷盖荪壁兮紫坛，播芳椒兮成堂。桂栋兮兰橑，辛夷楣兮药房。罔薜荔兮为帷，擗蕙櫋兮既张。白玉兮为镇，疏石兰兮为芳。芷葺兮荷屋，缭之兮杜衡。合百草兮实庭，建芳馨兮庑门。"

当然，她不懂屈原，不懂《湘夫人》，她只是怀有比屈原更富有想象力的宏伟设计，然后开始实施她的工程。

先是监督我跟一群同龄伙伴嘿哧嘿哧地搬来大小不一的石头，再央求父亲靠围墙二尺远砌一道半米来高的墙，然后用尽各种办法弄土来填上，这样，一溜儿花圃就竣工了。对几个小孩来说，这个工程是巨大的，丝毫不亚于秦始皇修筑万里长城。记得那时光是填土就废了好大劲。冒着被痛骂的危险东家的菜园挖一担，西家的瓜地挖一筐，还要选准时机，等大人们出了工。但罪行往往会暴露，地里那些大大小小的土坑，埂边歪歪斜斜的菜蔬便是罪证。运土的工具也五花八门，大到粪箕，小到塑料袋，队伍则是清一色的童子军。

花圃快要竣工的时候，妹妹就已经国库空虚了，她把积攒了好几年的压岁钱换成各种小东西，铅笔、橡皮、本子，全都当作劳动报酬奖给了伙伴们。

最后的花苗是通过许诺让伙伴们各处去找来的，美其名曰"找"，实际不过是自家花钵扯几根扇子草，别家墙底拔一株姻脂苗，妹妹的诺言仿佛是"明年准你来我家看花"、"到时还你一棵十八罗汉"什么的，总之，这一溜花圃里不再只是褐色的泥土，它种进了妹妹的许多希望，尽管那些苗们东倒西歪。过了两年，这一溜花圃竟也郁郁葱葱，姹紫嫣红起来。

这仿佛是童年最有价值的一次劳动，这次劳动的过程不自觉地唤醒了某种潜在的审美意识，这种意识今天已经成为我苦苦追寻的圣境，我们的生活，还有多少如此之美？

可惜的是，这次美好的劳动没有得到善终，闲不住的母亲在后院喂了几头猪，养了一群鸡。等鸡慢慢长大，猪饿极了肚子拱出圈外的时候，这些已经长大、绽放的花便遭受了灭顶之灾。猪拱鸡啄，花儿们很快"芳魂一缕随风去"，落一个光溜溜后院真干净。

这一次打击让小妹抚花痛哭了好久。在乡下，小妹种的花遍地都是。东家园里探一枝红杏，西家墙上挂几藤葡萄，这家墙角摇曳几根翠竹，那家篱边招展一壁蔷薇，这种景致，实在不足奇矣！在一个乡下野孩子的眼里，整个世界都是他的花园。

之后是漫长的求学和辛苦的工作。对于花草的记忆，犹如风中的驼铃，渐行渐远；对于花草的怀念，犹如雨中的足迹，渐远渐无。那，又是什么勾起我对花草的相思，叫我夜不成寐、辗转难眠呢？又是什么勾起我对花草的热情，让我魂牵梦萦、蠢蠢欲动呢？

莫非，是这座楼房林立的小城再也嗅不到一点泥土的气息？还是，这片叫"水泥"的森林再也见不着半点异样的颜色？

难道，是这座我工作了十年的城市已如陶潜身处的官场一样污浊？还是卑屈的精神流动于千载的空气令人窒息？

芬芳的菊香哪里去了？纯洁的莲姿哪里去了？迷人的桃瓣哪里去了？

我曾经用汗水浇灌的花儿哪里去了？

退守心灵的港湾，还是游走生存的罅缝？这是个问题。

我不是陶潜，不能用虔诚的幻想和灵动的想象为自己构筑一个乌托邦。

我只是一个面团似的现代人，养家糊口的使命让我只能选择做好准备：被塑成一根擎天柱，或是捏成一颗螺丝钉。

于是，我努力工作，拼命存钱，娶妻、生子、节衣、缩食、买房、购车……

我终于有了一个妻子，终于有了一套房子，终于有了一辆车子。

我欣喜地发现我的妻子很单纯。

我惊喜地发现我的房子很不错，竟然有一个比较大的阳台，阳台的外边竟然不是高楼，还留存着较大的空间，这个空间内竟然还有山，还有水，还有树，还有远处的蓝天和白云。

我于是摒弃了把阳台封起来做成书房的打算，让那些书都见鬼去吧！我要敞开我的阳台，我要用它连接整个世界，我要让它欢歌，我要让它狂舞，我要让它灿烂……

我请泥水工朝着向阳的地带砌上一溜花圃，砖是我一块半块从废弃的工地上捡来的，土是二块钱一箩请小工们背的，花种或买或要，有一棵西红柿苗是在路边挖的，连同一棵南瓜秧，我把它们全种在潮湿的土中。

我每天给它们浇水、祈祷。南瓜秧没过几天就死了，西红柿苗却苗壮生长，到秋天竟挂满红红的硕果，我宝贝般疼爱，不料却被四岁的侄儿偷着躲着摘了个精光。其余的种子没有萌芽，我把它们写进日记：2008 年那一场凝冻，冻结了我的花种，我的阳台，也冻结了我的心扉。

又是一个面朝大海，春暖花开的季节。经历了格外寒冷的冬天之后，我们对这个春天特别珍惜。我决定再次打扮我的阳台，怀着打扮新娘一样虔诚的心。我给阳台上的泥土上足了名叫金圣方的肥，我从溪边移植了不知名的藤蔓，我没有选择名贵的其他植物，我要让那些弱势的藤蔓爬满我的阳台，那些藤蔓没有名字，却很肥硕。我买来桃梅、葡萄、月月红，把它们栽进初春的泥土，我收集牵牛花、一串红、虞美人的种子，撒进初春的泥土，我众里寻芳地找来葫芦种子，葫芦在这个社会几乎已经绝迹，我也把它种进初春的泥土，那是为四岁的侄儿种的，然后，我怀着诚挚的心，天天翘首期盼。

我期盼着我的葫芦破土，我的葡萄发芽，我的桃梅抽蕊，我等待每一个生命的信息，如同等待我初识的恋人。

我渴望在某天的清晨醒来，我的恋人在对我明眸青睐，在对我顾盼生情。

我于是殷勤地浇水，庄严地等待，一周，两周，三周……

藤蔓富有生机，它们在没有天敌、没有竞争的阳台上生机蓬勃。它们一沾土就活跃，一遇水就欢欣。它们第一个尝到了泥土的芳香，第一个品到了自来水的甘甜，第一个沐浴了阳光的温暖，第一个受到我真心的喝彩。清晨或傍晚，我能清晰地感受到它们贪婪地吸吮，痛快地拔节，在两三周后，迅速地爬成半腰的矮绿墙。

而我的桃梅，我的葡萄，它们依然挺立着枯枝，像沙漠里的胡杨，虽然占据着一方土地，却不过以一千年不到的身姿，仿佛在宣告生命的终结或延续。

其余的种子还在睡眠，我焦灼的心情，虽然能穿透泥土，但穿透不了它们坚定的种皮，它们不紧不慢，敲打着生命的节拍，丝毫不理睬我的着急。

我待着，我能等。

事业漫漫如长路，生命更遥遥不可期，我的生活中，值得等待的还有多少？或许只有我的爱情，还有我的花种。

我于是静心而待，等我的爱情开花结果，等我的花种破土发芽……

那是在一场炎烈的骄阳过后，那是在一场急骤的暴雨过后。

我在周末的清晨照例踏上阳台，吐故纳新，吸一点浅薄的天地灵气，吸一点残余的宇宙精华，在让人窒息的生活中苟延残喘。睁开惺松睡眼的瞬间，我猛然惊呆。阳台上那一溜清新的泥土地里，一夜之间探出了数不清的绿脑袋。它们叽叽喳喳地向照顾了、期盼了它们一冬的主人殷勤招呼，急切问好。它们有的有两片柔弱的嫩芽，有的还在蜷缩，有的甚至只有一个光杆，顶着一撮细细的泥土，它们在微风中招展着、舞蹈着、战栗着……

在这一瞬间，我因这些小精灵们而热泪盈眶，那是我的希冀，那是我的寄托，那是我的灵魂。我一直渴望与它们融为一体，去吸取云露，去吸取阳光，去洗涤心灵。

那一瞬间，我与它们一起感恩，感谢暴雨，感谢骄阳，我甚至发誓，在我的生命之中，我不再讨厌暴雨，不再怨恨骄阳，我爱它们，有如爱我的生命。

小脑袋们渐渐长大起来，挺拔起躯干，舒展开四肢，我好不容易认清这是中国芍药，那是法国红兰，最让我爱不释目的是那几株葫芦，不知是受了《葫芦小金刚》的影响，还是四岁侄儿的影响，我把它们当作宝贝，从下种的时候起，我就在做一个梦，梦想秋后我的阳台绿荫满挂，缀满葫芦娃，朋友家小孩要西边那个，刻上名字，亲戚家的小孩要东边那个，刻上名字，给它们取名洒水娃、喷火娃、千里眼、顺风耳……

阳台背阴，日照不足，仅夕照略作片刻逗留，还只能斜照花圃的三分之二，靠大山墙的那侧终年阴沉。此地宜喝酒打麻将，可是委屈了我的那些植物，让人心疼。它们竭尽全力，依然瘦瘦弱弱，几阵春风夏雨过后，娇贵点的都慢慢萎靡，终于无疾而终。后来也试种了几次，凡是有点富贵气的花草在我的阳台上均拒绝成活，笑靥般的花朵三五天后就要开始翻脸，先是如同一个错插牛粪的女人，满腹幽怨，面无光泽，然后花凋叶枯，永远缄默，永不绽放。痛惜良久，慢慢也释怀了，我乃一介穷酸，腐朽而已，又如何沾得起半分富贵气？既然注定与达官无缘，与显贵无分，我的人生，有一个糟糠妻，有几株野花草，如此足矣！

　　时光既残酷又公正，植物们经历了庄严的检验过后，生的生，死的死。大浪淘过的沙，干干净净，纯纯粹粹。三年了，阳台上一株三角梅、两株木棉还健在，当初细苗一棵，现在已成半大小孩，虽不茂盛，也还健康。葫芦长势不错，结果繁多，遗憾的是葫芦娃长到小指般粗细时均会夭折，病因未明，实在痛哉。藤蔓最争气，最守信，冬谢夏荫。那年，居然在凋谢的藤蔓丛中发现一个葫芦，已如拳头般大小，惊喜之情不亚于中大奖，小孩们多次欲摘，我严厉呵责，护之如宝，至今仍挂在一枝枯藤上，聊作安慰。土中还有朴实的种子，偶尔还会冒出一些野菊之类的小苗，秋风吹时，竟然也金黄一片，灿烂得如同我的人生。

张　麟

女，普定人。做过护士、检验师、记者，中国作家协会会员，鲁迅文学院第二十九届高研班学员。著有中短篇小说集《红颜》。作品散见于《中篇小说选刊》《中华散文》《特区文学》《青年文学》《百花洲》《山花》等。中篇小说《逆风朗读》获贵州省第二届专业文艺创作奖特等奖。现供职于贵州省安顺市文联，任安顺市作家协会主席。

花灯风流

花灯好看，可是花灯难跳，因为要跳得它明净。

我的家乡普定，村村寨寨都有灯班，有的村甚至有两个、三个以至更多。但我小的时候，花灯唯有正月里得见，突然听见有人来散帖子，就赶忙跑到村口去看，果然古老的门洞里，就贴了一张纸，可具体写了些什么，年少的我总是一知半解。但却晓得这帖子红纸黑字，喜庆吉祥，无论散发到哪村哪寨，都无人拒绝，如同今天 CCTV 的《同一首歌》，走到哪里都是一片欢呼雀跃。

帖子散出以后，并不意味着当天开演，而是要等到第二天或者第三天。这一点帖子里头写得明白，大概说今天戏班在某某村某某生产队，明天又在某某村某某生产队，大约要后天才轮到贵地。有一种矜持，一种作派，不比同讨口要饭的叫花子，招之即来，挥之即去，实质上似乎和今天张艺谋、陈凯歌他们为新片做宣传如出一辙。不过这种宣传，也给所谓的"贵地"留了一点从容应对的余地，那时候大家都穷，贵客盈门是一件发愁的事，怎么迎，怎么送，宵夜如何安排，礼金如何打发等等，如不事先安排妥当，都会使一件原本高兴的事变得尴尬而不可收拾。

不过戏总算是可以开演了，开演这天，全村家家户户都住满了亲戚朋友，他们显然是被请来看戏的。本来就在年节里，如今添了花灯和宾客，菜越发香，酒越发浓，衣着打扮也更光鲜。而且兄弟姊妹、婆媳妯娌间相处，也比往常谦和稳重，彬彬有礼。唯小孩子可以比平时淘气，等不及天亮就扛了板凳往戏楼前跑，谁起得早，谁跑得快，谁就能抢到好位子。我脚下的妹妹最为泼辣，伶牙俐齿，胆气过人，每一回都抢得好位子。

不过那时候的戏班并不是纯粹的花灯班子，而是堂而皇之地被名为"某某宣传队"，演的也多是样板戏，花灯只敢夹杂于其中的一个节目，而且也看不见"花灯"，但是这个没有"花灯"的花灯一出场，夜色里就仿佛长出了无数只手，诡秘而暧昧地伸进人群里，纷纷挠起痒来，使大人们从骨头缝里发出一阵阵似笑非笑的怪声，仿佛舒心至极，又仿佛无法承受。莫明其妙地使一个村庄变得忍俊不禁，明丽多情。

多年以后我才知道，这个节目一般叫《骂五更》，讲一个女人在五更天骂丈夫如何无用，举止失态，言词俚俗。我少年杨柳新枝，不染尘埃，当时只觉得戏楼上那位男扮女装的演员手腕粗大，喉结外露，胡子不曾刮净，胭脂也不曾抹匀，男不男女不女妖气作怪，比起柯湘，比起韩英，比起铁梅，简直相差十万八千里！而我们村的宣传队是不曾有花灯的，这似乎与我们那位抗美援朝时少了一个手指头的模范村支书有关。不过这一点我也是很多年后才想明白的。

二十世纪八十年代初，我家乡县城里正月间开始有灯班走街串巷，只见那灯火阑珊处，鞭炮声声里，一溜灯笼荡悠悠漂移过来，它们由巧手的花灯艺人用竹、木、纸扎制而成，有宫灯、牌灯、八卦灯、绣球灯、荷花灯、鱼灯、虾灯、走马灯……形色各异，名目繁多，于现代浮华的烟花里突然凸现，便仿佛沧海明月一般，古朴、明净、养眼，使你眼前一亮，莫明地有了一种感动——哇，原来花灯可以是这样的啊！

这与我在乡下抢位子看花灯相隔了十年，十年的岁月物是人非，十年后我似乎放弃了对花灯的排斥与误解，偶尔会被那些沧海明月般的灯笼所牵引，走近那些红男绿女，只见他们若干人围绕于灯下，男执扇，女执帕，以月琴、二胡伴奏，边舞边唱——

天上英雄访英雄，地上宾朋访宾朋。

大舜耕田尼山上，尧帝访他到朝中。

只有小弟无处访，才来贵府访仁兄。

访得仁兄同交往，你为师来我为徒。

而我竟然喜欢上了这段粗浅的花灯唱词，因为唱词背后的人老实、本分，懂得处世之道——天就是天，地就是地，尧舜是尧舜，我是我，我并不因为上不了天，做了不尧舜就没有自己的快乐。我至少还能去拜访你啊仁兄，我们取长补短，友谊长存……这份懂得并固守生存边界的智慧与豁达，实在可爱之极。

花灯里也有幽默诙谐。唐二是灯班里的名角，唱的虽然是独角戏，但据说却担负着台上的"搭上咘""颂灯""谑白""吼高腔"等重任，相当于今天相声小品里的顶级笑星。他一般帽子歪戴，衣裳乱穿，花着鼻子上了场就这样唱——

唐二本姓高，上树摇核桃，

核桃落下来，打得唐二一个大青包，

摸又摸不得，揉也揉不消。

请个医生来号脉，要药来要得刁，

要泥鳅的胡子，黄鳝的眉毛，

要虱子的苦胆，虮子的尿包，

要门背后的水麻柳，堂屋中间的马屁包，

还要半天云里的老鸦屁，寅时放去卯时消。

我头一回听到这段子时傻笑不已，觉得亲切，因为小时候似乎听见老人们把它当童谣反复吟唱过，长大后却忘了，没想到如今竟然从花灯里捡了回来。不过它是这样的不讲理，唐二本姓高，接下来上树摇核桃，再接着突然回车换行，从泥鳅的胡子讲到半天云里的老鸦屁，压根不告诉你唐二为什么本姓高，牵扯得实在好听和可笑。不过大概也因为这好听与可笑，才会一代一代地牵扯下来，也不知要牵扯到猴年马月去。

对花灯更深入的了解，却又是在另一个十年以后。另一个十年以后世事安稳，市井繁华，花灯作为宝贵的乡俗文化和民间艺术四处传播。这时做县报记者的我偶然看到一张照片，照片里一个老妇人着彩衣，执锦扇，媚眼含春，身段妖娆，双腿如藤萝缠绕，两臂似禾木迎春，虽历尽沧桑，韶华已过，却分明有着梅花消息，映照得整张照片里都是她的人，她的春天。

当后来确证照片里看起来才五十来岁的老妇人，其实是由87岁高龄的老汉徐文华所装扮时，我惊骇不已。徐文华何许人也？据说他善于在花灯行当里反串老旦，被誉为"贵州西路花灯之王"，名头很响。于是我才知道花灯里面有王，有仙人丹，有易容术，有石破天惊，有长春不老。我开始被花灯吓坏了，觉得花灯不再是花灯，而是一种法术。而这种法术也果然了得，它最早起源于汉代，兴于唐宋，并伴之以歌舞，至今已有两千多年的历史。

而花灯来到我家乡的土地上，却又另有一段故事。公元1382年，朱元璋调北征南，在贵州高原上留下了三十万大军，随后的调北填南，又从江淮一带迁来了数万人，这些永远失却了归途的移民。他们有事则战，无事则耕，闲暇思念家乡之时，便以玩花灯、跳地戏和礼佛来消解心中的烦愁。我家乡由此被称为"大明定南所"，如今这几个字还镌刻在东华山的石崖上。崖下原本沉寂的土地上，便开始几乎村村有庙宇，寨寨有戏楼，它们隔山相依，隔坝相望，以至如今穿行在这些寨子中，隔了数百年的风雨望回去，依稀还看得见戏楼上花灯耀眼，彩扇翻飞。

也就是说我家乡的花灯深得大明花灯的真传，如今大明早已斜阳衰草，荒冢一堆。可这花灯却依然一代一代地传唱着，这份因为战争而得以异地而生的江南文化，好比菜里的盐，杯中的酒，寒夜里的灯火，不离不弃地滋养和温润着这块坚硬而贫瘠的土地，使之变得温情而妩媚。

但这花灯如何把一个 87 岁的老汉变成一个 50 来岁的婀娜妇人却仍然是一个谜。但待要去解这个谜，我却又有些不忍。因听人说徐文华家住石头堡，你如果要寻他，却不用到石头堡去，赶场天去富强路工会门口便找得到，他一定蹲在那里卖扫帚。可我却不想去寻，不是看不起，而是太看得起，我无法想象照片里的花灯王蹲在路边上卖扫帚，那种台上风光无限，台下却要蹲在路边卖扫帚的失落使我望而却步。

2001 年春天，马官镇举办花灯艺术节。闭幕式上，徐文华终于要出场了。这是我第一次看照片以外的徐文华，可这样的相遇却让我为他捏了把汗，因同台演出的不仅有各村各寨各灯班选出来的花灯艺人，还有市黄果树艺术团的专业演员，以及从北京专程赶来慰问演出的中国歌剧舞剧院的艺术家。徐文华要有个闪失，岂不折了花灯王的名号？

然而 90 岁的徐文华却是这样的大气。花灯里有一个传统曲目叫《干妈问病》，徐文华演这干妈演了六十多年，扮相维妙维肖，技艺炉火纯青。此时他穿天青色斜襟婆婆衫，戴黑色齐额女式包帽，头插珠花，脚扎绑带，摇着彩扇，旋着锦帕，进退如曙色初动，俯仰似山河纷呈，疾时如羚羊在山崖上跑，缓时似轻舟在碧波上行。而峰回路转处舞动起来，却又如彩虹初升，气象庄严，引得千人引颈，万人喝彩，就连北京来的艺术家们也惊为天人。

后来我到富强路看他，只见他头戴毡帽，身穿长衫，拦腰系一根玄色腰带，啣着烟杆从容坦荡卖扫帚，也还是大气。而他却似乎不应该这样硬朗，他八岁父母双亡，从小流离失所，温饱难求。可这个吃不饱、穿不暖的孤儿却爱上了玩花灯，每有灯班进村，便和见到了再生父母一样跟进跟出，又摇鼓，又打锣，跟张三学一个耗子蹬腿，跟李四过一招狮子摇头，争强好胜，处处显摆，巴不得人家把他带了去。

可谁又愿意拖丁带口要这样一个孤儿，到头来往往是戏尽人散，灯班沿着来时的路，在三星微明的山野里渐行渐远。徐文华把他们送到村口，一个人趴在草堆上，却也不晓得伤心，反倒没头没脑地唱起花灯来，从"正月里来正月正，燕子衔泥梁上过"，一直唱到"腊月里来北风吹，家家户户挂红灯……"夜凉如水，戏文如水，但他还是不晓得伤心。

花灯原本是让人快乐的，而不是让人忧伤。花灯大气，唱灯的人便也大气！

2004 年盛夏，陪市里两位从事花灯艺术研究的老师去拜访徐文华。在去之前，我想象那个叫石头堡的村庄，似乎应该是岩山裸露，满目石头，世世代代在苦寒里轮回。可意外地却有溪水绕村，绿树杂花，尤其是走在两旁种满了绿稻的田埂上，日照行人衣裳，风吹隔溪人家，便有一种远意，只觉外面堂堂的天下世界，还不及这里的半亩禾田。

走进徐家庭院，说明来意，这个小山村的宁静就被花灯打破了。因为徐文华的存在，石头堡人十有八九都会跳花灯，他们大多是徐文华手把手教出来的，一听说徐家有客来访，众人皆引以为自豪，围拢来七嘴八舌说起花灯的事。倒是徐文华一言不发，93 岁耳背的他蹲在阳光下扎扫帚，怎么看怎么像尊佛。这尊佛扎完了手中的那把扫帚，这才佛光隐隐地站起来说要跳就跳呗。那口气仿佛在说吃喝拉撒，原来花灯在他心里，其实是这般真实而简单。

趁着徐文华描眉点睛，巧施脂粉的间隙，村人们又说起了花灯，说徐文华的儿子会跳，徐文华的孙子会跳，徐文华的孙子不仅会跳，还会用花灯勾人。徐文华的孙子去广州打工的时候，就是靠跳花灯迷住了人家姑娘，才把一个水灵灵的异乡女子引到石头堡来。而这个被花灯迷了心窍的小媳妇却又是到了石头堡才知道，自己的丈夫和爷爷比起来，真是小巫见大巫。她看老人跳过无数次花灯，怎么也不肯相信眼前这个风趣婀娜的婆婆就是自己的爷爷扮的。

徐家小院阳光灿烂，绿树掩映，转眼就有人扫开了场子，摆上了锣钹，虽然来不及扎灯，更没有现代舞台上的流光溢彩，可此时此境却有青山绿水鸡鸭白鹅来相伴，便不觉得这小小庭院逼仄与寒碜，倒觉得它与花灯是这般相宜。而更相宜的，自然还是徐文华，他仍然扮《干妈问病》中的干妈，配戏则由他的孙子和石头堡村妇女主任来完成。此时他的行头，分明还是照片里的那身衣裳，颜色褪败，样式老套，就像拥有高深的法术，如同魔术师手中的那块黑布，一经它包装过后，便呈现出偷梁换柱的景象。

刚才那个耳聋眼花、行动迟缓、蹲在太阳下扎扫帚的老汉，此时身穿天青色斜襟婆婆衫，戴着黑色齐额女式包帽，头插珠花，脚扎绑带，摇着彩扇，旋着锦帕出来，进退如曙色初动，俯仰似山河纷呈，疾时如羚羊在山崖上跑，缓时似轻舟在碧波上行。而峰回路转处舞动起来，如彩虹初升，气象庄严，引得山河献媚，日月争辉。特来观摩的两位专家，透过表演，分明看徐文华就是花，就是灯，就是神，是贵州西路花灯的典型代表，是人类追求理想、向往自由、美化生活的生动写照。专家们嘱咐随行的地方干部，要尽快把徐文华跳花灯的情景拍下来，做成一套完整的音像资料，以便进行文化研究，传承后世。

而我明白徐文华的可贵，却是在三年之后。2006年家乡举办全省花灯大赛，全省各地数百名花灯艺人云集普定，数十台花灯歌舞及小戏登台献艺。献了三天，我看了三天，只觉彩扇翻飞，灯花迷眼，男女老幼，台上台下，无不被花灯所牵引，所感动。它就像一坛酒，沉醉了山山岭岭，它好比一个梦，照彻着村村寨寨。

然而戏尽人散，我坐车回市里，只觉车窗外那一路扑面而来又擦肩而去的灯火，是这般的凉如水。我想起了徐文华，此次的盛会上已经没有他，而且今后也不会再有。他已经披着他的锦衣带着他的法术，永远长眠于石头堡的某一处山间。而我又是到了此时，在纵观了全省花灯盛会，饱览了各路花灯竞技之后，才真正明白了当年两位专家语重心长的论断："徐文化跳花灯，不仅具有花灯的形，更具有花灯的灵魂，所以其举手投足，无不彰显着花灯艺术的魅力！"

这也就是我怅然若失的原由了，三天的盛会，流水繁花一样在眼前——流过，可惜从歌舞到小戏到最后的花灯王同台竞技，虽高潮迭起，美轮美奂，但却形式有余，内力不足。然而这一点，大约只有看过徐文华跳花灯才能明白，正如只有看过别人跳花灯才能明白徐文华一样，他注定是要拿世人做背景的，只有在盛世狂欢的舞台上，才能够体味他的不同寻常。他就是这样的光彩夺目！

可这样的光彩夺目，却未能留存下来。从石头堡回来，曾几次与朋友相约，去完成徐文华的音像资料，同时也给他带一套新行头去。可世事繁杂，机缘尽失。如今想着再去拜祭他，他也未必稀罕了。因为花灯在他心里，风流明净都深入骨髓。所以他的人，也应该是人散后，一钩新月天如水似的清朗，与身外之物并无关联，不说也罢。

张　敏

1984 年生。教师，现就职于普定县第三小学，系美术专业的语文教师，任班主任多年。爱好阅读，偶尔也写点生活随想。有作品发表在《贵州作家》《安顺文艺》《穿洞文艺》《贵州都市报》《普定报》等。

借过时光

某天

突然想起第一次到学校的情景，父亲拉着我和哥哥去小学校报名，老师问父亲我叫什么名字，父亲说："张三"，因为我排行老三。在此后的若干年里，我都在想我应该有个更有意义的名字，而不是路人某某某，张三李四随便叫得应就行。可是父亲叫我张三，母亲叫我张三，老师同学们都叫我张三，我也知道自己就是张三。那时候的我除了对自己的名字耿耿于怀外，好像也没什么烦恼。也是在突然的某一天，我开始傻呵呵地期待着老师的身影从山那边渐渐清晰起来，我开始喜欢听村子里小红菊呜呜哇哇的哭声，我还喜欢父亲亲昵地叫我"三三"。那时的我，什么都没有，却又好像什么都有。

班主任老师虽然是学校请来代课的，却很是负责。恰巧老师姓付，于是很负责任的付老师成了差生们最恨的人。每天放学后付老师都要留成绩差的学生在学校里补课，作业没做完的放学后不能潇洒走人。付老师很凶，她补课时如果把知识重复了三遍你还不懂，她就要揪你的耳朵。小红菊就是经常被付老师揪耳朵的学生，小红菊哭，哭得非常好听，哭声悠悠扬扬地从她张大的嘴巴里流淌出来——"哆来咪发唆唆拉唆拉多多……"而且她特能哭，哭两个小时不间断都行。但显然付老师不喜欢听小红菊哭，因为她每次一哭，付老师就让她立刻回家。出了学校门的小红菊还没走进村子，告状的早已跑到她家了，她妈妈必定是要打她的，于是爱哭能哭的小红菊就又接着哭到天黑。

付老师家住铁路边，早晨付老师背着她患痴呆症的儿子从田坝那边走过来，脚步在晨雾中有些蹒跚。我不喜欢她那痴呆的儿子，听说付老师本来是能转正的，可是因为她违反计划生育，多生了这个儿子才没转正。但是这成天流口水的傻儿子实在是不值得耽误付老师转正的好机会呀！也许是我的想法太过势利吧，当母亲的却不这样认为，我们家有姊妹四人，可母亲依旧很遗憾被计划生育逮住作了结扎手术。付老师很是疼爱她的傻儿子，直到后来她被贬到更远更差的学校代课，她依然背着她的傻儿子去上课。

付老师走后我不是很想念她，毕竟我唯一一次被老师打，就是她下的手，原因只不过是我拒绝打扫教室。我的成绩很好，可我不热爱劳动，付老师很生气，她当着全班同学的面打我，说我太骄傲。放学后我忿忿地坐在旗台上生气，还是不扫教室，即便我刚刚被打了。我的同桌任幺妹默默地把教室打扫干净后，来找我，她提着我的破花书包，低着头站在我旁边。任幺妹喜欢付老师，因为付老师经常夸奖她，她的成绩也很好。任幺妹喜欢和我在一起玩，邻村那个绰号"猪八戒"的男生经常对着她吹口哨。只有我敢扇"猪八戒"大耳光，我不怕他，我有哥哥姐姐撑腰。

任幺妹悄悄告诉我，她打算星期一旷课去大山里看望付老师，问我能不能和她一起去。我的屁股马上疼了起来，付老师可是用精竹条打的我呵。任幺妹从兜里掏出三颗荔枝塞给我，她说是她当兵的哥哥从西藏邮寄来的，我从没见过荔枝，吃人嘴软，只好答应和她一起旷课去看付老师。

我没预料到付老师看到我们竟会如此激动，她一下子放开她的傻儿子，一步上前把我们紧紧搂在怀里，眼泪就掉到我们的头发上了。

任幺妹的眼睛也是红红的，她紧挨着付老师坐在木凳子上；我很好奇地楼板裂了很多缝为什么还不塌下去！被付老师打我的地方也不是很痛了。付老师把她带的午饭分给我和任幺妹吃，说她一会儿去学生家里吃就行了。我们毫不客气，几大口就吃完了饭盒里的油炒饭。然后，付老师拿出书来给我们讲课，她嘴里责怪我们不该旷课，脸上却是掩不住的喜悦和幸福。

我们走的时候付老师所在学校的校长跟我们说再见，他说我们又懂事又乖巧，我正陶醉于他的夸奖，任幺妹却像个小大人似地跟他交代起来："校长，我们走了你可要好好照顾我们付老师，我们付老师是位好老师，她教得可好了。"这番话惊得校长半天没反应过来，我也奇怪幺妹怎么这么勇敢，后来听她说是付老师悄悄叫她说的。

升上初中后我就住校了，很久没回家，也不知道付老师后来怎么样了。听说小红菊倒是不怎么爱哭了，她成绩不好，考不上初中，留级了。现在她爱笑，一个能把哭声演绎得出神入化的人，想必笑声也同样精彩吧。

某月

后来，谁知道有多少后来？后来的我们，遇见了谁？

初中生活开始变得忙碌，当我再也不能把老师布置的作业全部做完时，当我再也不觉得学习是件快乐的事时，当我开始害怕上课铃声响起时，天空挤满了灰色的云，我无忧无虑的童年已经走远。

上初中一年级，我们的班主任是位姓王的帅哥。哇，有多帅呢？很多年后我回忆，大概把他当成情歌王子张信哲那样吧。王老师说话声音温柔得像个大姑娘，永远穿着干净整洁的衣服。那时我们每星期写三次作文，他还要求我们每天都写读书笔记。就在我打算只学语文的时候，我们换数学老师了，英语老师也换。新来的数学老师脸上有两朵非常好看的红云，爱笑，笑声爽朗，他每次讲课都像在进行非常重要的演出，眉飞色舞的，于是那些枯燥的数学公式好像也变成了黎明时的鸟叫，精灵般飞进我的心里。数学老师姓唐，爱打篮球。英语老师姓胡，天天早上守在教室里听我们背英语单词。

初一生活 = 王 X+ 唐 Y+ 胡 Z。

班上的女同学仿佛是一夜之间就变漂亮了。当我邋邋遢遢出现在教室里时，我感受到了她们的鄙夷，甚至听到了她们离我远点的想法。我很苦恼，任幺妹没有和我分在一个班，这样一来，我便没有朋友了。放学时我研究了一下任幺妹，我懊恼地发现她也漂亮极了，我说："任幺妹你要是不理我了我可就没有朋友了啊！"她挽着我的手，快进村子时，她说："张三，你应该洗洗头，衣裳也换换嘛；还有你不要打架骂人了，女孩子应该温柔、干净。"我当时愣住了，大脑一片空白，原来所谓的青春已经敲开了同学们的心扉。

初中一年级在懵懵懂懂中过完了，学期结束时考试分班，成绩好的分进快班。

初二生活 = 我 + 白萍 + 武侠小说。

同桌的白萍因为抄了我的试卷也分进了快班，为此，每次测验成绩出来的时候，老师总是拿着她考了几分的试卷忿恨地说："白萍啊白萍，你怎么不叫白痴呢？"白萍总对着我叹气，说她这辈子就毁在我手里了。于是有那么一段时间，我约上她秘密地去找帅帅的王老师和唐老师要求转班，可他们都推说这是学校的安排，不能让学生随意转班。不能转班，这可害苦了白萍，每个老师都拿她当反面教材。

那段时间因为我迷上了武侠小说，成绩每况愈下，老师们也都极不喜欢。我想我们俩可能就是老师们的眼中钉了！此时我们班有64 人，我的成绩排在 62 名，如果不出意外，白萍稳居 64 名。也是在那段时间，我疯狂地爱上了武侠。我曾看着窗外的石山，想象我一掌将其击飞半壁；我曾研究数学老师走路的速度，不及我轻功一展的十分之一。我约白萍和我一起闯荡江湖，她白我一眼，问我前排的周文博算不算我们班最帅的男生。我听完若有所失，我突然发现白萍不只长得很漂亮，而且很多情。前几天她才问过我李星是不是我们班最帅的男生！然后我打算将白萍当成穆念慈，那么，周文博就是杨康。周文博马上就是我的敌人，我将要和他一决高低。白萍知道我的想法后极力制止，她甚至跟我说，她爱周文博胜过爱她自己。我听了无比惋惜，唉！悲剧，杨康是坏人啊！

白萍喜欢唱《东南西北风》，天天唱，唱得凄惨兮兮的。放学后，周文博在操场上踢足球，他踢歪了，球就撞到我身上。周文博走过来说对不起，白萍脸红通通地，低着头对我说："张三算了，风大，吹过来的。"我本来不生气，听了她的话，气不打一处来，捡起周文博的足球嗖的一下给他扔出围墙去了。周文博想骂我，我叉着腰怒视他，我想他要是敢多吱一声我就一拳给他灌去。谁知，他哼了一声跑出去找足球了。我得意地转身想找白萍邀功，才发现，白萍跟着周文博跑出去了。

我决定不理白萍。

第二天，我进教室发现自己的座位上坐了一位新转学来的男生。我被调到第一桌了，白萍不动。后来听同学说是白萍主动请那男生坐我的位置，加上我个子不高，戴了厚眼镜的英语老师可能是没看清我是倒数第三名的人，就错将我安排坐第一桌了。

此后，我上课再也没有机会看武侠小说，回答问题时再也逃不出老师的视线，课堂作业必须写完。

我备受煎熬的初中生活正式到来。

学期考试，我排在第5名，正数的。班主任老师一脸严肃地告诫其他同学学习应该努力，再努力。说是看看人家张三吧，从倒数第三爬到正数第五了，她都能做到，你们有什么理由做不到！我抹去老师讲话时跳到我脸上的口水，恶狠狠地想，我真该使一招"降龙十八掌"把他打飞出去。

某年

　　我不喜欢当老师，压根就没喜欢过，可我进了师范学校。每天
学习怎样做一名教师。我羡慕别人上高中，我羡慕别人在一起议论
哪所大学好，可我不抱怨什么。父母已经尽力，对于两个农民来说，
用三个人口的瘦地供四个孩子上学，他们已经创造了奇迹。

　　军训的时候，我们班的"四环素牙"把脸对着白云，说宁愿看
天上的白云，也不愿看班上的女生。据说我们班女生创下了安师历
届丑女之最。那一年的秋天很干净，天空很少飘洒毛毛细雨。某个
秋天的黄昏，我站在石阶上望着远处灰色的高楼发呆，口袋里只有
二十六块钱，这是我两个星期的生活费，我感到清冷凄凉。

　　中师三年，我都是饥肠辘辘。学校门口有好几家炒饭的小店，
5 元钱一个怪噜饭，还配有凉拌海带。我远远地看了几次，摸摸荷
包，摇摇头，觉得味道应该不怎么样。我们把米放在铝饭盒里淘洗
干净，加点冷水，拿去学校食堂大甑子里蒸。中午 12 点，学校后
面的一个老人会挑煮熟的红豆来学校叫卖。3 角钱可以买一瓢连汤
带水的红豆，遗憾的是没有油也没有盐味。不过也没有关系，盐是
早就准备好了的。月底回家时，母亲制了一小桶油辣椒给我，里面
甚至还有几粒油渣、黄豆。我把饭端回寝室，加上盐，舀一瓢油辣
椒拌在饭里，味道好极了。同寝室蒸饭的有好几人，于是免不了要
把油辣椒分给她们一些，这样美味的饭，一个月的时间里，能吃一
个多星期吧。油辣椒总是吃得太快，到后来，便只是红豆加盐了。
卖红豆的老人也不是天天都来，遇上农忙，就只有白米饭可吃。兜
里那几文小钱，是绝对舍不得拿去炒菜吃掉的。

　　也不知道是怎么熬出来的，走过的岁月，那种见什么都想往
嘴里塞的饥饿感，本不是"80 后"的我应该有的吧！月底回家，
父亲给了 110 元的生活费，里面还包括了纸笔颜料费，我学的专业
是油画，每次画一笔我就在心里叫一声"5 角"，油画颜料很贵。

我接过父亲手里的钱，实在高兴不了，嘴免不了要嘟起来做做脸色。母亲叹口气，说姐姐前天回来，说死也不去读书了，饿得受不了，在家里起码能吃顿饱饭。母亲撵着她去车站，一路见人就借钱，走到车站，遇见 7 个熟人，借了 59 块给她。姐姐是哭着上车的，她在贵师大读书，一个月 100 元的生活费都没有保障，饿得实在受不了，看到别人放在寝食里的方便面，真想偷一包来吃。哦，不是想，是真偷了的。母亲也哭，生活的艰辛已经磨灭了她抚慰儿女的宽慰话语。母亲什么都不说，一路推着姐姐走，硬推上车，将借来的 59 元钱塞给姐姐，扭头就走。

在那些饥饿的日子里，青春发不了爱情的芽。很多年后，和朋友聊起学校后面的铁路，他呵呵大笑，说是当年约了我们学校的不少美女去逛过。我幽怨地说，当年咋没遇见我！他说当年要是遇见我，就该请我吃顿饱饭，否则我也不至于饿得皮粗肉薄的像个难民。

我不喜欢忆苦思甜式的诉说，现实生活远没有文章润滑。每年冬天来临，我同样感觉冰凉担忧，莫名的孤独涌上心头。那一年，同样经历了饥饿与寒冷的人，早已遗忘了红豆汤的淡寡，我不是刻意美化贫苦，那年结在脸盆里的冰，没有激励我更加用心地学习。我是个俗人，冷了饿了，整天只盼着日子快些过去，月底可以回家吃顿稍微好点的饭，烤两天火。经历过的贫苦，对我来说是无尽的悲伤。即便是现在，我有固定的工作、稳定的收入，如果在外面吃饭，我必定是要把盘子里的回锅肉连汤吃完，而且必定选择吃白米饭，不吃苞谷饭。

在冬天的早晨，懒懒地趴在炉子火边，写下这些记忆的碎片。推开门，请时光让开一条缝隙，借以存放我卑微的哀伤。

小四月

　　时光的脚步踏入四月，树绿起来了，水涨起来了，空气里流淌着春的温柔、春的萌动，一切都像要发芽似地饱满起来了。不似三月里的小雨，淅淅沥沥下个不停；四月的雨是利落的，包括漫天毛毛雨，说下就下了，说停也就停了，像淘气的孩子在撒娇，给个棒棒糖，立刻就住口，脸上还挂着泪呢！四月的阳光是娇嫩的，照在身上暖洋洋的。先别急着说热，不信你走到树荫下站一会儿，凉气立刻透进肺腑。一场春雨过后，夜晚明晃晃的月光把晴天的消息散布给人们。天早早就亮了，推开门一看，呵，果然是个好天气。

　　四月的野菜鲜呀！椿芽、蕨菜、折耳根、苦蒜、野芹菜……

　　想想已经很馋人了吧！油菜花谢了，别伤感！你看那粒粒饱满的油菜籽呀，结结实实、密密麻麻、沉甸甸地匍匐在田野中，蓝绿色的一片在早晨湿润的空气里，像极了一个梦，一个香甜柔软的梦。田间地头，野芹菜紫红的嫩叶舒展了，芽儿长了，藤也长了，挖野芹菜的小姑娘嘻嘻哈哈叫着跑着，小竹筐装满了新鲜的野芹菜，露水打湿了裤腿。看着这美丽的画面，我的眼模糊了，仿佛那个小姑娘就是我。那年，那月，那一日，我背着小竹筐，也是踏着露水，也是唱着歌谣，也是在这一片故乡的田野里，埋头挖野芹菜，当然，如果正好遇见折耳根，必定是要挖走的。她的童年里有我的影子，我的童年里，却有别样的滋味。

　　四月的田埂地埂都浸透了雨水，又酥又软，折耳根泛红的叶片密密麻麻地冒出泥土，见了一片，心里狂喜，抡起镰刀，抓住叶片，一气狠挖，哇！好多折耳根呀，白白胖胖、细细长长地盘踞在泥土里，挖垮一堵泥土，双手捧起，散开手指，筛掉泥，一网网的全是折耳根。

　　将胜利的果实装进竹筐，满足地嘘一声；再警惕地四处望望，看有没有被人家看到。挖折耳根伤地埂，往往是挖垮一大块地埂，才扯出小半斤折耳根。如果运气不好，正好被地的主人家看到，总是要被扯着小耳朵，拉去父母那里告状。父母先是一顿骂，看看人家消不消气。主人家要是脸色还阴沉着，消不了气，父母再抡起捅火棍，打几下；要是人家还不叫着"算了，算了，别打孩子了。以后不要去挖地埂就得了"之类的话，父母便暴打一顿，打着打着，父母也觉得生气，便不由得加大力气。可怜的孩子委屈地大哭大叫，人家便满意地离去，并且相信，这孩子以后必定不敢再去挖谁家的地埂田埂了。

　　那时候，我们去挖折耳根、野芹菜、苦蒜头……可不是为了好玩，也不是为了吃顿美餐，而是为了钱。是的，就是为了钱。四月的蔬菜种类繁多，但人们更钟爱野菜的鲜香与稀少。大人们忙着地里的活计，老人们受不了田间的露水湿气，只有孩子们，穷人家的孩子们，关注着野菜的长势，心里盘算着这一季，能赚多少零花钱。

　　我和村里的小华敏约好了一起去挖折耳根，从星期一开始，每天挖一些，积攒到星期天再背去集市卖。我们走很远的路，到远离村庄的大坡头去挖，那里也是村人的土地，但因路远，很少有人去那里。我们尽情地挖呀，每天的收获都很丰盛。回家来就把折耳根埋在后门边的煤灰里（灰是湿的），这样折耳根就不会蔫，或许还能长些斤两；野芹菜装在水桶里，每天洒些水，能活鲜鲜保持好几天。就这样，到了星期天，早早地起来，把折耳根背到小河里淘洗干净，用尼龙口袋装了野芹菜，满怀期待，赶场去喽！

　　小华敏比我挖得多，到中午，她的卖完了，得了十九块七毛钱。

我的卖了十一块三毛钱。我们各自分开，去买自己想了许久的东西。我想买一双红底黑花的小布鞋，脚背上有根细绳盘着，像只小提篮，我们叫提篮鞋。鞋子六块五一双，35码，高兴地买了，兜里还剩四块八毛钱，什么都不买了，留着吧，学校旁边卖酸萝卜的老人每天都在，五分钱一份，撒点辣椒面，又酸又脆，好吃得很。

晚上回家，遇见小华敏，商量下星期还去挖折耳根。见她一脸沮丧，原来她的钱被父母要去了，买了十五斤仓库米，一斤冻油。

一个人挖折耳根的时候，心里虚得很。总担心有人突然冒出来，扯着嗓子骂，或者打几下，也是有可能的。那是一个早晨，下着毛毛雨，小路泥泞着，我寻思在这样容易走脏鞋底的天气，大人们应该很少出门，于是大胆地在村后的地埂边挖了起来。当我扯出了一根长长肥肥的折耳根时，小路上传来了脚步声，吓得我赶紧趴到麦林里，大气也不敢出，想着等人走远了再跑。谁知来人正好是地埂的主人家，一位善于骂人的老太太。她看到被挖得缺了一大块的地埂，新鲜的泥土还压住了一大片麦子，立刻就破口大骂，并且没有停歇的迹象。我的心狂跳起来，非常害怕她发现我。四月的早晨，天下着毛雨，泥是湿的，麦苗上全是水珠，地里的杂草上也全是水珠，我就那样紧紧地贴着地面，将身体尽量小心地隐藏在麦地里。

冷啊！衣服湿透了，泥土里的冷气嗖嗖地往肚子里钻，鼻涕不由分说流了出来，不敢擤，不敢吸，就那样任它流出来，绕过垫着脸颊的小手背，欢畅地流到地面上。鼻子痒极了，不行不行，要打喷嚏了。恰在此时，老太太住口了，可能是觉得骂了半天，无人来应，自觉无趣，走了。那个喷嚏，活生生被憋回肚子里。待老太太走远，赶紧爬起来，胡乱扯几把猪草掩盖住箩筐里的折耳根，趿起破鞋，一气狂奔回家，至此，再也不敢去挖人家的地埂、田埂了。

天气转暖后，每天清早我都很纠结，又黑又破的旧裤子穿了一冬，再也不想穿着去上学了，新买的提篮鞋正好搭配花格子短裙穿。裙子是姐姐穿旧了、小了的，白衬衫有点儿发黄，可也是有的，烦恼的是这样穿着去上学，会不会太显眼？在小木楼上磨蹭半天，被母亲发现了，几大句吼过来："小死娃，还不去读书？磨磨蹭蹭大半天，再不赶快点要迟到了，等哈老娘上来几大脚踹死你。"哎呀妈呀，吓得胡乱几下套上旧毛线衣黑裤子，三步并着两步奔下楼来，向着学校跑去。

那就是我的童年，四月，关于美丽的一场梦，还来不及发芽，就被粗糙的母亲扼杀。那时候，母亲必定是在忙着春季播种，又要照顾年幼的弟弟，超重的体力活，超清淡的饭菜，将母亲原有的温柔磨灭了。

时光荏苒，一晃眼，我们长大了，成家了。遇上了好年景，日子也慢慢过好起来了。

清明节，趁着学校放假，我带着孩子回娘家。母亲在她的小卖铺里忙活着，见了外孙，满眼欢喜，抱在怀里亲了又亲，塞给小家伙一大把糖，和我唠着家常，夸我新买的嫩黄色碎花裙子好看。岁月在母亲的脸上刻满了皱纹，逐渐富裕的生活却温暖了母亲女人天性里的柔软。

也是这个季节，也是这个温度，感受却是不同的。小四月的风柔柔地划过脸庞，听着孩子们的欢笑，我的思绪，再次飘向远方……

忘却

　　小时候我长得奇丑。小孩子是不知道美丑区别的，但慢慢地会感觉到丑的寂寞，你没丑过，所以无法理解。这么说吧，那种寂寞类似一只聋耳，万籁无声。你想象一下，一个五六岁的丑小孩坐在一大片秧田间唯一的田埂上，希望晃悠着的几只小狗会走近过来，却不料被小狗瞥了一眼，竟径直钻进秧田里去。是的，你无法理解一个话语功能正常的小孩在别人的眼里却成了哑巴的事。所以，你也理解不了一个丑小孩已万念俱灰时，又忽被微笑与问候连接光顾时的心情。

　　我家座落在一大片水田与一群沟壑山地的交接处，那条田埂便是村那边的人穿过水田到山地的主要通道，那条田埂就在我家门前。农忙时节，村里几乎每家都是锁了门到田间地头忙乎，丢一个或几个小孩在家门口，玩泥、玩草也好，吃泥、吃草也好，随他们。和其他小孩不一样的是，没有人愿意和我说话。我同样坐那条田埂上，唯一不同的是换了坐的地方，因为我偶然发现了离我家较远的田埂上，也就是田埂中央的那棵高大黄果树下更阴凉，而且有许多忙碌矫健的小蚂蚁可以观看，甚至可以玩耍。在整个炎热的五六月，我就用一根树枝在奔走的蚂蚁间划来划去，将树荫间隙的点滴阳光一点一点划走。事实上，当时世界上除了蚂蚁和我，还有别的生物。我说过，这田埂是村里人种地耕田都要经过的，在我低头或抬头之间，都时不时会有轻快或负重的脚步跨过身边。只是他们习惯了不看我,我习惯了不期待他们的眼光——包括我引吭如高歌一样嚎哭的时候。但事情总有例外。那天同样是田埂上,同样是烈日炎炎,我玩累,不小心睡着了。小孩的酣睡是甜蜜深沉的。因此,梦口水和鼻涕也会跟着欢快起来,顺着我的脸和嘴角流向大地,就在那群矫健的蚂蚁眼前,流成了一条浩浩荡荡的"江河",并且这河水的味道还如梦一样的香甜。

不知怎的,甜睡被打断了,我很生气,突然发现满脸满身的蚂蚁虫子,我惊恐地哭起来,像个三岁娃儿。紧接着一大股恶臭的叶子烟味道扑扑扑猛烈吹向我的脸和脖子,将那些附在我嘴鼻的小东西吹得飞溅。

"娃儿,以后不能在外面睡觉,蚂蟥和小蛇会钻进肚子里的!一钻进去就要遭打针!"

这时我才发现我是被一只巨大的手掌提着站了起来,另一只巨大的手掌,把我衣服拍扯得哗哗响,那些小虫子也瞬间跌落在我脚下慌忙逃跑。把我从熟睡中拉站起来的人是村里的陈二爷,快六十的年纪,常年抽自家栽种的叶子烟,将牙熏得漆黑,张口说话像咬着一大块煤炭,笑的时候也一样。"你在这里待一小会儿,不要睡了,我立马回来带你去地里找你家爹妈。"陈二爷说着放开手气喘吁吁地往前走了,其时他身上背着一大筐水稻秧苗,足足有一二百斤重。直到我长大后背了差不多重的一筐稻苗,我才体会到弯腰俯身、负重行走时的艰难。

事实上,当时世界上除了我、陈二爷、蚂蚁和那些小虫子,还有别的生物存在的——就在陈二爷拉起我,我在嚎哭,蚂蚁在飞溅的时候。"杨家这小鬼娃有点憨,经常呆眉呆眼在这挡路。听说断桥村就有蛇钻进小孩肚子里把小孩弄死的!"接陈二爷话茬的人和陈二爷一样汗流浃背和气喘吁吁。

睡醒时发现自己满脸虫子的惊恐,足以让我记住一辈子,从此不敢再将睡眠托付予那水田间的田埂。以后的日子,再困我也宁愿呆看来往村邻的脚步，以其轻快或沉重，去踏散那铺天盖地而来的睡意。也是从那时候起，我才发现其实陈二爷遇到我都会微笑一下，只背个空背筐或打空身走过的时候，还会像自言自语一样地说道："这娃儿有点记性的，不在外面睡觉了。"出于虚荣的本能，年纪再小的人，听到夸赞也会高兴的。听到陈二爷说话的时候，我条件反射地将嘴唇丑陋地向两边动了动，其时我不知道我这本能的动作有多难看、有多刺眼，因此引来接茬的话："这孩子也可怜！哎……"我那时还小，不知道这话意义，但能感觉那点虚荣所带来的快乐，像忽然遭遇狂暴冰雪，有一根冰柱直直刺心而过。虽然讨厌接茬的情景，但我还是期待每一天坐在田埂上能看到陈二爷的身影，有时他还亲切地摸摸我的头，尽管他冲我微笑或是自言自语说些什么时，我呆呆地像个哑巴。

　　记不起我在田埂上呆坐了多少个夏秋，但那段时间里，我知道这世界上除了父母和我，还有两样活着的生物：蚂蚁和陈二爷。

　　慢慢地，我就八九岁了，去上学，也和父母到地里干活；慢慢地，我就十八九岁了，开始去与人说话打交道，开始去品尝人间各类话语与眼光的味道；慢慢地，我就二十八九了，用金钱将与生俱来那不堪的丑陋抹去；慢慢地，我也将到花甲之龄，或许有一天俯身去逗孙子玩时，突然腰一阵剧痛，才会又想起了一些事。

　　现在，我只能在回忆中，无数次回到那五六岁时常去的田埂，去和蚂蚁玩，并等待陈二爷的身影。

　　我是一个善于遗忘的人，这是我长大之后才知道的事情。

张 霈

笔名烟雨客，生于1982年，贵州普定人。有诗作散见于报刊，并获过征文大赛奖，作品入选《安顺诗歌30年选》。与人合著诗集《中国当代九人诗选——有一种记忆叫做永恒》。

川甲，我那永远的家

今天，我以客人的名义写我印象里的川甲，写我永远的家。

对老家川甲寨的印象，我已少有连贯的记忆，很长时间以来都是个非客非主的身份。匆匆而来又匆匆而去，驻足时长不足数日。而这数日里，大半的时间还要忙于工作的俗务，自然便少了品读老家的机缘。

不管来去是否匆匆，川甲寨于我而言，是生我养我的衣胞之地，总归是一种无法割舍的情缘。这感觉，让离家越来越远的我，每每生出一丝浅浅的愧疚，于故里的家园而言，我正跑在叛逃的路上；于生活而言，却又是另一种态度的开始。

神鬼龙门大地坎

想起家，就会不由自主地想起大地坎，想起大地坎，青石墩上神鬼龙门阵的温润就会让人乡情更切。

大地坎是川甲大寨的中心位置，长条型百十平方的青石板地，是整村贯通南北东西的交叉点。现在是重福大叔和松林大伯两家共同使用的院坝。我家的老屋就在大地坎旁边。大地坎是整村人不管忙闲都爱去休息的地方。我的童年也在那里度过，很多有关儿时的梦都从那里发源，也因此，大地坎成了很多从川甲寨走出来的孩子们不曾忘记、不敢忘记、更不会忘记的名词。

记忆里，不管是白天或晚上，大地坎的青石墩上总三五成群地围着一帮子人，或下棋或摆龙门阵，说些前朝旧事，道些家长里短。笑声除却一脸忙碌的疲态，还原农村人的自然憨实。

说到摆龙门阵，我最喜欢的就是茂才大伯。只要他拄着拐杖来到大地坎往青石墩上一坐，长长的皮烟枪一点燃，年长年幼的老少们便自发地聚拢了来。大伯也不拿捏，清清喉咙润润嗓子，便将几十年拖家带口走马帮的日子说书一样娓娓道来，赶跳灯场、赶安顺、上织金、下昆明；织鞋贩履驮盐巴，收金卖银倒烟土。记忆中特定的历史，每一段讲述都是大伯鲜活而年轻的过去。赶上有夜里挑水的过路歇气，都会舀上一瓢水递给大伯，然后安静地坐下来听，等到更深夜静人散场后，再挑着这一夜的故事回家。也有年纪与大伯相仿的老人与大伯相和着，佐证着每一段故事的真实。

下棋者一般在夏日晌午过后。楸树下的青石棋盘上，两人捉对厮杀，众人围圈旁观。厮杀的双方常常因一步棋争得面红耳赤，甚至带些"憨包娃娃短命儿"之类的方言骂腔，但山里人脏话大多没有仇恨的成分，只是一种快意的表达罢了。最苦的是围观的人，被一句"观棋不语真君子"套着，急得在战场外抓耳挠腮站立不安，偶有性子急者，拍着手大叫着："回马看着、回马看着，要不然将死没棋咯。"那份猴急常常会招来将赢者埋怨和围观者的嘲笑。

但这些都是大人们的事。

孩子们的话题与活动多是昨晚看过的电视剧或小人书。一帮小孩，拿着苞谷秆、葵花杆或木制的宝剑、马刀摆招弄式，争论着胡一刀、苗人凤到底谁的武功更高。争执不下的时候，便有年龄稍大的孩子出面，将小孩们分成帮派各执武器对战开来。一时喊杀声便从村东窜到村西，惹得看家狗们扯着嗓子疯狂吠叫，也有惊吓了某家嫩娃娃惹来一串骂声。战争与狂欢仍然继续，沸腾的喊声被黑暗隐藏在山村里。

换秧坡的坟址电影场

换秧坡的名字有什么来由，现在已经没人知道。我只知道那是村里最老一辈先人的坟地，在村子西南向阳的坡地上。层层叠叠的坟墓，大多因为年代久远已经没有了碑文。因此，村里人对换秧坡的称呼，都会加上"大坟"两个字。在换秧坡大坟的前面，是一块长四五十米，宽十来米的土坝子，经常被用作村里处理群众性事务的场地，主要是白喜摆酒或放电影。记忆里最美的就是那一夜一夜的电影，伴着我们度过曼妙的童年。

那个年代，村里放电影一般都是在年头节尾，平常时间就数六七月份最多。每年过了四月间，田地里的庄稼绿得盖地的时候，村委就会挨家挨户收点钱，办顿伙食，叫吃"乡利"。在晚饭正餐的时候，每家派一名代表（大多是户主）到换秧坡的土坝子上吃饭，吃饭之前，村长就宣布从今天开始，各家要管好各家的牲口，免得糟蹋其他人家的庄稼，若是逮到那家牲口吃或踏撵别人家的庄稼，罚款五块，罚演电影一个星期。记得有一次抓了抄子堡的人，要罚放一个星期电影，被抓住的那家男的带着哭腔跟村支书求情：太多了，我们家也没有那么多钱来演，我们就演三晚上吧！这事后来就成了一个小笑话，流传多年。乡利吃完，要放一场电影，在此之前村里早就安排了年轻人从陇黑挑来银幕和电影机，然后从祠堂里拉出电线，搬出几张书桌来摆电影机，再找来两棵直的树子或竹竿挖坑栽好，挂上银幕，准备就绪之后就是等待夜幕的降临。

知道村里要放电影，在山上放牛的小孩早早就赶着牛回家了，随便吃口饭就带上小板凳往换秧坡大坟跑，为的是找个好地方或好坟头占个好位置。平素做点小生意的奶奶或婶婶们也放下了其他的家务事，撮点葵花子，用圆木盆或竹制的簸箕装着来到大坟摆摊子。几个大小不一的苦竹筒，小筒的一角，中筒的两角，大筒的五角。走得亲近或带点亲戚关系的到来，顺手抓点在上衣口袋里，这样的关系大抵是不能收钱了。还要招呼着："吃完了再来啊！"有心眼细的，待吃便宜的人走了，便又自己在说自己吃了多大的亏。

邻村的人知道这里放电影，也都大老远的跑来看热闹。

电影一般是两场连放，晚上七点半开始到十点半结束。放电影的人打开机子，装好片子，屏幕上就出现一条银色，升腾着、跳跃着粉尘粒子的银色光柱射到银幕上，银幕上继而就有了黑色划线的雨丝，有了字幕，有了人影，然后就有声音从喇叭里传出来。

我有这么多年都忘不掉的美丽童年。《世上只有妈妈好》《上甘岭》《闪电行动》《虎门销烟》等也根植于我们成长的记忆。记得看《世上只有妈妈好》的时候，坟场上传来的全是呜呜咽咽的哭声，那个初次因感动而流泪的场面，教会了我对于亲情母爱的认知，同时也教会了我在成年后，如何的去珍惜家庭温馨和圆满，怎样去爱我的家人，如何规避他们免受亲情破裂的伤害。待到电影放完，站在大坟上看通往邻村的几条山路。忽明忽暗的光点便又构成了另一幅暗夜里跳跃的风景，带着无尽的欢笑走向梦里那一个个狗吠鸡鸣的村庄。

碓窝涌趣事

从川甲大寨后面的一条土石路往上走，爬过坟包包，过马路梁岗，顺着薛家大坡脚下的驮马古道一直往东北方向行两公里，一座千余米高的山峰就屹立在眼前了，它就是碓窝涌。与之相望一条坝子的就是传奇的莲花古洞，但碓窝涌没有莲花古洞张扬，直到今天依旧默默地坚守着自己的落寞，纵有牛踏马踩的创伤，在大雨过后，在春天来临，它依然张着口，披一身绿衣，绽放着万紫千红的微笑面对苍穹。

碓窝涌远看就像一张张开的大嘴，弯弯的圆弧有着贵妇人温软的媚态。登临峰顶近看，却又好像是一个圆圆的螺旋酒窝。当你有机会临峰近看或是下到窝底的平地里，举起相机准备按下快门的瞬间，你一定会感叹造物的天工。对于这自然的奇景，老人们说法不一，有的说是很久以前这里爆发了一次小型的火山，这个大坑就是火山喷发后留下的火山坑；有的说是很久以前的某夜，天上下了流星雨，其中一颗流星落在了这个山头。

因家里有地在碓窝涌山脚下的猫猫窝，年少的我经常把牛放到碓窝涌，从二道岩把牛赶到碓窝涌小梁子上的螺旋道上。牛沿着螺旋的小道吃草走进去，一圈圈在里面转，一直转到窝底的草坪上。少了看牛这一定性工作的束缚，一群小伙伴就像脱缰的野马，满山满坝撒着欢儿跑，下高洋捞鱼，过野狗冲择酸汤叶和羊奶奶（一种野果，味微酸），到地坝村里偷鸡……捉鸡是所有小伙伴最乐此不疲的头号选择。早上出发前，就从田字格的练习本上扯下订书针，一头栓根线，将订书针穿在泡胀的玉米里，再带点盐巴或火炮辣椒面。到了地坝村人家的屋后，找个刺蓬把线的一头栓牢，然后将玉米抛向那些散养的鸡。鸡们就争先恐后地扑过来啄食，待到没有吃到东西的鸡群散去，原地就留有几只嘴角含着线一吞一吐的"馋家伙"。没有叫声，也没有挣扎。我们轻轻地走到刺蓬边，解开线头，牵牛一般把鸡给牵走了。

牵来的鸡终归还是送到碓窝涌窝地的小坪地上，架堆柴禾，把鸡放血并在牛滚塘里去毛洗净后，在其肚膛里抹些盐和火炮辣椒面，用唢呐叶或葵花叶一包，再用稀泥敷上，在干土一滚，鸡就成了一个土疙瘩。最后往大火堆里一丢，小伙伴们便又撒欢儿玩开了去。一小时左右，火熄了，土疙瘩也烧干烧裂了，找根棍子扒拉出来，用木棍轻轻一磕，干土裂开，一只黄澄澄、油亮亮的"叫化鸡"就香盈四野。

少年的趣事终未养成惯偷的性子，一代又一代不懂事的小孩，也都自觉地在夜幕降临前嘟着油亮的嘴唇赶着牛儿回家。

周树平

男，汉族，现供职于普定县机关事务管理局。喜欢文艺，1996年以来，先后在省内外文艺刊物发表作品多篇，作品散见于《文学与人生》《贵州作家》《安顺文艺》等。

背黄泥巴的母亲

挨着病房张望时，听到母亲喊我的乳名。放下面条，我问母亲痛不，吃饭香不。母亲说不痛。这些天，文娅（我妻）做饭给她吃，她一餐能吃两半碗。

母亲的额头上，没有涌出我梦见的汗珠。我才坐定，母亲就向她的两位病友介绍我，还教我称呼她的两位病友，说，一位喊伯母，一位喊婶婶。

伯母是个退休老人，乐观，开朗，笑话多。她是扶外孙女过马路时，为了让车，摔折了右手腕骨；婶婶是坐她儿子的摩托车去地里掰苞谷，不慎被车轮绞断了左脚小腿骨；母亲是背黄泥巴跨一条小沟时折断了大腿骨。母亲说她们三人都是一个样，如果不骨折了休息几个月，也没有机会住在一间病房呢。一句话把大家都说笑了。

我没想到，一向话少的母亲，笑起来如此爽朗。而且，她和病友说话如同家人。她让我把带来的豆腐干分给大家吃。伯母要我为母亲做顿饭。母亲忙为我打圆场，说我会做的，还说我和弟弟妹妹们个个都做得好。她还让伯母和婶婶两家都不要做饭了，说我一会儿就能做好一大桌饭菜，大家一起过八月十五，热闹。

医院里自己煮饭的病人家属多，比较拥挤。我和妻炒好菜，天已擦黑。吃饭前，母亲要我打电话给二弟，叫我问父亲和二弟今天晚上怎么过。我拨通了电话，母亲接过手机，叮嘱二弟，早点做晚饭，不能像中午一样，父子俩只吃月饼；还让二弟告诉父亲，说她很好，让父亲放心，过两天做完手术，就可以来看她了。

母亲挂了电话，伯母、婶婶说她安排得真周到。母亲叹息着说，我父亲不善于照顾自己，她天天在病床上躺着，心里放不下。

我最怕听母亲的叹息。

小时候，父亲打过我后，母亲常常好好和我讲道理，叫我要听话，要学会照顾自己。她很少打我们。有时候她生气了，一边责骂我们兄妹一边流泪，说她从小没娘教，没想到她养的子女都不长进……母亲的眼泪，比父亲的棍棒更让我震撼。我们总是努力不让母亲生气，还经常问母亲外婆的样子。母亲说她记不起外婆的模样了，只晓得外婆很疼人。长大后，我们才知道，母亲说的外婆，是指她的生母。而至今健在的外婆，母亲应该称她做"姨娘"，但母亲只喊"妈"。为故去的外婆立碑那天，我有事没去。父亲回来后告诉我，我为外婆撰写的碑文很好，母亲看了有两天没合眼。有一个春节，我悄悄瞒着母亲去外婆坟上拜年。母亲不知听谁说起这事，她说，儿啊，你去看什么？她背着一大堆黄泥巴……之后的几天，母亲的饮食一直不好，眼睛有些红。父亲让文娅开镇定药给母亲吃，说母亲晚上睡不好。但母亲坚决不吃，没过两天，母亲又有说有笑了。

今天一整天，有同学朋友问我，是否回老家过中秋。我说去医院陪我妈，问话的人在电话里的声音都变了，说代他们向母亲问好；还说他们原来不回家过中秋的，但和我打过电话后，就决定要回家过中秋了，而且马上就走，怕误了班车。

我没有将这些告诉母亲和她的病友。吃晚饭的时候，天已经完全黑了。母亲坐在病床上，打牵引的钢架将她的左脚拉得老高。她只能坐着、躺着。钢架外侧，用来牵引的是五个铁秤砣，一共二十多斤。连着铁秤砣和穿过母亲膝盖骨的钢钉的，是一根尼龙绳。母亲从来不知道掩饰，她坐起来吃饭时，尼龙绳动了一下，她疼得"哎哟，妈，妈"地喊。我心里一紧，问母亲要不要将尼龙绳往回拉一拉，她点了点头。

母亲不断招呼两位病友，让她们再吃一点，说我做的菜香。伯母和婶婶连声道谢。我有些饿了，吃得很快，但没有忘记为母亲夹菜。舀第二碗饭时，发现母亲看着我笑。

晚饭过后，我要去买月饼。母亲说不买了，不好吃。我说那我买贵一点的、好吃一点的。母亲说我都三十多岁了还不知道节约。旁边的伯母开玩笑，说你家老大想你才去买，就让他去吧。母亲这回不笑了，说老伯娘你不晓得，我家这些娃娃手散得很，不经常提醒，他们用钱就像用水。我只得应和母亲，说也是的，您从来就不吃月饼，往年在家都自己做，就不买了，我们吃豆腐干，这豆腐干来得远呢。母亲又笑了，脸色已没有我走进病房时那般苍白。

接着，婶婶说医院的手术费太高。婶婶的男人来了，给他的堂兄弟打了电话。母亲急忙让我喊婶婶的男人"叔叔"。叔叔的堂兄弟一会儿就来了，带着叔叔去找医生理论。叔叔回来后说，他兄弟是市里的领导，责备了医生一通，说如果医生敢乱来，就给他打电话。哪里有早上交一千块钱，只输了几瓶液，下午清单上就只剩下几块钱这种事？哪里有一个骨折病人入院三四天，只随便打上石膏，不给病人复位的道理？

母亲一听叔叔说完，就说医院收费真的太高了，动了手术，她就决定回家。她宁可脚跛，也不愿在医院活受罪。母亲五十多岁了，住院从未超过一星期，她也许真的怕医院里浓浓的药味吧。

二弟打电话来说，三弟让母亲安心养病，他让人打钱过来。母亲说存折上还有，叫我告诉三弟，不忙，先看看再说。妹也打电话来问我，我们在医院吃月饼没。母亲一接过电话，就问妹的孩子好些了没，要赶快送医院，不能粗心。听到妹说没事了，母亲才说吃过饭了，昨天你带的月饼真香。

我从外面吸烟回来，母亲正在和婶婶说她骨折的经历。母亲说要是她不去背那一箩黄泥巴，她就不会摔倒，也就不会骨折。住院是小事，关键是我父亲不会照料自己；家里杂事多，母猪产了十五头小猪仔，二弟忙上课，又要收谷子了；去年的谷子是她和二弟媳收的，今年还不晓得怎么办……之后母亲叮嘱我，说国庆放假不准出去玩，把读大学的小弟喊回来，回家帮父亲和二弟把谷子收了……

我在一旁唯唯诺诺，婶婶也连连说母亲安排得周到。母亲并没有因婶婶的夸赞而笑出来，或者像刚才一样轻松。只是不停地责备自己，不应该去背那一箩黄泥巴，就算去背那一箩黄泥巴，也绝不该从小沟坎上常年长满青苔的地方跨过。

对母亲背黄泥巴摔骨折这事，我从来就没有去假设过，也不敢往深里想。但在这个中秋之夜，我不由得想起村里人常说的"谁都要背一回黄泥巴"，这让我无限感伤。还未进城时，学生时代，为了节约烧火煤，我不止一次跟着母亲或父亲到远处的山上去背过黄泥巴。那时，我心里多么高兴啊，我为自己终于比父母背得还多而感到骄傲。家乡的父老乡亲，他们今天也还在背黄泥巴，他们不相信，也怕去实验，建一口沼气池就可以避免背黄泥巴的事实。他们只知道，家乡一带盛产煤，用黄泥巴与煤拌和着当燃料是最方便的事情。而母亲去背黄泥巴，是为了她和父亲共同的职业，是为了烤出更多更好的米酒。两年前，我和弟弟妹妹们商量，让父母别再烤酒了，烤酒太累。但父母听不进去，说这几年烤一百斤米的酒，可赚四五十元，放着这么好的生意，怎么不做？现在，只有父亲一个人在家烤酒，母亲自责的同时，总是喃喃自语，说晓得你爹一个人怎么做酒，他又不会做饭……

我暗示母亲不提这些伤心事了，母亲不管，仍不停自责。我没说话，拿起钱理群先生9月13日在北大演讲的讲稿来看。讲稿十分精彩，其中说到的"承担"，有几方面的意思。今夜，我来探望母亲，是为了陪她过中秋，陪她讲讲话。我想，母亲和我的承担，大概也可以勉强算作"生命的承担"吧。

时间过得很快，在母亲和婶婶的闲聊中，凌晨不由到来。朋友们的短信也少了。刚才睡着的伯母醒来了。三位病人都说，关了灯她们才睡得好。关灯前，母亲教我如何将被子铺在长条凳上，叫我侧身往里睡，这样就不会在晚上跌落地面。我一一应诺，按照她的吩咐认真地做。母亲教我的时候，伯母、婶婶、叔叔、妻和伯母的二闺女，谁都没有说话。经过一个晚上的交流，我知道，在一间病房中的三位病人，只有母亲没文化，讲话也不艺术。这么多人同时听她说话，我长这么大，今天晚上是第一次见。

今晚没有月亮，细雨从早上到现在一直没停。新闻说十七的月亮最圆最亮，我没心情。远方的朋友告诉我，他们那边的明月很好，他们正在人月两圆，我给他们道贺后，就睡了。

才睡下时，我怎么也睡不着。母亲在病床上，不时传来轻微的"哎哟"声，次数很频繁。我得装出熟睡样，不能发出声响，我怕母亲听到我翻身的声响后，她睡不好。每次回家，父亲常常告诉我，母亲的睡眠不好，只要听说子女中谁有事，她就会彻夜难眠。

病房里很快响起几个人熟睡的均匀呼吸声，母亲终于也睡着了。钢架上的尼龙绳，一夜"吱吱呀呀"地响。在这响声不断的中秋之夜，我只看到一个影子。那是我的母亲，她正在背着一箩黄泥巴，向家走去。

那个叫后寨的地方

在山风中醒来，太阳已开始下山。身旁，同伴们还在梦境中畅游。大概是村主任家的老酒劲道太厚了，要不，不到两斤酒，大家怎会睡得如此香甜？收回思绪，我四下环顾，眼前的山水，看去竟然有些模糊了。

看哨山上，那些天然地下井旁，不知何时多了些人，或抱着一本书，坐在树荫下静读；或仰卧在井旁的草地上，任由自己牵来的狗四处跑动。人人各得其所，互不相扰。说是天然地下井，其实只能看见一匝匝浓密的树。树阴绰绰，鸟啼嘤嘤，却不见那啼叫的鸟儿飞起。

在满眼的绿中，最勾人眼的，当数那蜿蜒蛇行的后寨河。远看后寨河，如一条天庭飘落的玉带，柔柔地穿过后寨村。在小河轻盈的行走间，后寨村突然就有了灵性，有了生机。哨山流出的泉水，在村前与小河相交之处，正是小河最热闹的地方。河畔，那些远处来的垂钓者，或蹲或坐，或站或走，鱼是否上钩，并不重要。他们高兴的是，在随意的交流中，相视一笑，不在乎尽兴不尽兴，能谈就是缘，遇到就自然熟悉。小河岸上，比垂钓者更常见的，是浣洗衣物的女子。她们身穿或红或黄的衣服，似一朵朵沿河盛开的鲜花。沿河传来的欢笑间，不时夹着阵阵山歌，在风中飘得很远很远。这山歌，不知是洗浴的人唱的，还是扛着锄头走过田埂的农人唱的。

后寨村人，十之八九是布依族。在后寨，最热闹的时节数农历三月四日到七日。这几天，是布依族送黄米饭的节日。在这几天里，布依族青少年会身着节日盛装，背着色彩各异的小竹篮——小竹篮如菠萝般大小，里面盛着母亲做好的黄米饭，提着自己家里最好吃的菜，或腊肉、香肠、新鲜果蔬，成群结伴地去野外玩耍。欢天喜地走过小河时，他们喜欢撒一些黄米饭在小河里，希望将欢笑和幸福变得和河水一样绵长。少年们从河岸走向山林，走向远处，选择一个离家较远，但当天能赶回来的地方。少年们走过的地方，欢歌阵阵，笑语连连。小河里，树林中，山野间，游鱼，飞鸟，一切生物都是自由的，浪漫的。山水轻轻跳动着，悄悄变换着模样……布依人都喜欢用歌声传情达意，叙说事情。虽然时代发展了，但在每年的三月三或六月六，布依族的少男少女，仍然喜欢穿上民族服饰，游山玩水，交朋识友，暗觅有情人。这样的场合里，不管你是什么民族，只要你是善意的，都将受到优待。

走进后寨人家，主人往往先倒上一碗酒，再炒两个小菜。不管你是生人还是熟人，两口酒下肚，主人就亲昵地和你拉起家常。有的人家，主人干活累了，往往播放起布依民歌光碟，在做菜煮饭的空隙里，一边欣赏或者跟着哼哼。通常，在主人和客人的喝酒说笑之间，如果你想听原汁原味的布依歌谣，不论是上了年纪的老妪，年轻的妇女，还是稚嫩的女孩，只要请她唱一首布依山歌或布依情歌，她都会落落大方地清嗓而唱。那氛围，仿佛是赴一场小型的歌舞宴会。

回过头，熟睡的友人尚未醒来，我便信步向苞谷地间地下井旁走去。看哨山左侧的啤酒厂和自来水厂，用的就是这些地下井里的水。啤酒厂的前身叫火电厂，是前苏联专家所建。据说，火电厂是普定工业的起点。我所知道的是，后寨是普定正在规划建设的工业园区之一。在我的想象中，后寨应该是个机器喧嚣、噪音不断的地方。可是在后寨，我没有听到想象中的噪音。没想到，我会连续几天朝后寨跑。更没想到，几天来，一进入后寨村，我原本想到处走动的激情就变成了坐在某个角落里，闭眼静坐，去聆听，去感受。自来水厂抽水的那口大井，只是十几口天然地下井之一。井口四周，树木比其他井的少。抽水机日夜劳作，井水却没有下陷的痕迹。村口的大井，流量既没因为啤酒厂和自来水厂的存在而减少，也没因为季节的变化而变得浑浊。

忽听得同行的友人叫我。大家说一定要去河里洗个澡，再捞些鱼，煮一顿鲜鱼汤，喝点老酒。等月亮升起，便乘着酒兴归去。下山时，谁都无言。是啊，说的和看的，永远是两码事。更何况，任何良辰美景，总是不能言传，都得自己去感受。

我们终究没有下河洗澡。谁都说，心里那点醉意，是怎么也洗不去的了。是的，在人生的旅程中，能让自己甘心沉醉的美，往往只能偶然相遇，又哪能够苦苦寻觅得着？

走过傍晚的河岸，蛙声此起彼伏。恍然间，平静的河面上，一只绿色的鸟儿"唧"地叫唤一声，箭一般斜斜地掠过水面，停驻在河沿那一株小树间。再看时，不见鸟影，只闻鸟声。这声音，似鸟儿飞远时的歌唱，又像是心中那不知来自何方、历久弥新的某种呼唤。就这一瞬间，一些原本失落已久的东西，不由从记忆中慢慢升起，从心灵深处飘荡而出，不断生长，不断蔓延。在这样的更新之间，未来与过去渐渐靠近，轮廓越来越清晰，"现在"突然变成了一种依托，一种唤醒……是的，无论你多少次穿梭其间，那青山，那绿水，那碧波，依旧不老；山水间，田地边，那山歌，那情歌，依旧缠绵悠远，撩人情怀；河畔，那浣衣少女，仍然神采飞扬，肤如凝脂，笑语连连；路边，那拉家常的老者，仍旧朗目皓齿，神情悠然，令人艳羡……美，往往就在不经意间，和你撞个满怀。

不由想起初到后寨那天村主任说过的话。他说，关于后寨，他说的只是一点皮毛。如果在农闲时节，约几个老友，带一壶老酒，在小河边或山间的空地里，一边用砂锅、柴火煮米饭，一边把酒问天，那情景，那味道……

行走间，后寨渐渐远了，模糊了。这模糊，似一种熟悉后的陌生，又似一种蓦然回首般的清醒和彻悟。然而，于后寨来说，我们所走过的，永远只是一条线。这条线，它永远是唯一的，也永远是崭新的。

在普定这片土地上，像后寨一样普通的村庄，还有很多。真正使村庄变得生动的，不是那无意走过的某个人，而是生活在村庄里的人们。他们所经营的，是平常而又平淡的日子；他们所呵护的，是村庄恍然逝去的年轮中的点滴小事。

而这些，恰是村庄永远的灵魂。

周贤宾

男，1966 年 9 月生。贵州大学法律系毕业，律师。先后在贵州安顺虹山轴承厂、普定县人民法院、普定县司法局、普定县招商办、普定县人民政府工作，现供职于普定县人大，保留副县级领导职务待遇。爱好文学，曾在省市县级报刊上发表文章多篇。

母亲的菜园

母亲去世已两年了。

我来到母亲生前盘弄的那块菜园里，菜园里已经没有那些绿得滴油的菜蔬，只有一丛丛枯黄的野草，在腊月的寒风中颤抖着。看不见母亲衰老的身影，听不到母亲的唠叨，我的心如同这寒风中的旷野，罩上一层又重又湿的冷雾。

我的家乡是一个偏远的小山村，坡坡坎坎都长满了杉树，故得名"杉木寨"。我是母亲最小的儿子，有五个姐姐。记得是 1994 年，已在县城工作的我回老家动员父母到城里跟我住，父母无论如何就是不同意，说他们住不惯楼房，沾不着土气，人容易衰老。我四处找寻，得一处老房，虽旧一点，但还很牢实，主要是旁边还有一块荒地，可以辟出来作为菜园。父母看了感觉满意就搬来城里。县城的繁华、热闹似乎离他们很远，菜园实实在在离他们很近，同在一个城里的儿子不能经常到他们膝前，倒是那些嫩绿的菜苗替忙于工作的我陪着双亲。菜苗是母亲的孩子，有母亲护着娇着，一个劲地疯长，枝嫩叶肥、郁郁葱葱。

老房的旁边是县武警中队的营房，小兵们在空地上也开挖出一片菜地。他们不少施肥、不少松土、不少锄草，也不少浇水，菜苗却总是不及母亲伺弄的长得翠绿和精神。我问母亲有什么秘诀，母亲说："菜苗就象孩子，得用心侍弄，就像你们一样，父母天天盼着你们长高长大，想不长行吗？"

六年前我被医院检查出身患重病，整个家庭被罩上一层雾霾。父亲之前已去世了，全家人都瞒着母亲，母亲看到一天天消瘦憔悴下去的儿子，哪有不知的道理。她硬装着不知发生了什么，还是照样看护着她的菜地，伺弄着她的菜苗。细心的姐姐发现母亲看菜苗时眼神，像是在看孩子，一盘弄就不会停，常常忘记吃饭。

生了病，我感觉天空塌了下来，一切看上去都像这冬天的衰草，只有枯黄，没有生的绿色。母亲老了，全靠姐姐们轮流看护照料，我很多时间都是在求医的路途中、医院的病床上度过的。母亲一见到我照样有说有笑，我离开后她背着姐姐垂泪。看到隐瞒不了，嘴快的姐姐便说了真相，母亲反过来要求姐不要对我说她已经知道。她像对他们讲，又像自言自语："应活得鲜的变蔫了，应蔫的却赖活着。"不知她是在说菜苗还是在说人。她还在神龛前求菩萨："请保佑我儿的病好，我愿折去我所有的阳寿。"她对姐姐们说："我在四十多岁才生下你弟，小时候他堂嫂嫂们爱开玩笑说他是罢月黄瓜，他体质不好，怪我没有给他一个好身体。"

任凭母亲怎样求神许诺，我的病总不见好。母亲的话越来越少。到龙年正月初四，没有任何征兆，母亲便不会主动讲话了，喊她几声才会勉强用简单的语言应人，她还会把姐姐们互相认错，也不会喊饿，喂她就吃。请当医生的表弟来检查，他说姑妈太老了，身体各个器官的功能衰竭了，像熟透的果蔬，就要掉落枝头。注定我不能尽孝，因病情的变化我不得不在正月十四赶往成都华西医院，临走时泣不成声，连句告别的话也说不出来，靠姐"翻译"给母亲听。想不到这竟是我和母亲最后的告别，连一句完整的话也没有说给母亲。后来我出院了，未作任何停留，匆匆赶回家，路上被电话告知母亲已在前一天去世的噩耗，一时间，我的眼泪像开了闸，狂泻不止。赶回家，看到母亲那被白布盖着、躺在灵堂前的遗体，我却一滴泪也没有了。我不相信母亲这么狠心连一句话都不讲，连最后一面都不见，就抛下她最小的儿子独自远行。

母亲健康活着时，总是向我们念叨外婆的命不好，不该死在舅舅的后面，白发人送黑发人的悲哀在母亲看来是不堪忍受之痛，她抑或是怕走外婆的老路，决然地选择这条不归路呢？

我站在母亲的菜园里，寒风一直在呜呜地刮着。我想，母亲没有太多身体的痛苦，在神志不是太清醒的情况下离开自己的亲人，没有看到骨瘦如柴的儿子给自己送终也是一种幸运，在临终时她一定在和她想象中还是那么胖嘟嘟的儿子告别，嘱咐他不管活得好不好还是要展劲地活。

就在我要离开菜园时，我发现了几株蒜苗，虽然长得瘦削，但还是很有生机，母亲是不是借它们给我传话呢？看到蒜苗想到大蒜，仿佛又回到童年的时光。一家人齐齐整整地聚在火边听父母讲那老掉牙的故事，猜我们早已熟知谜底的谜语，"兄妹七八个，围着柱子坐，柱子一分开，衣服就扯破"。这个大蒜的谜语让我心碎。父母都走了，"柱子"离开了，牵扯着裹着我们围在一起的蒜衣破了，姐弟们为生计各奔东西，已很难聚在一起。母亲在世，总抱怨她的儿女们长不大，总是太生涩，那是因为蒂不落，瓜就不会熟。如今我们成了"没娘藤"，缺失绵延不断供应的养料，只能选择走向成熟，迈向衰老。

母亲，天堂里您再弄一处菜园吧，种点蔬菜、种点瓜果，或者种点鲜花，都行——只要不要有荆棘；栽种着幸福，栽种着希望，或者栽种着爱意最好——只要不要有苦难。让那些绿意和鲜艳围在您的膝前，闹成一团，陪着您不再孤单，不再寂寞。

父亲与书

　　父亲这辈有四个兄弟，他排行老三，既不属于被寄予厚望担大事的老大，也不属于情感寄托的老幺，家里的兄弟都发蒙读书了，只有他还帮着家里做事。父亲去放牛放马，听到私塾里传来的读书声格外响亮，心就平静不下来，割草的镰刀就不听使唤。他经常看着学堂的方向发呆，到家作客的老辈姑太们实在看不下去，为父亲抱不平，来一次劝一次，总算说动爷爷，满了十二岁，父亲这才进了私塾。应该是有点读书的天份吧，父亲后来居上，成了兄弟中成绩最好的一个。

　　爷爷是否后悔太晚送父亲读书，我无从知道，但供孩子读书，为周家光宗耀祖的愿望，在父亲十六岁时被一声枪响打碎了，同时被打碎的还有那个叫"烂泥箐"的小寨子的宁静。当保长的爷爷得罪了人，被仇家雇土匪打了黑枪。由于缺医少药，爷爷在床上睡了半个月才断气。临终前爷爷把家人叫到一起，没有提报仇之事，只是格外嘱咐，家里的男丁再穷再苦都要送去读书，哪怕是供出一个有出息的也好；要揭房上瓦，得看檐下人；钱多不够用，人有出息才有用。爷爷去世后，父亲含泪离开了家乡、家人和课堂。小脚的奶奶少了一个在身边担水种地的儿子，但在普定一个叫"杉木寨"的地方，多出一位私塾先生，多出一个有烟有火的家庭。

　　母亲生了五个姐姐后，在四十多岁时才生下我，我被父母亲娇贵地养着，被姐姐们娇贵地宠着，蒸苞谷饭还得留点米饭团子，吃菜挑好吃的拈，想和伙伴们玩多久就玩多久。野马无笼头的童年时光一晃就过去了。父亲大概是想要儿子延续读书梦吧，六岁还不满，他就给我报名读书。可我的心被玩野了，收不回来，怕受约束。三姐强行抱我去读书，还被我在脸上抠出血印子，三姐没有哭，比大我三岁的幺姐却在一旁哭了起来，她说："你有书读了还哭，我是怎么哭都读不到书。"我长大才明白，读书不是我一个人的事，我是和五个姐姐共同在读，我耽搁一天就相当于耽搁六天，我识一个字就相当于识六个字。

　　小的时候我问父亲，书里到底有啥，又为什么非要让我把书读好？父亲说，富人不读书，现在有的就不会常有；穷人不读书，现在无的就会常无。为将我培养成一个有出息的人，全家人做出了很大的牺牲。还记得，父亲领我读课文、手把手教我写字的情景；还记得，我冬天读书，是父亲起早先把火生起，在我晨读时，他又转睡回笼觉；还记得，为了借一个老先生珍藏的《三国演义》给我读，难得求人的父亲在人家门口进退两难的身影；还记得，为了凑足我上高中的学费，父亲把留给自己做棺木的那棵大杉树卖掉时，那痛苦却又轻松的表情；还记得，收到大学录取通知书那天，父亲激动得像个孩子的模样。我考上大学是1983年。第二年清明，父亲带着我，抱着一只大红公鸡去坟山上答谢祖宗。在爷爷的坟前，父亲长跪不起，一句话都说不出来。

　　父亲到杉木寨时还没成年，能立足下来并且成家立业，实属不易。我想有几个原因：一是那年头识字的人很少，父亲识得几个字，也算是有一技之长；二是母亲是当地大姓吴家；三是那个长杉木的地方天高地阔，能够容人。父亲先是教私塾，到底教了多长时间，又因为啥原因不教了，我没有问过父母亲，也没有人向我提及。从我记事起，父亲就成了彻彻底底的农民，只有在他给乡亲们唱书时，才让人知道他也算是个读书人。记得小时候来我家"摆寨"的人不少，父亲照例要说点历史故事，穿插唱书。老实讲，父亲掌握的故事、唱书也不是太多，但即便这样重重复复地讲，巅来倒去地唱，乡亲们也没有厌烦的意思。往往讲的人记不清情节了，听的人比讲的人还清楚，在一旁善意提醒。时间一长，就有人怂恿父亲自己写点东西来唱，父亲写的东西，我不敢恭维，内容也经不住推敲，大多是针对当地的人物山水。我已不能记得父亲的原创内容，但直到现在有些句子还会在不经意间冒出来，诸如"火柴木头修磨子，修到哪方黑哪方"，"朵贝下来石婆婆，转转弯弯磨香河"，"一块大石丢过去，宛如天空掉繁星，只听妈哟一声叫，打落牙齿连血吞"。由于父亲写的是具体的人和事，语言又都是些口水话，全家人都觉得很难为情，便对父亲冷言冷语，但效果不是很明显。后来老师来家访，说我几次测验成绩陡然下降，要求家长配合。父亲问原因，我推说是来听书的人多了，影响学习。从那以后，父亲大幅度减少说书的次数，也没有太多心思搞"创作"了。

1994年，好不容易才动员父母亲搬到了普定城里住。父亲爱拿县城与杉木寨相比较，这也看不惯，那也看不惯，说杉木寨的天好像要高点，水要凉点，冬天要冷点，而普定城冬不冬、夏不夏的，一年四季好像都一个样；说城里人太挤、车太多、声音太吵；说城里人说你坏话时还满脸带笑亲热地拍你肩膀，不像杉木人，跟杉树一样的耿直……父亲和我争吵了多次，就想要搬回杉木寨去。姐们轮流劝，说老家没有子女在身边，吃住都不便，有三病两痛找医生都难，但这些理由都阻止不了父亲要回去的决心。我想了不少办法，先是辟出一块菜园稳住母亲，让父亲缺少同盟；又让已大学毕业的侄儿搬来和父母同住；我又和父亲商量，说周姓家族史需父亲这样的能人整理撰写出来；最后一招是打亲情牌，把才一岁多点的孩子教会喊"爷爷"。父亲听到这嫩声嫩气的童音，连老骨头都酥了，搬回老家的事就这样放下不提了。

每逢春节，父亲最爱写的一幅对联是"一等人忠臣孝子，两件事读书耕田。"搬来城里后，没有田供父亲耕，剩下的就只是读书写字。没有老师督促，父亲也能进入学生角色，不是坐在沙发上，而是在书桌前正襟危坐；开始读书，不是默读，而是读出声来，旁若无人；写字也是一本正经在书桌上进行，一撇一捺。父亲说读书就要有读书样，写字就要有写字样。内容倒是没有太多的要求，报刊杂志，古书现代文都读，读到他认为好的句子，除了在书上做标注，父亲还要摘录在笔记本上。等我回到家，他就把摘录的句子给我看——现在的好书太多，他担心我看不过来。我说："您也可以写点东西，留给子孙看。"父亲不置可否，也没有再提写家族史的事。孩子去他那里，父亲总要手把手教孩子写字，检查孩子的作业。父亲怕孩子读"白脸书"，就将课文盖住，只留中间一个字给孩子认。父亲对我说："你得把孩子培养好，就像'扛马马肩'，你扛着他，他自然就会比你高。"

父亲是看不到他的孙子有出息的那一天了。再厚的书也要翻薄、翻完。后来父亲的身体状况变得不好，还患上轻度老年痴呆，眼睛看东西越来越模糊，耳朵也越来越听不清，但对读书写字倒是念念不忘，只是手里拿着书，眼神却很空茫。有时他也写字，但不按格式写，一个压着一个，已看不清是写的什么。

2004 年农历正月十九，父亲安然去世，享年 87 岁，没有遗嘱，只留下生前爱看的几本书和近十本笔记。

后记

普定散文集历经数年，终与读者见面了。

纵观整本集子，凝集了普定作者乡土情结，书名取自普定东花摩崖石刻"翠屹云天"。细观内容，却是一本乡村描写大合集。

过去的乡村是什么？将来的乡村又是什么景象呢？

时代发展的洪流，我们无法阻挡，在这个大变革的时代，我们只有想象、期待和向往。值此举国上下力推振兴乡村战略之际，传统农耕文明与现代文明的激烈碰撞，必将引发更多作者的更深层次的思考，必将催生出更多的精品力作和传世佳作。

散文的庙宇不是建于某个朝堂，而是散落在生活的各个角落，就如随处可见的茅草屋或者瓦房，咯咯叫的鸡鸭，拾路而行的牛群，等等。生活里的琐碎与庸俗，俯首即拾。以生活为支架，灵与肉合一，敢于挑战生活，才能从生活中提炼出美好或者丑陋。

生活的染缸，等待你纵身一跳。能从染缸里挣扎而出，就是一种境界，一种卓然超群的境界。我们期待，普定的文学作者人才辈出，"其实世上并没有路，走的人多了，也便成了路"。

坚守是文学苦行僧的修炼历程，不断执着的坚守，才会攻克一座座孤独的文字堡垒。走在这条艰难的路上，我们有时候不禁自言自语：生活越来越好，而炊烟之外，精神和灵魂的家园呢？

在此，致谢杜应国老师，倾尽心力为本书作序，致谢《翠屹云天》编辑团队，为本书的编辑出版无私奉献！致谢关心《翠屹云天》出版的有关人士，为本书的出版群策群力！

由于编辑水平有限，本书尚有不尽如人意之处，敬请读者见谅！

编者

2018 年 1 月

图书在版编目（CIP）数据

翠屹云天 : 普定散文集 / 普定县文学艺术界联合会
编 . — 成都 : 成都时代出版社 , 2018.12 （2022.1重印）
ISBN 978-7-5464-2205-3

Ⅰ . ①翠… Ⅱ . ①普… Ⅲ . ①散文集—中国—当代
Ⅳ . ① I267

中国版本图书馆 CIP 数据核字 (2018) 第 225585 号

翠屹云天
CUI YI YUN TIAN

普定县文学艺术界联合会　编

出 品 人　李文凯
责任编辑　兰晓蓥蓥
责任校对　李　航
出版策划　蓓蕾文化
责任印制　唐莹莹

出版发行　成都时代出版社
电　　话　（028）86619530（编辑部）
　　　　　（028）86615250（发行部）
网　　址　www.chengdusd.com
印　　刷　四川新恒川印务中心
成品尺寸　145mm×210mm
印　　张　10
字　　数　280 千
版　　次　2018年12月第1版
印　　次　2022年1月第2次印刷
书　　号　ISBN 978-7-5464-2205-3
定　　价　36.00 元